अलिफ़ लैला

अलिफ़ लैला
(लोक-साहित्य की अनुपम पुस्तक)

सम्पादक
ओमप्रकाश शर्मा

वाणी प्रकाशन

वाणी प्रकाशन

4695, 21-ए, दरियागंज, नयी दिल्ली 110 002

शाखा

अशोक राजपथ, पटना 800 004

फ़ोन: +91 11 23273167 फ़ैक्स: +91 11 23275710

www.vaniprakashan.in
vaniprakashan@gmail.com

ALIF LAILA
Edited by Omprakash Sharma

ISBN : 978-93-5072-950-2
Collection of Stories

प्रथम संस्करण 2015

मूल्य : ₹ 150

हर्ष प्रिंटर्स, दिल्ली-110 093 में मुद्रित

वाणी प्रकाशन का लोगो मक़बूल फ़िदा हुसेन की कूची से

विषय-सूची

हज़ार रातों की कहानी

खाड़ी देश का राजा जमशाह अत्यन्त शक्तिशाली, न्यायप्रिय, दयालु एवं नीतिवान था। एक कुशल शासक के रूप में उसकी ख्याति दूर-दूर तक फैली हुई थी। जमशाह के दो बेटे थे। बड़े बेटे का नाम शहरयार और छोटे बेटे का नाम शाहजमां था। दोनों भाइयों में बड़ा गहरा प्यार था।

जमशाह के निधन के बाद उसके बड़े बेटे शहरयार की ताजपोशी की गयी। शहरयार भी अपने पिता की भाँति समझदार, सहनशील तथा दयालु था। वह बड़ा दूरदर्शी भी था। उसने अपने छोटे भाई शाहजमां को तातार देश का शासक बना दिया। तातार देश पहुँचकर शाहजमां ने समरकन्द को अपनी राजधानी बनाया। दोनों भाइयों के दिन हँसी-खुशी से गुज़रते चले गये। अचानक एक दिन शहरयार को अपने छोटे भाई शाहजमां की याद सताने लगी। उसने उसी दिन अपने वज़ीरे आज़म को समरकन्द के लिए रवाना कर दिया। आठ दिन की यात्रा समाप्त करने के बाद वज़ीरे आज़म समरकन्द जा पहुँचा और शाहजमां के दरबार में पहुँचकर अपने बादशाह शहरयार का फ़र्मान सुनाते हुए उसने बड़े अदब से कहा—"हुजूर! हमारे बादशाह सलामत ने आपको याद फ़र्माया है। वह आपको देखने के लिए बहुत बेचैन हैं।"

अपने भाई का सन्देश सुनकर शाहजमां बहुत प्रसन्न हो उठा। वह भी बहुत दिनों से अपने भाई से मिलने के लिए बेक़रार था। अपने भाई की कुशल पूछने के बादशाह शाहजमां ने वज़ीरे आज़म को राजसी महल में ठहरा दिया और कहा—"आप यहाँ आराम कीजिये। हम आज से दस दिन बाद यात्रा करेंगे।"

इतना कहकर शाहजमां ने सेवकों को वज़ीरे आज़म की सेवा में नियुक्त कर दिया। ग्यारहवें दिन शाहजमां वज़ीरे आज़म के साथ यात्रा पर निकल पड़ा। नगर के बाहर वज़ीरे आज़म का काफ़िला ठहरा हुआ था। तभी शाहजमां किसी अशुभ की आशंका से बेचैन हो उठा।

उसने वज़ीरे आज़म से कहा—"आज हमारी बायीं आँख फड़क रही है, इसलिए हम यह यात्रा कल से आरम्भ करेंगे।"

"जैसी आपकी मर्ज़ी!" कहकर वज़ीरे आज़म ने काफ़िले के लोगों को अगले दिन के लिए तैयार रहने का आदेश दे दिया।

सांझ ढलते ही रात के अँधेरे में शाहजमां छिपकर अपने डेरे से बाहर निकला और अपने राजमहल की ओर चल दिया।

अपने महल में पहुँचकर वह बेगम की प्रतीक्षा करने लगा। बेगम नहीं आयी। हारकर शाहजमां बेगम के शयनकक्ष की ओर जा पहुँचा। वह जैसे ही बेगम के शयनकक्ष के दरवाज़े पर पहुँचा, उसे एक विचित्र दृश्य दिखाई दिया। उसने देखा कि उसकी बेगम राज्य के एक मामूली कर्मचारी के साथ पलँग पर लेटी हुई थी और उससे प्यार भरी बातें कर रही थी। शाहजमां के पैरों तले ज़मीन खिसक गयी। वह सोचने लगा—किसी ने सच ही कहा है कि औरत के अनेक रूप होते हैं।

शाहजमां ने अपना ख़ंजर निकाला और बेगम के शयनकक्ष में जा पहुँचा।

"आप!" अपने पति को देखकर बेगम को मानो काठ मार गया।

वह कर्मचारी भी शाहजमां को देखकर डर के मारे थर-थर काँपने लगा। शाहजमां ने उस कर्मचारी को वहाँ से भागने से पहले ही क़त्ल कर दिया। उसके बाद उसने अपनी बेगम को भी मार डाला और रात के अँधेरे में दोनों लाशों को ठिकाने लगा दिया।

राज़ राज़ ही रह गया।

उसके बाद शाहजमां जिस प्रकार छिपकर आया था, वैसे ही अपने डेरे पर वापस लौट गया। उसे न किसी ने आते देखा और न किसी ने जाते देखा। अगले दिन वह उसी काफ़िले के साथ अपनी यात्रा पर चल दिया। आठ दिन की यात्रा पूरी करने के बाद वह वज़ीरे आज़म के साथ फ़ारस पहुँच गया।

फ़ारस के बादशाह शहरयार को जब अपने भाई के आने का समाचार मिला, तो वह तुरन्त उसकी अगवानी करने पहुँच गया। उसने अपने भाई को गले से लगा लिया। फिर वह उसे एक नये राजमहल में ले गया, जो उसने उसी के लिए बनवाया था। उस राजमहल की शोभा निराली थी। उस महल की दीवारों के चारों ओर बाग़-बग़ीचे थे, जहाँ पक्षी चहचहा रहे थे। महल के

बीचोबीच एक सरोवर था, जिसमें रंगीन कलियाँ खिल रही थीं।

महल की सुन्दरता को देखकर शाहजमां ने कहा—"भाई जान! आपने महल तो बहुत आलीशान बनवाया है।"

"तुम्हें पसन्द है। बस, मेरी मेहनत सफल हो गयी। अब तुम अपने कपड़े बदल लो, भोजन करो, फिर आराम से बैठकर बातें करेंगे।" इतना कहकर शहरयार चला गया।

रात को दोनों भाइयों ने एक साथ भोजन किया और फिर देर रात तक बातें करते रहे। अधिक रात बीत जाने पर शहरयार अपने शयनकक्ष में चला गया, लेकिन शाहजमां को रात-भर नींद नहीं आयी। उसे रह-रहकर अपनी बेवफ़ा बेगम का ख़याल आता रहा। उसकी याद में वह कई रात सो नहीं सका और बीमार पड़ गया।

शाहजमां की यह हालत देखकर शहरयार चिन्तित हो गया। उसने अपने भाई का मन बहलाने के बहुत उपाय किये, किन्तु कोई सफलता न मिली। नृत्य और गायन के अनेक रंगारंग कार्यक्रम भी किये गये, लेकिन शाहजमां के चेहरे की रौनक़ वापस न आ सकी।

एक दिन शहरयार ने शाहजमां का दिल बहलाने के लिए शिकार का कार्यक्रम बनाया, परन्तु शाहजमां ने अपनी तबीअत ठीक न होने का बहाना बनाकर अपने भाई को वापस लौटा दिया।

शहरयार अपने सैनिकों के साथ शिकार खेलने चला गया, तो शाहजमां महल में अकेला रह गया। वह अपने कमरे के द्वार बन्द करके खिड़की के सामने ही पलँग पर मसनद लगाकर बैठ गया। वहाँ से उसे बाहर की वाटिका का दृश्य स्पष्ट दिखाई दे रहा था।

रात में महल के मद्धिम प्रकाश में उसने जो देखा, उसे देखकर उसका मन कुछ हलका हो गया। उसने सोचा कि अपनी बेगम को मारकर वह बेकार ही दुखी हो रहा है। औरतें तो सभी एक-सी होती हैं।

शहरयार जब शिकार से वापस लौटा, तो अपने भाई को प्रसन्न देखकर उसके दिल का बोझ हलका हो गया। उसने अपने छोटे भाई से उसकी प्रसन्नता का कारण पूछा, तो शाहजमां ने जो देखा था, वह ज्यों कर त्यों उसे बता दिया। शहरयार को उसकी बातों पर विश्वास नहीं हुआ और उसने कहा—"भाई! लगता है कि तुम्हें कोई ग़लतफ़हमी हुई है। तुम्हारी भाभी बेवफ़ा नहीं हो

सकती। वह तो बड़ी फ़र्माबरदार औरत है।"

शाहजमां ने कहा—"भाई जान! कभी मैं भी इसी ग़लतफ़हमी का शिकार था, किन्तु आप त्रिया-चरित्र को नहीं जानते। यदि आपको मेरी बात पर भरोसा न हो, तो आप आज ही रात को अपनी आँखों से देख लीजिये। इसके लिए आप आज ही रात को शिकार का बहाना बनाकर चले जाइये और उसके बाद भेष बदलकर मेरे कमरे में आकर छिप जाइये। आपको भाभी जान की बेवफ़ाई का सबूत मिल जायेगा।"

शहरयार को शाहजमां की यह योजना पसन्द आ गयी और उसने ढिंढोरा पिटवा दिया कि आज बादशाह अपने छोटे भाई के साथ शिकार पर जा रहे हैं। बेगम के कानों तक यह समाचार पहुँचा, तो वह बहुत प्रसन्न हो उठी, लेकिन दिखावे के लिए शहरयार के पास आयी और उसकी मनुहार करने लगी। शाम होने पर दोनों भाई नगर के बाहर लगे डेरे में जा पहुँचे और शाम तक वहीं रहकर बातें करते रहे। रात को वे दोनों आकर महल में छिप गये। तभी शहरयार ने भी वही दृश्य देखा, जो शाहजमां ने देखा था। यह देखकर शहरयार दंग रह गया। उसे लगा, मानो सैकड़ों बिच्छुओं ने एक साथ डंक मार दिये हों।

शहरयार ने उसी दिन प्रतिज्ञा कर ली कि वह प्रतिदिन एक कुँआरी लड़की से शादी करेगा और सूरज निकलने से पहले ही उसे क़त्ल कर देगा, अर्थात् वह प्रत्येक युवती को केवल एक रात के लिए ही दुल्हिन बनाया करेगा। अपने बड़े भाई की प्रतिज्ञा से दुखी होकर शाहजमां उसी दिन अपनी राजधानी समरकन्द लौट गया।

शहरयार अपनी प्रतिज्ञा से विचलित नहीं हुआ। वह प्रतिदिन एक नयी युवती से शादी रचाता और दिन निकलते ही उसे क़त्ल कर देता। बादशाह के इस काम से प्रजा में हाहाकार मच गया और समूचे राज्य में अराजकता फैल गयी। लोग अपनी बेटियों को बचाने के लिए उस राज्य को छोड़कर दूसरे राज्यों में जाने लगे।

शहरयार के महामन्त्री की दो बेटियाँ थीं। बड़ी बेटी का नाम शहरज़ाद था और छोटी का नाम दुनियाज़ाद था। शहरज़ाद बहुत सुन्दर और कुशल राजनीतिज्ञ थी। शहरयार का ज़ुल्म जब बहुत बढ़ गया, तो शहरज़ाद ने बादशाह के इस ज़ुल्म को रोकने का बीड़ा उठा लिया। उसने अपने पिता से

कहा—"अब्बाजी! मेरी यह दिली इच्छा है कि मैं बादशाह के इस ज़ुल्म से नारी समाज को भयमुक्त कर दूँ।"

महामन्त्री ने अपनी बेटी को बहुत समझाया, परन्तु शहरज़ाद नहीं मानी। अन्त में, महामन्त्री ने उदास स्वर में अपनी बेटी से कहा—"बेटी! तू समय से पहले ही अपनी मौत को निमन्त्रण दे रही है। जो व्यक्ति बिना सोचे-समझे किसी काम में अपनी टाँग अड़ाता है, उसे उस गधे की भाँति ही विपत्ति का फल भोगना पड़ता है, जिसने अज्ञानवश दूसरे के दुःख में अपनी टाँग अड़ा दी थी।"

अपने पिता की बात सुनकर शहरज़ाद गम्भीर हो गयी और बोली—"अब्बाजी! उस गधे के साथ क्या हुआ, मैं जानना चाहती हूँ।"

"बेटी! यह कहानी एक गधे, बैल और उसके मालिक की है, तुम सुनना चाहती हो, तो सुनो। शायद उसे सुनकर तुम्हारा इरादा बदल जाये और तुम्हारे प्राण बच जायें।"

इतना कहकर महामन्त्री अपनी बेटी को उस गधे की कहानी सुनाने लगा।

गधा, बैल और उसके मालिक की कहानी

एक समय की बात है कि किसी गाँव में एक धनी व्यापारी रहता था। उसके पास बहुत बड़ी खेती थी, बाग़-बाग़ीचे थे और उसका लेन-देन का व्यापार भी कई गाँवों में फैला हुआ था। उस व्यापारी के पास कुछ पशुशालाएँ भी थीं। उसने प्रत्येक गाँव में एक पशुशाला खोल रखी थी।

एक दिन वह व्यापारी अपने परिवार के साथ पास के गाँव में अपनी पशुशाला देखने गया। उस पशुशाला में एक गधा और एक बैल बँधे हुए थे। वे दोनों आपस में अपने दुःख-सुख की बातें कर रहे थे। वह व्यापारी जानवरों की भाषा समझता था, इसलिए वह कान लगाकर उनकी बातें सुनने लगा।

बैल ने गधे से कहा—"भाई गधे! तुम बड़े भाग्यशाली हो, तुम्हारी ज़िन्दगी बड़े आराम से कट रही है। मुफ़्त की खाते हो और मस्ती की छानते हो। एक मैं हूँ, जो सारा दिन कठोर परिश्रम करता हूँ, फिर भी तनिक-सी भूल हो जाने पर डण्डे की मार खाता हूँ। हल खींचते-खींचते तथा वज़न ढोते-ढोते मेरी गर्दन और कन्धे भी ज़ख़्मी हो गये हैं, किन्तु मेरे मालिक को मेरी कोई चिन्ता नहीं है। रात को जब मैं पशुशाला में लौटता हूँ, तो सड़ा हुआ भूसा मेरे खाने के लिए रख दिया जाता है। मैं रात-भर गोबर और पेशाब की बदबू में पड़ा अपने मालिक को मन ही मन कोसता रहता हूँ। ऐसे जीवन से तो ईश्वर मुझे मौत ही दे दे, तो अच्छा है।"

यह सुनकर गधे ने उस बैल से सहानुभूति जताते हुए कहा—"इसमें मालिक का क्या दोष है? तुम स्वयं ही आराम करना नहीं चाहते। मेरी एक बात सदा याद रखना कि यदि तुम इसी प्रकार जी-तोड़ परिश्रम करते-करते मर गये, तब भी मालिक को तुम पर दया नहीं आने वाली। यदि तुम अपना जीवन सुख से बिताना चाहते हो, तो मेरा कहा मानो, बीमारी का बहाना करके भूसा खाना छोड़ दो। फिर तुम जीवन-भर ऐश करोगे।"

वह व्यापारी उन दोनों की बातें बड़े ध्यान से सुन रहा था। बाद में वह

उठकर अपने शयनकक्ष में चला गया। अगले दिन जब हलवाहा काम के लिए बैल को खोलने आया, तो बैल को लम्बी-लम्बी साँसें लेते हुए देखकर उसने बैल को नहीं खोला। रात का भूसा बैल के सामने ज्यों का त्यों रखा हुआ था। हलवाहे ने सोचा कि बैल बीमार है, इसीलिए उसने कुछ भी खाया-पिया नहीं है।

हलवाहे ने जाकर व्यापारी को बैल के बीमार होने का समाचार दिया, तो व्यापारी ने अत्यन्त सहज भाव सें कहा—"कोई बात नहीं, बैल बीमार है, तो तुम आज उस गधे से काम ले लो। बैल को कुछ दिन आराम करने दो। दो-चार दिन में वह ठीक हो जायेगा।"

मालिक का आदेश मिलते ही हलवाहे ने बैल के स्थान पर गधे को जोत दिया। पूरे दिन काम करने के बाद गधा अधमरा हो गया; क्योंकि उसने इतना परिश्रम कभी नहीं किया था। शाम तक तो उसमें चलने-फिरने की भी शक्ति नहीं रह गयी थी।

शाम को गधे के वापस आने पर बैल ने उसे धन्यवाद देते हुए कहा—"तुम्हारा बहुत-बहुत धन्यवाद गर्दभराज! तुम्हारी युक्ति काम आ गयी। आज मैंने एक क्षण के लिए भी काम नहीं किया, सारा दिन आराम किया। पता नहीं, आज हल में किसे जोता गया?"

बेचारा गधा क्या कहता? उसने स्वयं अपने पाँव पर कुल्हाड़ी मारी थी। वह अपने स्थान पर गिरकर स्वयं को धिक्कारने लगा।

गधे की कहानी सुनाने के बाद महामन्त्री ने अपनी बेटी से कहा—"बेटी! तुम जान-बूझकर क्यों उस गधे की भाँति संकट मोल लेना चाहती हो? इस प्रकार तुम्हारा जीवन भी उस गधे की तरह नरक बन जायेगा।"

लेकिन पिता की बातों का बेटी पर कोई प्रभाव नहीं पड़ा। वह अपनी प्रतिज्ञा पर दृढ़ रही। इस पर महामन्त्री क्रोधित होकर बोला—"बेटी! यदि तू अपने ज़िद्दी स्वभाव को नहीं छोड़ेगी, तो बहुत दुःख उठायेगी। स्त्री को इतना हठी होना शोभा नहीं देता। यदि तूने अब भी मेरा कहना नहीं माना, तो तू भी उसी प्रकार दुःख भोगेगी, जिस प्रकार व्यापारी की पत्नी को अपनी ज़िद्द के कारण भोगना पड़ा था।"

"कोई बात नहीं पिताजी। यदि मेरे भाग्य में दुःख ही भोगना लिखा है, तो इसमें आप भी क्या कर सकते हैं? आप केवल जन्म के साथी हैं, कर्म के

नहीं।" इतना कहते-कहते शहरज़ाद की आँखों से आँसू बह निकले। अपने आँसुओं को पोंछते हुए उसने पिता से अनुरोध किया–"पिताजी! उस गधे की आपबीती क्या है? उस बैल का शेष जीवन कैसे कटा और उस व्यापारी की पत्नी को क्यों दण्ड मिला? मैं ये सब बातें जानना चाहती हूँ। आप आगे की कहानी सुनाइये।"

व्यापारी और उसकी ज़िद्दी पत्नी की कहानी

बेटी के अनुरोध पर महामन्त्री ने कहा–"सुनो बेटी! अगले दिन वह व्यापारी अपनी पत्नी के साथ पशुशाला में जा पहुँचा और उन दोनों पशुओं की बातें सुनने के लिए उसने अपनी चौकी उन पशुओं के सामने रख ली। इसके बाद वह गधे और बैल में होने वाली बातों को सुनने लगा।"

रात में कुछ आराम कर लेने के बाद जब गधे को कुछ सुकून मिला, तो उसने बैल से पूछा–"बैल भाई! कल के लिए क्या सोचा?"

बैल ने लापरवाही से उत्तर दिया–"सोचना क्या है, अभी तो हम आराम करेंगे, मौज करेंगे।"

गधा दर्द के मारे कराहता हुआ अपनी कमर सहलाने लगा। उसने जैसे ही बैल के आराम करने की बात सुनी, तो पिछले दिन के कष्ट को याद करके वह उछल पड़ा। उसने बात बनाते हुए बैल से कहा–"भैया! ऐसा मत करना। मैं तुम्हें सावधान कर रहा हूँ। जो तुमने आज किया था, उसे कल मत करना। आज शाम मैंने मालिक को मोची से बातें करते हुए सुना था। वह कह रहे थे कि अब मेरा बैल बूढ़ा हो गया है। अब वह मेरे किसी काम का नहीं रहा। तुम उसकी खाल उतारने का क्या लोगे? यह सुनकर मेरी तो रूह काँप उठी। किसी जीवित की खाल उतारने में कितना दर्द होता होगा?"

गधे की बात सुनकर बैल हक्का-बक्का रह गया और बोला–"अच्छा, उन्होंने ऐसा कहा?"

दोनों की बातें सुनकर व्यापारी ठहाका मारकर हँस दिया। उसे हँसता देखकर उसकी पत्नी ने उससे हँसने का कारण पूछा, तो व्यापारी ने उसकी बात को टालते हुए कहा–"ये सब जानवरों की बातें हैं। ये तुम्हारी समझ में नहीं आयेंगी।"

व्यापारी की पत्नी ने हठ करते हुए कहा–"आपने यह भाषा कहाँ से और कैसे सीखी, मुझे इसका रहस्य बताइये। मैं भी इस भाषा को सीखना

चाहती हूँ।"

यह सुनकर व्यापारी ने अपनी विवशता बताते हुए उससे कहा—"मैं यह रहस्य किसी को नहीं बता सकता। यदि मैं यह रहस्य किसी अन्य को बता दूँगा, तो मेरी मृत्यु हो जायेगी। इसलिए तुम इस रहस्य को जानने की ज़िद्द मत करो।"

व्यापारी की पत्नी को अपने पति की बात पर विश्वास नहीं हुआ, वह समझ रही थी कि उसका पति उस रहस्य को बताना नहीं चाहता, इसलिए बहाना बना रहा है। वह अपनी ज़िद्द पर अड़ी रही। व्यापारी ने हर प्रकार से उसे समझाने का प्रयास किया, लेकिन उसकी पत्नी पर कोई असर नहीं हुआ। वह नाराज़ होकर कोप भवन में जा बैठी और व्यापारी को खरी-खोटी सुनाने लगी।

हारकर व्यापारी अपने घर के दरवाज़े पर जा बैठा और कुक्कुट क्रीड़ा देखने लगा। उसी समय व्यापारी का कुत्ता मुर्गे पर झपटा और उससे कहने लगा—"धिक्कार है तुझे! तेरा स्वामी संकट में है और तू मौज-मस्ती कर रहा है? तेरे स्वामी की पत्नी अपने पति से वह रहस्य जानना चाहती है, जिसे बताते ही तेरे स्वामी की मृत्यु हो जायेगी। अब यदि तेरा स्वामी अपने प्राणों का मोह करके अपनी पत्नी को वह रहस्य नहीं बताता, तो उसकी पत्नी अपने प्राण त्याग देगी।"

यह सुनकर मुर्ग़ा हँसा और कहने लगा—"मेरा स्वामी तो मूर्ख है, जो एक पत्नी को अपने वश में नहीं रख सकता। मुझे देखो, मैं पचास मुर्ग़ियों के बीच अकेला रहता हूँ और मेरा उन सब पर पूरा अधिकार है। कोई भी मुर्ग़ी मेरी आज्ञा का उल्लंघन नहीं कर सकती। मुझे क्रोध करते देखकर वे सब थर-थर काँपने लगती हैं। मैं तो अपने स्वामी को यही राय दूँगा कि वह अपनी पत्नी को कमरे में बन्द करके इतना पीटे कि वह उसके पैरों पर गिरकर मुआफ़ी माँगने लगे। लातों के भूत बातों से नहीं मानते।"

यह सुनते ही व्यापारी उठकर खड़ा हो गया। मुर्ग़े की बात उसकी समझ में आ गयी थी। वह अपने घर गया और पत्नी को घसीटता हुआ एक कमरे में ले गया। उसके बाद एक डण्डा लेकर अपनी पत्नी को पीटने लगा। डण्डे की मार पड़ते ही उसकी पत्नी रोती हुई उसके पैरों में पड़ गयी और गिड़गिड़ाती हुई बोली—"मैं आपके पैरों पड़ती हूँ। मुझे मुआफ़ कर दो। मैं ऐसी ग़लती

दोबारा नहीं करूँगी। मुझे अपने चरणों से दूर मत करो।"

इतनी कहानी सुनाने के बाद महामन्त्री ने अपनी बेटी को पुनः समझाते हुए कहा—"बेटी! यदि तू हठ करेगी, तो उस व्यापारी की पत्नी की भाँति दण्ड भोगेगी। मेरी बात मान और बादशाह से शादी की हठ छोड़ दे। इसी में तेरी और हम सबकी भलाई है।"

शहरज़ाद पर इस उपदेश का भी कोई असर नहीं हुआ। वह अपनी ज़िद्द पर अड़ी रही और अपने पिता से बोली—"पिताजी! आपके ये उपदेश मुझे अपने कर्तव्य से विचलित नहीं कर सकते। अपनी बात को सिद्ध करने के लिए मुझे भी अनेक क़िस्से याद हैं। मैं उन्हें सुनाकर अपना और आपका मूल्यवान् समय नष्ट नहीं करना चाहती। यदि आप मेरी बात नहीं मानेंगे, तो मैं ख़ुद बादशाह के पास जाकर उनसे अनुरोध करूँगी।"

बेटी की ज़िद्द के आगे बाप को झुकना पड़ा और वह विवश होकर दूसरे दिन बादशाह के पास अपनी बेटी के विवाह का प्रस्ताव लेकर जा पहुँचा। उसने हाथ जोड़कर बादशाह से कहा—"आलीजाह! मैं आपके पास एक छोटी-सी अर्ज़ लेकर आया हूँ।"

बादशाह ने कहा—"महामन्त्रीजी! कहिये, आप क्या कहना चाहते हैं? बेख़ौफ़ कहिये।"

डरते-डरते महामन्त्री ने कहा—"जहाँपनाह! एक अभागा बाप अपनी बेटी की ख़ुशियों के सिवा और क्या माँग सकता है? मैं आपसे हाथ जोड़कर भीख माँगता हूँ कि आप मेरी बेटी के साथ निकाह कर लें।"

यह सुनकर बादशाह भौचक्का-सा महामन्त्री का मुँह देखता रह गया। उसने महामन्त्री से कहा—"महामन्त्रीजी! आप जानते हैं कि मेरी कथनी और करनी में काई अन्तर नहीं होता। आपकी बेटी के लिए मैं अपना प्रण नहीं तोड़ सकता। शायद आप इस दुनिया के पहले बाप हैं, जो अपनी बेटी को मौत के मुँह में धकेल रहे हैं। मैं नहीं चाहता कि आपकी बेटी अपने हाथों की मेहंदी सूखने से पहले मारी जाये।"

महामन्त्री ने एक बार फिर बादशाह से आग्रह किया—"जहाँपनाह! मौत और ज़िन्दगी दोनों ख़ुदा के हाथों में हैं। अगर मेरी बेटी की क़िस्मत में मौत ही लिखी है, तो उसे न आप टाल सकते हैं और न मैं। इसलिए मैं आपसे अर्ज़ करता हूँ कि आप उसे अपने चरणों में थोड़ी-सी जगह दे दें। वह इसी में

सुखी हो जायेगी।"

हारकर बादशाह को महामन्त्री का प्रस्ताव स्वीकार करना पड़ा और अगले दिन ही महामन्त्री ने अपनी बेटी का निकाह बादशाह से कर दिया। इसके बाद उसने आँसू-भरी आँखों से अपनी बेटी को विदा किया। शहरज़ाद की डोली बादशाह के महल में पहुँच गयी।

सुहागरात को जब बादशाह ने शहरज़ाद का नकाब उठाया, तो वह उसका मुखड़ा देखता ही रह गया। वह अपलक उसे देखता ही रहा। ऐसा लगा, मानो वह उसकी झील-सी गहरी आँखों में डूब जाना चाहता हो।

जब बादशाह ने बेगम के गालों पर अपनी अँगुलियाँ फिरायीं, तो शहरज़ाद के गालों पर बहते आँसुओं को देखकर वह चौंक उठा और बोला—"बेगम! यह क्या? आज की रात तुम्हारी आँखों में आँसू?"

शहरज़ाद को अपने मन की बात कहने का अवसर मिल गया।

वह अपने आँसुओं को पोंछती हुई बोली—"जहाँपनाह! मेरी एक छोटी बहिन है, जो मुझसे कभी जुदा नहीं हुई। आज उसे अपने से जुदा देखकर मेरा मन मानता ही नहीं है और रोये जा रहा है।"

बादशाह ने पूछा—"तो तुम क्या चाहती हो?"

शहरज़ाद ने कहा—"अगर आपका आदेश हो, तो मैं उसे अपनी ख़िदमत के लिए यहाँ बुला लूँ? जब आप शिकार के लिए बाहर जायेंगे, तो मैं अकेली तो नहीं रहूँगी।"

शहरयार ने अपनी स्वीकृति दे दी। बादशाह का आदेश मिलते ही शहरज़ाद ने अपनी छोटी बहिन दुनियाज़ाद को भी महल में बुला लिया।

शहरज़ाद ने एक ऊँची सेज पर अपना बिस्तर लगाया और दुनियाज़ाद उसकी सेज के नीचे अपना बिस्तर लगाकर लेट गयी।

जब रात का एक प्रहर शेष रह गया, तो अपनी बड़ी बहिन की योजना के अनुसार दुनियाज़ाद ने आग्रह करते हुए उससे कहा—"आपा जान! अगर आप जाग रही हों, तो कोई मज़ेदार कहानी ही सुनाओ। अब्बाजी की याद में आज मेरा दिल बहुत उदास है। आज वह घर में अकेले हैं, पता नहीं, उनकी रात कैसे कटेगी?"

"दुनियाज़ाद! तुम ठीक कह रही हो। आज अब्बाजी कितने अकेले होंगे?" इतना कहकर उसने अपनी अंगुलियों से बादशाह के माथे को सहलाते

हुए उससे पूछा–"अगर आपकी इजाज़त हो, तो मैं अपनी छोटी बहिन का मन बहलाने के लिए राक्षस और व्यापारी की कहानी सुना दूँ? कहानी सुनते ही उसे नींद आ जायेगी।"

"नेकी और पूछ–पूछ! सुनाओ बेगम! हम भी तुम्हारे मुँह से कुछ सुनने के लिए बेक़रार हैं।" कहते हुए शहरयार ने उसे अपने सीने से लगा लिया। शहरज़ाद ने भी उसे अपनी बाँहों का हार पहना दिया। फिर उसने अपनी अँगुलियाँ बादशाह के बालों में घुमाते हुए कहानी सुनाना आरम्भ किया।

राक्षस और व्यापारी की कहानी

बहुत दिनों की बात है, किसी शहर में एक सौदागर रहता था, जो बड़ा रईस था। एक बार उसे व्यापार के सिलसिले में शहर से बाहर जाना पड़ा। सातवें दिन, जब वह वापस लौटा, तो धूप के कारण वह किसी वृक्ष की छाँव ढूँढ़ने लगा। कुछ दूर चलने पर उसे नदी के किनारे छायादार वृक्षों का एक बाग़ दिखाई दिया। उस बाग़ में कुछ फलदार वृक्ष भी थे। उस स्थान को देखकर वह अपने घोड़े से उतर गया। उसे भूख भी लग रही थी। उसने अपना घोड़ा एक वृक्ष से बाँध दिया और स्वयं दूसरे वृक्ष के नीचे आराम करने के लिए लेट गया। फिर उसने अपने झोले से छुहारे निकाले और उन्हें खाने लगा। छुहारे खाने के बाद उसने गुठलियाँ इधर-उधर फेंक दीं और अपने इष्टदेव की आराधना करने लगा।

उसी समय एक दानव अपने हाथ में चमचमाती तलवार लेकर उस सौदागर की ओर झपटा और क्रोधित होते हुए बोला—"अरे दुष्ट! इधर आ। मैं अभी तुझे मौत के घाट उतारकर सदा के लिए तेरा अन्त कर देता हूँ।"

उस दानव को अपने पास खड़े देखकर सौदागर ने डर से काँपते हुए उससे पूछा—"क्या हुआ दानवराज? क्या मुझसे कोई भूल हो गयी है, जो आप इतना क्रोध कर रहे हैं? मुझे बताइये।"

"तूने मेरे बेटे का वध किया है। आज मैं तुझे ज़िन्दा नहीं छोड़ूँगा।"

"दानवराज! मैंने तो आपके पुत्र को देखा तक नहीं है, फिर मैं उसका वध कैसे कर सकता हूँ?" सौदागर ने पूछा।

यह सुनकर दानव ने गरजकर कहा—"ख़ामोश दुष्ट! तूने लापरवाही से छुहारे की जो गुठलियाँ फेंकी थीं, उनमें से एक गुठली मेरे बेटे को आ लगी, जिससे उसकी मृत्यु हो गयी।"

यह सुनते ही सौदागर भयभीत हो गया और दानवराज से क्षमायाचना करते हुए बोला—"दानवराज! मुझे क्षमा करें, भविष्य में ऐसी ग़लती दोबारा

नहीं होगी।"

लेकिन उस दानव के सिर पर ख़ून सवार था, वह तलवार लेकर सौदागर पर झपटा। सौदागर रोने लगा। दानव के मन में भी दया आ गयी और उसने अपनी तलवार म्यान में रख ली। सवेरा होते ही शहरज़ाद चुप हो गयी। यह कहानी सुनकर बादशाह बहुत प्रसन्न हुआ और उसने निश्चय किया कि जब तक यह कहानी पूरी नहीं होगी, शहरज़ाद का वध नहीं किया जायेगा। यह सोचकर बादशाह दिन निकलते ही दरबार में चला गया।

उधर महामन्त्री अपनी बेटी के वियोग में रात-भर सो नहीं सका। लेकिन जब दिन निकल आया और उसे अपनी बेटी के बारे में कोई दु:खद समाचार नहीं मिला, तो उसे बहुत आश्चर्य हुआ।

बादशाह सारा दिन काम-काज में व्यस्त रहा और रात को बेगम शहरज़ाद के रंगीन सपनों में खोया रहा।

जब रात का एक प्रहर शेष रह गया, तो दुनियाज़ाद ने कहा-"आपा! रात वाली कहानी को सवेरा होने तक पूरा कर दो, ताकि उसका अन्त पता चल सके। बादशाह ने भी दुनियाज़ाद की बात का समर्थन किया, तो शहरज़ाद ने कहा-"अच्छा, अब उसके आगे की कहानी सुनो।"

इसके बाद उसने आगे की कहानी सुनाना आरम्भ कर दिया।

उस सौदागर ने सोच लिया कि अब दानव उसे ज़िन्दा नहीं छोड़ेगा, तो वह दानव से बोला-"दानवराज! आप मेरी जान लेना चाहते हैं, तो अवश्य ले लें, लेकिन उससे पहले मुझे एक बार अपने परिवार से मिल आने दीजिये। उसके बाद मुझे अपने मरने का ग़म नहीं होगा।"

सौदागर की बात सुनकर दानव का पत्थरदिल पसीज गया और उसे सौदागर पर दया आ गयी। उसने कहा-"ठीक है, तुम अपने परिवार से मिल आओ, किन्तु वापस कब लौटोगे?"

सौदागर ने कहा-"मैं परमात्मा को साक्षी मानकर आपको वचन देता हूँ कि एक वर्ष के भीतर वापस लौट आऊँगा।"

सौदागर की प्रार्थना सुनकर दानव ने उसे छोड़ दिया और स्वयं भी वहाँ से चला गया। सौदागर अपने नगर की ओर चल दिया। उसे घर आया देखकर उसके परिजन बहुत प्रसन्न हुए, परन्तु सौदागर प्रसन्न नहीं था। वह दिल ही दिल में रोता रहता था। सारा-सारा दिन चुपचाप अपने कमरे में पड़ा

रहता था। परिवार के लोग पहले तो सोचने लगे कि शायद व्यापार में घाटा हो गया है, इसलिए वह उदास रहता है, किन्तु जब सौदागर ने अपनी दुःख भरी कहानी उन्हें सुनायी, तो सारा परिवार शोक में डूब गया। सब एक साथ रोने लगे। घर में कोहराम मच गया।

जब एक वर्ष पूरा होने को आया, तो सौदागर ने अपना लेन-देन चुकता किया और अपनी सारी सम्पत्ति अपने बेटों में बाँट दी। ख़ूब दान-पुण्य किया और सब दास-दासियों को सेवा से मुक्त कर दिया। जाने से पहले उसने सब घरवालों को समझाया-बुझाया। घर के सब लोग सौदागर को वापस जाने से मना करने लगे, पर सौदागर न माना। उसकी पत्नी ने भी अपनी आँखों में आँसू भरकर उससे कहा—"जब तुम उस दानव के चंगुल से बचकर निकल आये हो, तो लौटकर मौत के मुँह में जाना कहाँ की बुद्धिमत्ता है? वह दानव तुम्हें ढूंढ़ता हुआ यहाँ तो आ नहीं सकता। इसलिए मेरा कहना मानो और सारे परिवार को इस प्रकार रोते हुए छोड़कर वहाँ मत जाओ।"

सौदागर ने सब सुना और अपनी पत्नी से कहा—"भाग्यवान्! मैं भी मानता हूँ कि वह दानव यहाँ नहीं आ सकता, लेकिन आदमी की ज़बान भी तो होती है। मैंने उस दानव को अपने वापस जाने का वादा किया है, इसलिए मुझे जाना ही होगा।"

इतना कहकर सौदागर अपने परिवार को रोता छोड़कर दानव के पास जाने के लिए चल दिया। एक दिन की यात्रा पूरी करने के बाद वह उसी जंगल में जा पहुँचा। उसी समय एक वृद्ध व्यक्ति अपने साथ एक हरिणी को लेकर उस जंगल में आया, सौदागर को प्रणाम किया और उससे पूछा—"आप इस जंगल में क्यों आये हैं? यहाँ तो दानव और नरभक्षी राक्षस रहते हैं।"

यह सुनकर उस सौदागर ने अपनी आपबीती उस वृद्ध व्यक्ति को सुना दी। पूरी कहानी सुनने के बाद उस वृद्ध की आँखों से आँसू बहने लगे। उस सौदागर की प्रशंसा करते हुए उस वृद्ध ने कहा—"आप धन्य हैं, अपना वचन पूरा करने के लिए आप जान-बूझकर मौत के मुँह में चले आये! आप-जैसे प्राणी इस धरती पर विरले ही होते हैं।"

इतना कहकर वह वृद्ध अपनी हरिणी के साथ वहीं बैठ गया। तब उन दोनों ने सरदी से बचने के लिए अलाव जला लिया। इसी बीच एक अन्य वृद्ध अपने दो काले कुत्तों के साथ वहाँ आया और उन दोनों को प्रणाम करने के

बाद उनसे उस जंगल में आने का कारण पूछा। पहले वृद्ध ने सौदागर की कहानी सुनी, तो उस सौदागर का आख़िरी अंजाम देखने के लिए वह अपने कुत्तों के साथ उन दोनों के पास आ बैठा।

कुछ देर के बाद एक तीसरा वृद्ध अपने साथ एक खच्चरी को लेकर वहाँ आया। उस वृद्ध के आते ही जंगल के एक भाग से धुआं उठने लगा और सारा जंगल किसी भयानक आवाज़ से गूँज उठा।

उसी समय वह दानव अपने हाथ में नंगी तलवार लिये वहाँ प्रकट होकर हंसने लगा और उस सौदागर से बोला—"अरे मूर्ख! मुझसे बचने के बाद भी तू अपनी जान गँवाने दोबारा यहाँ चला आया? तुझसे ज़्यादा मूर्ख इस दुनिया में दूसरा कौन होगा? अब तू आ ही गया है, तो मैं भी तेरा वध अवश्य करूँगा। तू सावधान हो जा।"

इतना कहकर उस दानव ने ज्यों ही सौदागर को मारने के लिए अपनी तलवार उठायी, तो हरिणी वाला वृद्ध उस दानव के चरणों में गिरकर सौदागर के प्राणों की भीख माँगते हुए बोला—"अपने क्रोध को थूक दो दानवराज! मैं आपको अपनी और इस हरिणी की कहानी सुनाता हूँ। यदि आपको यह कहानी पसन्द आये, तो इस सौदागर का अपराध क्षमा कर देना।"

यह सुनते ही दानव को उस सौदागर पर दया आ गयी और वह अपनी तलवार को म्यान में रखकर हरिणी वाले वृद्ध व्यक्ति की कहानी सुनने को तैयार हो गया।

जब कहानी सुनाते-सुनाते रात का अन्तिम प्रहर भी बीत गया और सवेरा हो गया, तो शहरज़ाद ने आगे की कहानी सुनाना बन्द कर दिया। बादशाह शहरयार को कहानी इतनी पसन्द आयी कि उसका अंजाम जानने के लिए उसने उस दिन भी शहरज़ाद को क़त्ल न करने का निश्चय कर लिया। वह तैयार होकर अपने दरबार में चला गया।

बादशाह सारा दिन अपने राज-काज में व्यस्त रहा और रात को अपने शयनकक्ष में पहुँचकर शहरज़ाद की प्रतीक्षा करने लगा।

रात के दो प्रहर बीतने के बाद शहरज़ाद अपने शयनकक्ष में पहुँची, तो दोनों को एक प्रहर बातें करने में ही बीत गया और जब एक प्रहर शेष रह गया, तो दुनियाज़ाद ने अपनी बहिन से कहा—"आपा जान! अब आप उस अधूरी कहानी को पूरा कर दो। उस हरिणी वाले वृद्ध ने दानवराज को क्या

कहानी सुनायी, मुझे बताओ।"

बादशाह शहरयार ने भी शहरज़ाद से उस कहानी को पूरा करने के लिए कहा, तो वह मन ही मन मुसकरा दी और प्यार जताते हुए बोली–"ठीक है, जब आप दोनों ही उस कहानी का अन्त जानना चाहते हैं, तो मैं आपको उस हरिणी वाले वृद्ध व्यक्ति की कहानी सुनाती हूँ।"

इतना कहकर शहरज़ाद ने उस वृद्ध और हरिणी की कहानी सुनाना आरम्भ कर दिया।

हरिणी वाले वृद्ध की कहानी

उस वृद्ध ने दानव से कहा—दानवराज! यह हरिणी मेरे चाचा की बेटी और मेरी पत्नी है। जब इसके साथ मेरा विवाह हुआ, तो उस समय इसकी आयु बारह वर्ष थी। यह मेरी बहुत सेवा करती थी। मेरे प्रत्येक दुःख और सुख का ख़याल रखती थी और मेरी प्रत्येक ख़ुशी के लिए अपने आपको बलिदान तक करने को तैयार रहती थी। हम दोनों में बहुत प्यार था, किन्तु हम दोनों कभी एक पल भी सुख से नहीं रह सके।

मैंने सन्तान-प्राप्ति के लिए एक दासी ख़रीद ली। एक वर्ष के भीतर ही उस दासी ने एक सुन्दर पुत्र को जन्म दिया। तब मेरी ख़ुशी का ठिकाना न रहा, लेकिन मेरी बीवी को वे दोनों फूटी आँख भी नहीं सुहाते थे। दिखावे-भर के लिए वह उनसे ऊपरी प्रेम करती थी, किन्तु भीतर ही भीतर वह उन दोनों से बहुत जलती थी। उनके साथ बात-बात पर झगड़ा करती थी और सारा दिन उन्हें कोसती रहती थी।

जब मेरा बेटा बारह वर्ष का हुआ, तो एक दिन मुझे व्यापार के लिए दूर देश जाना पड़ा। जाने से पहले मैंने अपनी पत्नी को प्यार से समझाते हुए कहा—"देखो बेगम! मैं व्यापार के सिलसिले में एक वर्ष के लिए दूर देश जा रहा हूँ और अमानत के रूप में अपना बेटा और इसकी माँ तुम्हें सौंप रहा हूँ। तुम इनका पूरा ध्यान रखना। इन्हें किसी प्रकार की तकलीफ़ नहीं होनी चाहिए। तुम इनके साथ कोई ऐसी अनहोनी बात या दुर्व्यवहार मत करना, जिससे इनके मन को कोई ठेस पहुँचे। ध्यान रहे, इनकी भलाई में ही तुम्हारी भलाई है। मेरी अमानत में ख़यानत करने की कोशिश मत करना।"

मेरी पत्नी बोली—"स्वामी! आप इनकी कोई परवाह न करें। मैं इनका अपनी जान से भी ज़्यादा ख़याल रखूँगी।"

मेरे जाने के बाद मेरी बीवी ने किसी तान्त्रिक से यक्षिणी विद्या सीखनी आरम्भ कर दी। जब उसने वह विद्या सीख ली, तो मन्त्रों के बल पर उसने मेरे

बेटे को मेमना तथा उसकी माँ को भेड़ बनाकर दोनों को एक स्वामिभक्त सेवक के हाथों पशुशाला में भिजवा दिया। एक वर्ष के बाद जब मैं परदेश से वापस आया, तो अपने बेटे और उसकी माँ को घर में न पाकर उद्विग्न हो उठा। इसके बाद मैंने अपनी पत्नी से उन दोनों के बारे में पूछा—"बेगम! हमारा बेटा और उसकी माँ कहाँ हैं? उनके बिना यह घर सूना-सूना लग रहा है। उन्हें बुलाओ, मेरी आँखें अपने बेटे को देखने के लिए तरस रही हैं।"

यह सुनते ही मेरी पत्नी की आँखें छलक उठीं और उसने नाटक करते हुए कहा—"स्वामी! मैं कैसे कहूँ, आपकी दासी हमें रोता-बिलखता छोड़कर उस जगह चली गयी, जहाँ से कोई वापस नहीं आ सकता।"

उसकी मौत का समाचार मिलते ही मुझे गहरा सदमा लगा। फिर मुझे अपने बेटे का ध्यान हो आया, तो मैंने उससे पूछा—"और हमारा बेटा? वह तो सकुशल है, उसे बुलाओ। उसे अपने सीने से लगाने के लिए मेरा दिल धड़क रहा है।"

यह सुनकर मेरी बीवी ने दूसरा नाटक करना आरम्भ कर दिया। उसने अपनी छाती पीटते हुए कहा—"उसकी मौत के बाद मैंने उसके बेटे को अपनी छाती से लगाये रखा। अपनी माँ की याद में वह बीमार हो गया। मैंने उसे बहुत समझाया कि तेरी माँ तेरे अब्बा को बुलाने गयी है, लेकिन वह इस बात को मानने के लिए तैयार ही नहीं हुआ। एक दिन, जब वह बहुत बीमार हो गया, तो मैं उसके लिए दवा लेने हकीम के यहाँ चली गयी, लेकिन जब हकीम के यहाँ से वापस आयी, तो बेटा घर में नहीं था। मैंने इधर-उधर बहुत खोजा, लेकिन वह बदनसीब मुझे नहीं मिला। आज पूरे दस दिन हो गये हैं, मैं भूखी- प्यासी हर दम दरवाज़े पर ही बैठी रहती हूँ और उसकी राह देखती रहती हूँ। अब तो मेरी आँखें भी पथरा गयी हैं।"

इतना कहकर उसने एक गहरी साँस लेकर कहा—"मैं भी कितनी बदनसीब हूँ कि एक नेक दिल बहिन को खोने के साथ ही अपने चांद से बेटे को भी गंवा बैठी। शायद क़ुदरत से हमारी ख़ुशियाँ देखी नहीं गयीं।"

यह कहकर मेरी बीवी मेरे पैरों में अपना सिर रखकर क्षमायाचना का नाटक करती हुई झूठे आँसू बहाने लगी। तब मैं उसे तसल्ली देते हुए बोला—"इसमें तुम्हारा क्या दोष है? ये मेरी क़िस्मत का ही दोष है, जो ख़ुशी पाकर भी मैं उसे सँभाल न सका। जो होना था, वह हो गया। अब तुम भी उठो

और सब्र से काम लो। शायद हमारी क़िस्मत में सन्तान का सुख नहीं लिखा। तभी तो ख़ुदा ने बेटा देकर भी हमसे छीन लिया।"

मैं अपने बेटे के ग़म में डूबा हुआ, हर जगह उसकी तलाश करता रहा, लेकिन उसका कहीं पता न चला। बेटे की चाह में मैंने कुर्बानी बोल दी। इसलिए बकरईद के दिन बलि देने के लिए मैंने अपने सेवक रामदीन को एक मोटी भेड़ लाने का हुक्म दिया। मेरा हुक्म पाकर वह एक मोटी भेड़ ले आया। उस भेड़ को देखते ही मेरी बीवी उसे पहचान गयी और मन ही मन ख़ुश होने लगी। वास्तव में, वह भेड़ नहीं, मेरी दासी थी, जिसे मेरी बीवी ने भेड़ बना दिया था।

जब मैं उस भेड़ के पैर बाँधकर कुर्बानी देने के लिए तैयार हुआ, तो उसकी आँखों से आँसुओं का झरना बह निकला। यह देखकर मैं उसकी गर्दन पर छुरी न चला सका। न जाने क्यों, मुझे उस भेड़ पर दया आ गयी। मैंने अपने सेवक रामदीन से कहा—"रामदीन! तुम इस भेड़ को पशुशाला में ही बाँध आओ और वहाँ से कोई दूसरी भेड़ ले आओ।"

मेरी यह बात सुनते ही मेरी बीवी तुरन्त भड़क उठी और कहने लगी—"क्या यह भेड़ तुम्हारी रिश्तेदार लगती है, जो इस पर इतना तरस खा रहे हो? ज़रा देखो तो, कितनी मोटी-ताज़ी है। कुर्बानी के लिए ऐसी भेड़ तुम्हें पूरे गाँव में नहीं मिलेगी। मेरा कहा मानो, तो इसी की कुर्बानी दे दो, इब्राहीम बहुत ख़ुश हो जायेंगे और तुम्हारी मन्नत पूरी कर देंगे।"

यह सुनकर वह भेड़ और भी अधिक आँसू बहाने लगी। पशु योनि में होने के कारण वह बेचारी अपना दर्द बयान न कर सकी। उसकी इस दुर्दशा को देखकर मैं किसी अनजान भय से काँप उठा। मेरे हाथ से छुरी छूटकर नीचे गिर गयी। तब मैंने कहा—"मैं इस भेड़ की कुर्बानी नहीं दूँगा। मैं इसकी गर्दन पर छुरी नहीं चला सकता।"

लेकिन मेरी बीवी अपनी ज़िद्द पर अड़ी रही और उसने एक दूसरे सेवक से उस भेड़ को हलाल करा दिया, लेकिन मुझे यह देखकर बड़ा आश्चर्य हुआ कि उस भेड़ में हड्डी और खाल के सिवा मांस का नाम भी नहीं था। तब मैंने अपने सेवक को एक मोटा मेमना लाने को कहा।

मेरा आदेश सुनकर सेवक एक मोटा मेमना पकड़कर ले आया। वह मेमना मेरा बेटा था। उसे देखकर अनजाने ही मेरा दिल भर आया। उस मेमने

ने जब मुझे देखा, तो वह रस्सी तुड़ाकर मेरे पैरों में गिर गया और आँसू बहाने लगा। यह देखकर मैंने सेवक से कहा–"जाओ, इस मेमने को पशुशाला में बाँध आओ और कोई दूसरा मेमना ले आओ।"

यह सुनते ही मेरी बीवी बोली–"आप यह क्या कह रहे हैं? कुर्बानी के लिए इससे अच्छा दूसरा मेमना नहीं मिलेगा। आप इसी की कुर्बानी दीजिये।" वास्तव में, वह उस मेमने को पहचान गयी थी। वह मेमना मेरा बेटा था।

मेरे मन ने गवाही नहीं दी। उस मेमने को आँसू बहाते देखकर मेरे हाथ से छुरी गिर पड़ी और मैंने यह कहकर बात को टाल दिया कि आने वाली ईद पर मैं इसी मेमने की कुर्बानी दूँगा। फिर मैंने उस मेमने को रामदीन के घर भेज दिया और उससे कहा–"रामदीन! मुझे लगता है कि यह मेमना तुम्हारे घर ही ख़ुश रहेगा। तुम इसे अपने घर ले जाओ।"

तब रामदीन उस मेमने को अपने घर ले गया। मैंने दूसरा मेमना मँगाकर कुर्बानी पूरी की।

अगले दिन रामदीन सीधा मेरे पास आया, तो उसे देखकर मुझे लगा कि कोई अनहोनी घटना घट गयी है। रामदीन ने आते ही मुझसे कहा–"मालिक! मैं आपसे कुछ कहना चाहता हूँ।"

मैंने कहा–"हाँ रामदीन कहो, क्या बात है?"

इस पर रामदीन ने कहा–"मालिक! कल जब मैं उस मेमने को लेकर घर पहुँचा, तो उसे देखकर मेरी लड़की पहले तो बहुत हँसी, फिर ज़ोर-ज़ोर से रोने लगी।"

"क्यों, ऐसी क्या बात हो गयी? तुमने अपनी बेटी से पूछा नहीं?"

रामदीन ने कहा–"पूछा था मालिक! मेरी बेटी काला जादू जानती है। मेरे पूछने पर उसने बताया कि यह मेमना हमारे मालिक का बेटा है। इसीलिए इसे देखकर मैं प्रसन्न हो उठी और हँसने लगी। लेकिन मालिक की पत्नी ने इसकी माँ की कुर्बानी दे दी। सौतिया डाह के कारण ही उस दुष्टा ने अपने जादुई ज्ञान से इस मेमने की माँ को भेड़ और इसे मेमना बना दिया था।"

मैं रामदीन को अपने साथ लेकर उसके घर जा पहुँचा, तो वह मेमना मुझे देखते ही उछलने लगा। मैंने रामदीन की बेटी से पूछा–"बेटी! क्या तुम इस मेमने को किसी प्रकार मेरा बेटा बना सकती हो?"

रामदीन की बेटी ने कहा–"हाँ मालिक! लेकिन मेरी एक शर्त है।"

"बेटी! तुम्हारी क्या शर्त है? साफ़-साफ़ कहो।"

"यदि आप अपने बेटे का विवाह मेरे साथ करने को तैयार हों, तो मैं इस मेमने को आपका बेटा बना सकती हूँ। इसके साथ ही आपको अपनी पत्नी को कठोर दण्ड भी देना होगा।"

मैंने उसकी दोनों शर्तें मान लीं।

इसके बाद उस लड़की ने एक बरतन में थोड़ा-सा पानी लेकर उसे अभिमन्त्रित किया और फिर वह पानी मेमने पर छिड़क दिया। मेमने पर जल पड़ते ही वह एक सुन्दर युवक बन गया। मैंने उसे अपनी छाती से लगा लिया और प्यार से उसका माथा चूमते हुए कहा—"बेटा! तुम्हें मेमने की योनि से मुक्ति दिलाने वाली यह देवी है। तुम इसे अपनी पत्नी के रूप में स्वीकार कर लो। मैंने इसे वचन दिया है और नीति के अनुसार भी तुम्हारे जीवन पर इसी का अधिकार है।"

मेरी बात को मानते हुए मेरे बेटे ने रामदीन की बेटी को अपनी पत्नी स्वीकार कर लिया। रामदीन की बेटी ने मेरी पत्नी को दण्डस्वरूप हरिणी बना दिया।

कुछ दिनों के बाद मेरी पुत्रवधू का निधन हो गया और पत्नी-वियोग के कारण मेरा बेटा भी घर छोड़कर कहीं चला गया। मेरे बेटे को गये आज पाँच वर्ष हो गये, किन्तु आज तक उसका पता नहीं लग सका। मैं उसकी खोज में अपनी हिरणी को लेकर भटकता हुआ इस जंगल में आ पहुँचा हूँ। बस, यही मेरी और मेरी हरिणी की कहानी है। दानवराज! अब तुम ही बताओ, क्या ये सब आश्चर्यजनक नहीं है?

हरिणी के साथ आये उस वृद्ध की पूरी कहानी सुनने के बाद दानव ने कहा—"तुम्हारी कहानी निश्चित ही आश्चर्यजनक है, इसलिए मैं प्रसन्न होकर इस सौदागर का आधा अपराध क्षमा करता हूँ।"

आधा अपराध क्षमा हो जाने पर भी जब उस सौदागर की आत्मा सन्तुष्ट नहीं हुई, तो काले कुत्तों के साथ आने वाले व्यक्ति ने दानव से कहा—"अब मैं तुम्हें एक कहानी सुनाता हूँ, किन्तु मेरी एक शर्त है। यदि तुम्हें मेरी यह कहानी पसन्द आये, तो तुम्हें इस सौदागर का शेष आधा अपराध भी क्षमा करना होगा।"

"इसका निर्णय हम बाद में करेंगे। पहले तुम कहानी सुनाओ।" कहकर

वह दानव भी उन सब के बीच बैठ गया।

हरिणी वाले वृद्ध की कहानी सुनाते-सुनाते शहरज़ाद ने देखा कि सवेरा हो गया है। उसने कहानी सुनाना बन्द कर दिया और बादशाह भी प्रतिदिन की भाँति अपने दरबार में चला गया। शाम को राज-काज से निबटने के बाद वह अपने महल में वापस लौटा और शयनकक्ष में बैठकर अपनी बेगम शहरज़ाद की प्रतीक्षा करने लगा।

रात का तीसरा प्रहर बीतने के बाद शहरज़ाद जब शयनकक्ष में पहुँची, तो दुनियाज़ाद ने उससे कहा—"आपा जान! आपने कल जो कहानी अधूरी छोड़ दी थी, उसे आज पूरी कर दो।"

शहरयार ने भी कहा—"हाँ-हाँ बेगम। उस काले कुत्तों वाले व्यक्ति की कहानी हम भी सुनना चाहेंगे।"

शहरयार के व्यवहार में अचानक आये इस परिवर्तन को देखकर शहरज़ाद की प्रसन्नता का ठिकाना न रहा। अपनी प्रसन्नता को छिपाते हुए उसने कहा—"अब आप दो काले कुत्तों वाले वृद्ध की कहानी सुनिये।"

वृद्ध और दो काले कुत्तों की कहानी

उस वृद्ध ने दानव को अपनी कहानी सुनाते हुए कहा—दानवराज! ये दोनों काले कुत्ते मेरे सगे भाई हैं। हमारे पिताजी ने मरते समय हम तीनों को एक-एक हज़ार स्वर्ण-मुद्राएँ दी थीं। यही उनके जीवन की पूँजी थी, जो उन्होंने सहेजकर रखी थी। उसी धन से हम तीनों भाइयों ने व्यापार करना आरम्भ कर दिया और उससे बहुत लाभ अर्जित किया।

इसके बाद हमारे बड़े भाई अपना सारा सामान बेचकर किसी दूसरे शहर में चले गये और हम दोनों भाइयों को व्यापार करते हुए एक वर्ष व्यतीत हो गया। अचानक एक दिन एक भिक्षुक हमारी दुकान पर आया और मुझे आशीर्वाद देते हुए बोला—"परमात्मा तेरा भला करेगा बच्चा।"

मैं उस भिक्षुक को पहचान नहीं सका और उससे पूछा—"बाबाजी! आपको क्या चाहिए?"

उस भिक्षुक ने मुझसे कहा—"भाई! क्या तुमने मुझे पहचाना नहीं या मुझे बिल्कुल भुला दिया?"

तब मैंने उस भिक्षुक को ध्यानपूर्वक देखा और फिर उसे पहचानकर अपने सीने से लगा लिया और कहा—"भैया! आप और इस वेश में? कहीं मैं सपना तो नहीं देख रहा?"

उसने उत्तर दिया—"बस भाई! यह सब भाग्य की करामात है।"

इसके बाद उसने अपनी सारी कहानी मुझे सुना दी।

अपने भाई की ऐसी दुर्दशा देखकर मुझे बहुत दुःख हुआ और मैंने अपने पास से एक हज़ार स्वर्ण-मुद्राएँ देकर उसे एक दुकान खुलवा दी। उसके बाद वह आराम से रहने लगा। कुछ दिनों बाद मेरा छोटा भाई भी अपना कुछ सामान बेचकर व्यापार करने के लिए विदेश चला गया, पर एक वर्ष बाद वह भी बड़े भाई की भाँति दिवालिया होकर मेरे पास आ गया। मैंने उसे भी एक हज़ार मुद्राएँ देकर व्यापार आरम्भ करा दिया।

कुछ समय के बाद मेरे दोनों भाइयों ने मुझसे आग्रह किया कि मैं भी अपना भाग्य आज़माने विदेश जाऊँ। उनके बार-बार आग्रह करने पर मैं भी अपना कुछ सामान बेचकर व्यापार करने के लिए विदेश चला गया। इस बार वे दोनों भाई भी मेरे साथ थे। उन दोनों ने अपनी एक-एक हज़ार स्वर्ण-मुद्राएँ ख़र्च कर दी थीं।

उस समय मेरे पास केवल छह हज़ार स्वर्ण-मुद्राएँ ही बची थीं, जिनमें से तीन हज़ार स्वर्ण-मुद्राएँ मैंने विदेश जाने से पहले अपने मकान में गाड़ दीं और केवल तीन हज़ार मुद्राएँ लेकर ही विदेश चल दिया।

हम तीनों भाई एक समुद्री जहाज़ में बैठकर विदेश चल दिये। एक महीने तक समुद्री यात्रा करने के बाद हम तीनों एक शहर में पहुँचे, जहाँ हमारा माल बहुत अधिक लाभ पर बिक गया। उस वर्ष हमें पहले से दस गुना अधिक लाभ प्राप्त हुआ। जैसे ही हम अपने व्यापार को समाप्त कर अपने देश वापस लौटने लगे, तो हमें अचानक समुद्रतट पर एक नवयुवती दिखाई दी। उसके कपड़े बड़े ही मैले-कुचैले थे, किन्तु फिर भी वह चन्द्रमा की भाँति सुन्दर लग रही थी। उसने मुझसे कहा—"हे नेकदिल इंसान! मैं इस संसार में अकेली हूँ। क्या तुम मुझे अपने चरणों में स्थान दे सकते हो? मैं आपकी सेविका बनकर अपना शेष जीवन आपके चरणों में व्यतीत करना चाहती हूँ। क्या आपके दिल का कोई कोना मेरे लिए ख़ाली है, जहाँ रहकर मैं आपकी सेवा कर सकूँ?"

न जाने उस युवती ने मुझ पर क्या जादू कर दिया कि मैं उसके रूपजाल में फँस गया और मैंने उसका प्रस्ताव स्वीकार कर लिया। फिर मैंने उस युवती को नये वस्त्राभूषणों से सजाया और उसे अपनी पत्नी बनाकर अपने साथ ले आया।

घर पहुँचकर उसने तन-मन से मेरी सेवा करना आरम्भ कर दिया। उसकी सेवा से मैं पल-भर के लिए भी उससे दूर नहीं रहना चाहता था। वह भी मुझसे किसी बेल की भाँति रात-दिन लिपटी रहती थी। मेरे भाइयों से मेरा सुखी दाम्पत्य जीवन देखा न गया। वे मन ही मन मुझे ईर्ष्या करने लगे और मेरे साथ शत्रुओं-जैसा व्यवहार करने लगे।

एक रात जब हम पति-पत्नी गहरी नींद में सोये हुए थे, तो मेरे दोनों भाइयों ने षड्यन्त्र करके हम दोनों को बेहोश करके समुद्र में फेंक दिया और

मेरे घर पर क़ब्ज़ा कर लिया।

मेरी पत्नी मानव वेश में एक अप्सरा थी। उसे समुद्र के जल से कोई कष्ट नहीं हुआ। वह मुझे अपने दोनों हाथों में उठाकर समुद्र से बाहर एक टापू पर ले गयी। होश आने पर जब मुझे अपनी पत्नी की वास्तविकता का पता चला, तो मैं बहुत प्रसन्न हुआ। वह मेरे दोनों भाइयों की दुष्टता पर बहुत नाराज़ थी और उन्हें प्राणदण्ड देना चाहती थी, किन्तु मैंने उससे आग्रह किया और क्षमायाचना-भरे स्वर में उससे कहा–"हे मेरी जीवनसंगिनी! मेरे भाइयों पर दया करो और उन्हें इस अपराध के लिए क्षमा कर दो। वे दोनों अबोध और अज्ञानी हैं। उन्हें प्राणदण्ड मत दो।"

मेरे बार-बार अनुरोध करने पर उसने मेरे दोनों भाइयों को प्राणदण्ड से मुक्त कर दिया और कहा–"स्वामी! अपना भेद खुल जाने के कारण अब मैं आपके साथ रहने में असमर्थ हूँ। अब मुझे वापस जाना होगा। मैं बहुत भाग्यशाली हूँ, जो मुझे आप-जैसे नेकदिल इंसान का साथ मिला। अब आप मुझे जाने की आज्ञा दीजिये। मैं आपको आपके घर तक पहुँचा देती हूँ।"

मैंने उदास होते हुए उससे पूछा–"क्या अब तुम कभी मुझसे मिलने नहीं आ सकोगी?"

उसने कहा–"नहीं स्वामी! लेकिन आप जब भी मुझे याद करेंगे, मुझे अपने पास ही पायेंगे।"

इतना कहकर वह अप्सरा मुझे मेरे घर की छत पर छोड़कर चली गयी।

अब मैंने अपने घर के अन्दर गड़ीं तीन हज़ार स्वर्ण-मुद्राएँ निकालीं और दोबारा व्यापार करने का निश्चय किया।

पहले दिन मैं जैसे ही दुकान से अपने घर वापस आया, तो देखा दो काले कुत्ते आँगन में बँधे हुए थे। मुझे देखकर वे दोनों अपनी-अपनी पूँछ हिलाकर अपना सिर मेरे पैरों में झुकाने लगे। उनकी आँखों से पानी बह रहा था। उन कुत्तों को देखकर मुझे बड़ा आश्चर्य हुआ। उसी समय वह अप्सरा आकाश से नीचे उतर आयी और मेरे पास आकर बोली–"ये दोनों कुत्ते आपके सगे भाई हैं। इन्हें यह दण्ड मैंने नहीं, मेरी बहिन ने दिया है। उसने इनके जहाज़ को जल में डुबो दिया और मन्त्र के द्वारा इन्हें दस वर्ष के लिए कुत्ता बना दिया। मुझे दुःख है कि मैं इनके लिए कुछ भी नहीं कर सकती। वैसे इन्हें इनके किये का दण्ड मिल गया है।"

इतना कहकर वह अप्सरा जैसे आकाश मार्ग से आयी थी, वैसे ही आकाश मार्ग से वापस अपने लोक को चली गयी।

इतनी कहानी सुनाने के बाद काले कुत्तों वाले वृद्ध व्यक्ति ने कहा–"हे दानवराज! उस अप्सरा के श्राप के दस वर्ष आज समाप्त हो रहे हैं, इसलिए मैं अपने भाइयों के उद्धार की आशा लेकर उस अप्सरा को खोज रहा हूँ, जिसने मेरे भाइयों को मन्त्र-बल से कुत्ता बनाया था। मैं उसी अप्सरा को खोजता-खोजता इस जंगल में आया था कि अचानक आप.....।"

तब उस दानव ने वृद्ध व्यक्ति की कहानी सुनकर सौदागर के अपराध का चौथाई भाग क्षमा कर दिया।

इस कहानी को सुनाते-सुनाते शहरज़ाद ने देखा, सवेरा हो गया था, लेकिन सौदागर का चौथाई अपराध फिर भी शेष रह गया था। उसने कहानी सुनाना बन्द कर दिया। बादशाह प्रतिदिन की भाँति अपने दरबार चला गया और शाम को अपना काम-काज निबटाकर राजमहल में पहुँच गया।

रात के दो प्रहर समाप्त होने के बाद शहरज़ाद भी अपने शयनकक्ष में जा पहुँची, तो उसकी छोटी बहिन दुनियाज़ाद ने उससे कहा–"आपा! उस सौदागर का चौथाई अपराध उस दानव ने कैसे समाप्त किया, वही कहानी सुनाओ।"

बादशाह ने भी दुनियाज़ाद की 'हाँ' में 'हाँ' मिला दी, तो शहरज़ाद ने तीसरे वृद्ध और खच्चरी की कहानी सुनाना आरम्भ कर दिया।

खच्चरी वाले वृद्ध की कहानी

अन्त में खच्चरी वाले वृद्ध ने उस दानव को अपनी कहानी सुनाना आरम्भ कर दिया। उसने कहा—दानवराज! आप जिस खच्चरी को मेरे साथ देख रहे हैं, यह मेरी बेवफ़ा पत्नी है और यह कहानी भी बड़ी अजीब है।

एक बार मुझे किसी आवश्यक काम से विदेश जाना पड़ा। वहाँ मुझे अपना काम निबटाने में एक वर्ष लग गया। एक वर्ष के बाद जब मैं वापस लौटा, तो घर पहुँचते-पहुँचते रात हो गयी। मैंने सोचा कि एक वर्ष तक मेरी याद में मेरी पत्नी बहुत दुर्बल हो गयी होगी। शायद मेरे आने का समाचार सुनकर मेरी प्रतीक्षा कर रही होगी, लेकिन जब मैं अपने घर पहुँचा, तो वहाँ का दृश्य देखकर मेरा सिर शर्म से झुक गया।

मेरी पत्नी मेरे ही घर के एक नौकर के साथ गुलछर्रे उड़ा रही थी। मैं उसे सज़ा देने की सोच ही रहा था कि वह फुर्ती से उठी और तांबे के एक बरतन में जल ले आयी और बिना देर लगाये उसने उस जल को मेरे ऊपर छिड़क दिया। उस जल के छींटे पड़ते ही मैं कुत्ता बनकर उसके सामने दुम हिलाने लगा।

उसके बाद मेरी पत्नी ने मेरे ऊपर डण्डे से वार किया, तो मैं लँगड़ाता हुआ अपनी जान बचाकर वहाँ से भागा और पेट की आग बुझाने के लिए गली-गली मारा-मारा फिरने लगा। सब मुझे दुतकारते, फटकारते और बेरहमी से मारते। हारकर मैं एक क़साई की दुकान पर जा पहुँचा। वहाँ मैं हड्डियाँ चूसकर और मांस खाकर अपना पेट भरने लगा।

फिर एक दिन सरदी से बचने के लिए मैं एक बहेलिए के घर जा पहुँचा। घर में केवल बहेलिया और उसकी बेटी थी। बहेलिए की बेटी जादुई ज्ञान की जानकार थी। मुझे देखते ही वह परदे की ओट में चली गयी। यह देखकर बहेलिए को बड़ा अचरज हुआ और उसने अपनी बेटी से पूछा—"बेटी! क्या बात है? तू परदे में क्यों चली गयी? क्या अपने अब्बू के साथ आँख-

मिचौली खेल रही है?"

"नहीं अब्बू! ऐसी बात नहीं है। मैं पराये मर्द के सामने मुँह खोलकर आना नहीं चाहती। ग़ैर मर्द से परदा करना इस्लाम की हिदायत है। उस वक्त मैंने बुर्क़ा नहीं पहन रखा था, इसलिए परदे की ओट में चली गयी।"

"पराया मर्द!" बेटी की बात सुनकर बहेलिया चौंक उठा। उसने चारों ओर देखा, लेकिन वहाँ उसे कोई दिखाई नहीं दिया। उसने अपनी बेटी से कहा—"बेटी! यहाँ तो कोई ग़ैर मर्द नहीं है, क्या तू अपने अब्बू को भी ग़ैर मर्द समझती है?"

"नहीं अब्बू! यह राज़ की बात है। आपकी समझ में नहीं आयेगी। मैं जो देख रही हूँ, उसे आप नहीं देख सकते।"

"बेटी! पहेलियाँ मत बुझा। साफ़-साफ़ बता, क्या बात है?"

तब बहेलिए की बेटी ने मेरी ओर इशारा किया और कहा—"अब्बू! आप जिस कुत्ते को देख रहे हैं, वह कुत्ता नहीं है, एक आदमी है। इसकी पत्नी ने अपने जादुई ज्ञान से इसे कुत्ता बना दिया है।"

यह कहकर बहेलिए की बेटी ने मन्त्र पढ़कर कुछ जल मुझ पर छिड़क दिया और मैं अपने असली रूप में आ गया। मैंने अपनी पत्नी को दण्ड देने के लिए बहेलिए की बेटी से मन्त्र वाला जल ले लिया था। जब मैं घर पहुँचा, तो मेरी पत्नी गहरी नींद में सो रही थी। मैंने बिना समय नष्ट किये वह जल उस पर छिड़क दिया। उस जल के पड़ते ही वह तुरन्त खच्चरी बन गयी।

पूरी कहानी सुनाने के बाद वह तीसरा वृद्ध चुप हो गया। दानव ने उस वृद्ध की कहानी की सचाई परखने के लिए उस खच्चरी से पूछा— "अब तुम बताओ, क्या इस वृद्ध के द्वारा तुम पर लगाये आरोप सही हैं?"

जब उस खच्चरी ने सब आरोपों को स्वीकार करते हुए 'हाँ' में अपना सिर हिला दिया, तब दानव ने भी सौदागर को पूरी तरह से क्षमा कर दिया।

सौदागर उन तीन लोगों को धन्यवाद देकर वापस अपने घर लौट गया।

जब सौदागर की कहानी समाप्त हुई, तो रात बाक़ी थी। इसलिए शहरज़ाद ने बात को आगे बढ़ाते हुए कहा—"लेकिन मछुआरे की कहानी तो इन सब कहानियों से भी दिलचस्प है। अब आप उसे भी सुन लीजिये। अभी तो रात भी बाक़ी है।"

"हाँ-हाँ, आपा! आप सुनाइये। मैं जाग रही हूँ।" दुनियाज़ाद ने कहा।

शहरज़ाद मुसीबत में फँस रही थी, दुनियाज़ाद चौंक उठी। बादशाह सौदागर की कहानी का अन्त जान चुका था, लेकिन विवश होकर उसे भी दुनियाज़ाद की 'हाँ' में 'हाँ' मिलानी पड़ी।

बादशाह को शान्त देखकर शहरज़ाद ने सोचा कि शान्त रहना भी सुबुद्धि का लक्षण है। उसने मछुआरे की कहानी सुनाना आरम्भ कर दिया।

मछुआरे की कहानी

हज़ारों वर्ष पहले समुद्र के किनारे मछुआरों की बस्ती में एक मुसलमान मछुआरा रहता था। वह अत्यन्त ग़रीब था, किन्तु पाँचों समय का नमाज़ी था। काम पर जाने से पहले वह अल्लाह को सज्दा करना नहीं भूलता था। उसका एक और भी नियम था। वह समुद्र में चार बार ही जाल फेंकता था। ख़ुदा का नेक बन्दा होने पर भी वह बड़ी कठिनाई से अपने परिवार के लिए रोज़ी-रोटी कमा पाता था। कभी-कभी तो जाल में मछलियाँ न फँस पाने के कारण उसके परिवार को भूखा ही सोना पड़ता था।

वह मछुआरा नियमपूर्वक सूरज निकलने से पहले समुद्र पर जाता और उसमें चार बार जाल डालता था। एक दिन वह पौ फटने से पहले ही समुद्रकिनारे जा पहुँचा और अपना जाल डाल दिया। जब उसने जाल को खींचना आरम्भ किया, तो उसे अपना जाल बहुत भारी लगा। उसने सोचा कि आज अवश्य कोई बड़ी मछली फँसी है, तभी तो जाल इतना भारी हो गया है, किन्तु जाल निकलने पर उसने देखा कि उसमें मछली नहीं, अपितु एक गधे की लाश थी।

जाल को ठीक करके मछुआरे ने दोबारा फेंका, तो इस बार वह कांटों और कीचड़ में फँसकर रह गया। उसने तीसरी बार जाल फेंका, तो इस बार भी कोई मछली नहीं फँसी। इस बार कुछ कंकर और कुछ छोटी मछलियाँ थीं। यह देखकर मछुआरा उदास हो गया। तब तक सूर्योदय हो गया। तब मछुआरे ने अपना जाल एक ओर रख दिया और वह नमाज़ पढ़कर अल्लाह से दुआ माँगने लगा।

दुआ माँगकर मछुआरे ने चौथी बार जाल समुद्र में फेंक दिया और आहिस्ता-आहिस्ता जाल को खींचने लगा। जाल को पानी से बाहर निकालकर उसने देखा, तो जाल में मछली की जगह पीतल का एक लोटा फँसा था। लोटे का भार देखकर उसने सोचा कि इस बार अवश्य इस लोटे में कोई खाने-पीने का सामान है, इसीलिए लोटा इतना भारी है। उस मछुआरे ने सोचा—यदि इस

लोटे में खाने-पीने की कोई चीज़ न निकली, तो इस लोटे को बेचकर ही परिवार के खाने का कुछ जुगाड़ हो जायेगा।

तब उसने अपनी छुरी से उस लोटे का मुँह खोल दिया। लोटा ख़ाली था। उसने लोटा नीचे रख दिया और अपना माथा ठोक लिया। फिर उसने अपने-आप से कहा—"वाह री क़िस्मत! लोटा भी ख़ाली निकला।"

उसी समय लोटे के अन्दर से अचानक धुआँ निकलने लगा। धुएँ को लोटे से निकलते देखकर मछुआरा अपनी आँखें मलता हुआ पीछे हट गया। उसी समय आकाश की ओर उठता हुआ धुआँ समुद्र के किनारे पर फैल गया और धीरे-धीरे विराट रूप धारण कर एक विशाल राक्षस के रूप में बदल गया। यह देखकर मछुआरे ने वहाँ से भागना चाहा, लेकिन उसके पैर न उठे। ऐसा लगा, मानो उसके पैरों को किसी ने जकड़ लिया हो। उसी समय उस राक्षस ने आसमान की ओर अपने हाथ उठाकर प्रार्थना करते हुए कहा—"या सुलेमान! मेरे गुनाहों को मुआफ़ कर। अब कभी तेरे हुक्म की नाफ़र्मानी नहीं होगी। मैं तेरे सज्दे में हूँ, मेरी दुआ कुबूल कर और मुझे ताक़त दे, ताकि मैं अपनी प्रतिज्ञा पूरी का सकूँ।"

राक्षस को अपने-आप बुदबुदाते हुए देखकर उस मछुआरे ने बड़ी लापरवाही वाले अन्दाज़ में कहा—"दानवराज! तुम यहाँ खड़े-खड़े क्या सपना देख रहे हो? तुम तो कुछ पढ़े-लिखे भी नहीं हो और राक्षस बुद्धि हो।"

राक्षस चिल्लाया—"तुझे मालूम नहीं कि तू किससे बात कर रहा है। तुझमें सभ्यता नाम की चीज़ है या नहीं?"

मछुआरे ने तुनककर कहा—"अरे राक्षस भाई! तू शुक्र मना कि मैंने तुझे गधा नहीं कहा। पहले खुद तो सभ्यता सीख ले, उसके बाद मुझे सिखाना। बड़ा आया सभ्यता सिखाने वाला!"

इस पर उस राक्षस ने भी क्रोध में भरकर कहा—"ख़बरदार मूर्ख मछुआरे! इससे पहले कि मैं तुझे समाप्त कर दूँ, तू सभ्यता के दायरे में रहना सीख ले, वरना...।"

मछुआरे ने अकड़कर कहा—"वरना तू मेरा क्या करेगा? मुझे मार डालेगा? मेरा गुनाह क्या है, जो तू मुझे मार डालेगा? मैंने तुझे लोटे से आज़ाद किया, क्या यही मेरा गुनाह है?"

इस पर वह दानव अपने क्रोध को कुछ कम करता हुआ बोला—"यह

ठीक है कि तूने मुझे रिहा किया है, इसके लिए मैं जीवन-भर तेरा एहसानमन्द रहूँगा, लेकिन फिर भी तुझे ज़िन्दा नहीं छोड़ूँगा। मैं तेरी सब बातें मान सकता हूँ। तू जिस प्रकार की मौत चाहेगा, मैं तुझे वैसी ही मौत दूँगा।"

यह सुनकर मछुआरा सहम गया। उसने कहा—"दानवराज! आपको इस प्रकार का मज़ाक़ करना शोभा नहीं देता। मुझ निर्दोष के रक्त से अपने हाथ रंगकर आप क्यों पाप के भागी बनना चाहते हैं?"

राक्षस ने कहा—"नहीं, मैं तुझे क्षमा नहीं कर सकता। मैं अपनी प्रतिज्ञा अवश्य पूरी करूँगा, इसलिए तू मरने के लिए तैयार हो जा।"

जब मछुआरे ने देखा कि दानव किसी प्रकार भी मानने के लिए तैयार नहीं है, तो उसे एक तरकीब याद आयी। उसने दानव को ऊपर से नीचे तक देखा और उससे कहा—"दानवराज! मरने से पहले मैं अपनी एक शंका का समाधान कर लेना चाहता हूँ कि आप जैसा विशालकाय दानव इस छोटे-से लोटे में किस प्रकार समा गया? आपका तो एक हाथ भी इस लोटे में नहीं समा सकता, फिर आपका यह पहाड़ के समान पूरा शरीर इस लोटे में किस प्रकार समा गया। आप मुझे बहका रहे हैं या केवल डींग हाँक रहे हैं?"

दानव ने मछुआरे को बहुत विश्वास दिलाया, लेकिन मछुआरे ने उसकी एक न सुनी। वह कहने लगा—"दानवराज! आप इस जंगल के मालिक हैं। मुझे आपकी बात पर उसी समय विश्वास आयेगा, जब आप अपना यह शरीर इस लोटे में बन्द करके दिखा दें। आप मुझे केवल डराने का प्रयास कर रहे हैं। जब मुझ-जैसा छोटा-सा प्राणी इस लोटे में नहीं समा सकता, तो आप इस लोटे में कैसे... ?"

तब उस दानव ने कहा—"तू इस प्रकार नहीं मानेगा। तुझे करके दिखाना ही पड़ेगा। अब देख! मैं किस प्रकार इस लोटे में समा गया था।" इतना कहकर वह दानव धीरे-धीरे उस लोटे में समा गया और बोला—"अरे मछुआरे! देख ले, मैं पूरा का पूरा इस लोटे में समा चुका हूँ। अब तो तुझे विश्वास हो गया?"

"सच! आप तो सचमुच इस लोटे में समा गये! अब मैं तुम्हें एक करिश्मा दिखाता हूँ, देखो।"

इतना कहकर मछुआरे ने लोटे का मुँह बन्द कर दिया और शान से बोला—"कहो मित्र! कैसी रही? अब बता, मैं तुझे कहाँ डालूँ? वास्तव में, तू

इसी समुद्र में रहने के योग्य है और मैं अब इसी समुद्र के किनारे अपना घर बनाकर रहूँगा। यदि कोई भूला-भटका यात्री इधर आ निकला, तो उससे कहूँगा कि इस समुद्र में एक राक्षस रहता है, उससे सावधान रहना।"

अपने आपको लोटे में बन्द पाकर वह राक्षस अपनी मूर्खता पर पछताया और दुखी होकर मछुआरे से बोला—"मित्र! मैं तो तुमसे मज़ाक़ कर रहा था, पर तुमने उसे सच मान लिया।"

मछुआरे ने कठोर स्वर में कहा—"अरे दुष्ट राक्षस! अब मैं तेरी बातों में आने वाला नहीं, तू इस पानी में ही ठीक रह सकता है।"

अब उस दानव ने मछुआरे को फुसलाते हुए कहा—"मछुआरे! मैं राक्षस अवश्य हूँ, लेकिन मेरे मन में भी दया है। यदि तू मुझे बन्धन-मुक्त कर दे, तो मैं तुझ पर अनेक उपकार कर सकता हूँ।"

मछुआरा राक्षस की मूर्खता पर हँसा और बोला—"धोखेबाज़! मैंने तुझ पर एक बार विश्वास करके देख लिया, अब दूसरी बार वही ग़लती नहीं करूँगा। मैं भली प्रकार जानता हूँ, जिस प्रकार ग्रीक राजा ने दूबां वैद्य के उपकार का क्रूर बदला उसे दिया था, वैसा ही तू भी मेरे साथ करेगा। इसलिए सुन! मैं तुझे दूबां वैद्य की कहानी सुनाता हूँ।"

शहरज़ाद को मछुआरे की कहानी सुनाते हुए सवेरा हो गया, किन्तु कहानी पूरी नहीं हो सकी। बादशाह ने कहा—"इससे आगे की कहानी...?"

शहरज़ाद ने उत्तर दिया—"वह मैं रात को सुनाऊँगी। इस समय तो आप तैयार होकर दरबार जाइये।"

बादशाह प्रतिदिन की भाँति अपने राजदरबार में चला गया।

अगली रात का अन्तिम प्रहर आरम्भ होने पर दुनियाज़ाद ने अपनी बहिन शहरज़ाद से कहा—"आपा! उस मछुआरे ने दानव को दूबां वैद्य की जो कहानी सुनाई थी, आप हमें वही कहानी सुनाइये।"

बादशाह ने भी कहा—"हाँ, बेगम! हम भी वह कहानी सुनना चाहते हैं, सुनाइये।"

इस पर शहरज़ाद ने दूबां वैद्य की कहानी सुनाना आरम्भ कर दिया।

दूबां वैद्य की कहानी

मछुआरे ने दानव को दूबां वैद्य की कहानी सुनाते हुए कहा—वर्षों पहले फ़ारस के रूमां शहर में ग्रीक राजा को कुष्ठ रोग हो गया। तब राजवैद्य ने अनेक दुर्लभ ओषधियों के द्वारा उसका उपचार किया, किन्तु कोई लाभ न हुआ।

ग्रीक राजा बहुत परेशान था। तभी उस शहर में अचानक दूबां वैद्य आ पहुँचा। उसका नाम राजा ने भी सुन रखा था। इसलिए उसे ससम्मान राजदरबार में बुलाया गया। तब राजा ने उससे पूछा—"आप हमारा यह रोग कितने दिन में ठीक कर सकते हैं? हमारे राजवैद्य ने अनेक दवाओं को प्रयोग करके देख लिया, लेकिन उनसे कोई लाभ नहीं हुआ। हमने तुम्हारा बहुत नाम सुना है। तुम अपनी दवाओं का चमत्कार दिखाओ।"

दूबां वैद्य ने शान्त भाव से कहा—"महाराज! चमत्कार तो परमात्मा करता है, हम तो वैद्य हैं, रोग का इलाज करते हैं। यह सच है कि मैं बिना किसी ओषधि का प्रयोग किये पुराने से पुराने कुष्ठ रोग को ठीक कर सकता हूँ।"

ग्रीक राजा ने वैद्य की बात को स्वीकार कर लिया और तब दूबां वैद्य ने अनेक जड़ी-बूटियों का प्रयोग करके एक गेंद और एक बल्ला बनाया। फिर उसने वे दोनों चीज़ें ग्रीक राजा को दे दीं और उससे कहा—"महाराज! यह गेंद और यह बल्ला आपके खेलने के लिए हैं। आप प्रतिदिन घोड़े पर चढ़कर गेंद से खेलें और जब खेलते-खेलते थक जायें और आपके शरीर से पसीना टपकने लगे, तो तुरन्त गरम पानी से स्नान करके आराम से अपने बिस्तर में सो जायें। परमात्मा ने चाहा, तो आप कल तक अवश्य ठीक हो जायेंगे।"

राजा ने दूबां वैद्य के कथनानुसार ही सारा काम किया। उसने घोड़े पर चढ़कर गेंद-बल्ला खेला। जब वह खेलते-खेलते थक गया और उसके शरीर से पसीना चूने लगा, तो तुरन्त गरम पानी से स्नान करके वह अपने बिस्तर में सो गया।

जब राजा सोकर उठा, तो उसका कुष्ठ रोग नष्ट हो चुका था। इस बात से ग्रीक राजा बहुत प्रसन्न हुआ और उसने राजदरबार में पहुँचकर दूबां वैद्य की मुक्त कण्ठ से प्रशंसा की। उसने दूबां वैद्य को रत्नजटित वस्त्राभूषणों से भरी एक थैली भेंट में दी और दो हज़ार स्वर्ण-मुद्राओं से उसे सम्मानित भी किया। इतने पर भी उस राजा को सन्तोष नहीं हुआ, उसे लगा, जैसे वह वैद्यराज का विशेष सम्मान नहीं कर पा रहा है।

अतः अब वह प्रतिदिन दूबां वैद्य को अनेक प्रकार से सम्मानित करने लगा। इससे राजवैद्य को ईर्ष्या होने लगी। उसकी देखादेखी दूसरे मन्त्री भी दूबां वैद्य के सम्मान को समाप्त कराने की चेष्टा करने लगे।

एक दिन अवसर पाकर उस मन्त्री ने राजा के कान भरते हुए ईर्ष्यावश उससे कहा—"महाराज! किसी मामूली वैद्य को इतना सम्मान देना और उसकी ओषधियों पर आँख मूँदकर विश्वास करना उचित नहीं है। मेरी दृष्टि में यह नीति-विरुद्ध भी है। शायद आपको पता नहीं कि यह वैद्य बड़ा धूर्त है। यह आपके प्राण लेना चाहता है। मुझे तो यह आपके किसी शत्रु का जासूस प्रतीत होता है।"

यह सुनकर राजा ने मन्त्री को झिड़कते हुए कहा—"तुम्हें एक गुणी वैद्य के प्रति ऐसी दुर्भावना नहीं रखनी चाहिए। उसने मुझे रोगमुक्त करके मेरी काया को कञ्चन बना दिया है। उसके इस उपकार के बदले मैं आजीवन उसका ऋणी रहूँगा।"

मन्त्री ने राजा को पुनः भड़काते हुए कहा—"क्षमा करें महाराज! मुझे अपने विशिष्ट जासूसों से पता चला है कि यह वैद्य केवल आपके प्राण लेने के लिए ही यहाँ ठहरा हुआ है और अवसर की खोज में है।"

राजा ने सब सुना और बोला—"मन्त्री! लगता है कि तुम ये सब बातें ईर्ष्यावश कह रहे हो। तुम्हारे कहने पर मैं एक गुणी और योग्य वैद्य का अपमान नहीं कर सकता। मैंने हमेशा योग्य, गुणवान् और विद्वानों का आदर किया है। यदि वह मुझे मारना ही चाहता, तो मुझे इस भयानक रोग से मुक्त ही क्यों करता? मैं उसके उपचार-कौशल से प्रसन्न होकर उसे आज से ही राजवैद्य के पद पर नियुक्त करता हूँ। मैं प्रतिमाह वेतन के रूप में उसे एक हज़ार स्वर्ण-मुद्राएँ दिया करूँगा।"

यह सुनकर वह मन्त्री बौखला उठा और उसने अत्यन्त कठोर शब्दों में

दूबां वैद्य का विरोध काते हुए कहा–"महाराज! आप उस नीम-हकीम को इतना सम्मानित पद देकर हमारे राजवैद्य के साथ घोर अन्याय कर रहे हैं। नीति कहती है कि किसी अविश्वासी पर कभी विश्वास न करें; क्योंकि विश्वास हो जाने पर मन में अनजाना-सा भय उत्पन्न हो जाता है, जो मित्रता की जड़ों को खोखला कर देता है।"

राजा ने कहा–"मन्त्री महोदय! यदि मैं दूबां वैद्य को अपना सर्वस्व भी दे दूँ, तो भी उसके उपकार का बदला नहीं चुका सकता। एक तुम ही हो, जो उसका निरादर करने पर तुले हुए हो। इस पर मुझे सिन्दबाद की घटना याद आ रही है, जिसके मन्त्री ने उसे पुत्र से वञ्चित कर दिया था।"

तब उस मन्त्री ने अपनी झेंप मिटाते हुए कहा–"महाराज! वह घटना क्या है? मुझ सेवक को भी सुनाइये।"

राजा ने कहा–"सिन्दबाद की सास युवराज पर झूठा आरोप लगाकर उसकी हत्या करा देना चाहती थी और सिन्दबाद ने बिना सोचे-समझे उसकी बातों में फँसकर अपने बेटे को मृत्युदण्ड सुना दिया।"

मन्त्री ने राजा को टोका और कहा–"महाराज! कहीं ऐसा न हो कि आपको बाद में पछताना पड़े?"

राजा ने उत्तर दिया–"इस बात पर मैं तुम्हें एक सत्पुरुष की कहानी सुनाता हूँ। तुम ध्यान से सुनो।"

उसी समय सवेरा हो गया और शहरज़ाद ने कहानी सुनाना बन्द कर दिया। बादशाह भी तैयार होकर दरबार में चला गया।

अगली रात का अन्तिम प्रहर आरम्भ हुआ, तो दुनियाज़ाद के और बादशाह के कहने पर शहरज़ाद ने आगे की कहानी सुनाना आरम्भ किया।

एक सत्पुरुष की कहानी

ग्रीक राजा अपने मन्त्री को एक सत्पुरुष की कहानी सुनाते हुए कहने लगा—यह कहानी अत्यन्त प्राचीन समय की है। एक सत्पुरुष अपनी पत्नी को बहुत चाहता था। वह उसके प्रत्येक सुख-दुःख का पूरा-पूरा ध्यान रखता था और उसे एक क्षण के लिए भी अपने से दूर नहीं करता था। एक दिन उसे किसी कार्यवश दूसरे शहर में जाना पड़ा। वहाँ उसने देखा कि बाज़ार में अनेक पक्षी बिक रहे हैं। उन पक्षियों में उसे एक ऐसा तोता दिखाई दिया, जो मनुष्य की भाषा को अच्छी तरह समझता और बोलता था। वह सत्पुरुष उस तोते को ख़रीदकर अपने घर ले आया। तोता बहुत समझदार था और घर की सब बातें व घटनाएँ उस सत्पुरुष को बता दिया करता था।

कुछ दिनों बाद सत्पुरुष ने तोते को अपनी पत्नी के शयनागार में टाँग दिया और व्यापार के लिए विदेश चला गया। सत्पुरुष की पत्नी को तोते के बारे में कोई जानकारी नहीं थी। जब वह सत्पुरुष व्यापार करने के पश्चात् अपने घर वापस लौटा, तो तोते ने उसकी पत्नी की सब बातें सत्पुरुष को बता दीं, जिन्हें सुनकर वह सत्पुरुष आग बबूला हो गया और उसने अपनी पत्नी का ख़ूब खरी-खोटी सुनायी।

पति की डाँट-फटकार सुनकर पत्नी को भी क्रोध आ गया। उसने सोचा कि शायद किसी दासी ने मेरे विरुद्ध पति के कान भरे हैं। तब उसने अपने पति से पूछा—"आप मुझे सच-सच बताओ कि किस दासी ने तुम्हारे कान भरे हैं? ऐसी झूठी कहानी तुम्हें किसने सुनायी है? यदि तुम मुझे सारी बात नहीं बताओगे, तो मैं आज से ही अन्न-जल त्याग दूँगी।"

सत्पुरुष ने पत्नी को विश्वास दिलाते हुए कहा—"तुम्हारा ख़याल ग़लत है कि किसी दासी ने मेरे कान भरे हैं। मैं तुम्हारी क़सम खाकर कहता हूँ कि मुझसे किसी ने कुछ नहीं बताया।"

इस पर सत्पुरुष की पत्नी ने अनुमान लगाया कि हो न हो यह करतूत इस

तोते की ही है। इसके सिवा इस बात को कहने का साहस दूसरा कोई नहीं कर सकता। इसलिए उसने अपने पति पर प्यार जताते हुए उससे कहा–"स्वामी! तुमने इस झूठे तोते की बात पर विश्वास कर लिया, किन्तु मेरी बात पर तुम्हें विश्वास नहीं हुआ।"

यह सुनकर उस सत्पुरुष ने भी उस बात को वहीं समाप्त कर दिया, किन्तु उसकी पत्नी को उस तोते से ईर्ष्या हो गयी। उसने मन ही मन निश्चय कर लिया कि एक दिन तुझे तेरी इस करतूत की सज़ा तेरे स्वामी से ही दिलवाऊँगी, ताकि तू चुगुली करने के लिए ज़िन्दा ही न बचे। कुछ दिनों बाद उस सत्पुरुष को व्यापार के सिलसिले में दोबारा बाहर जाना पड़ा, तो उसकी पत्नी ने एक दासी को चक्की चलाने के लिए पिंजरे के पास बैठा दिया, ताकि चक्की की घर्र-घर्र आवाज़ तोते के कानों में पड़ती रहे। दूसरी दासी रात-भर तोते पर पानी डालने के लिए लगा दी और तीसरी दासी को तोते पर दीपक की रौशनी डालने के काम पर नियुक्त कर दिया।

पूरी रात तोते के साथ यही होता रहा। तोता बहुत विद्वान् था। उसे गूढ़ शब्दों का ज्ञान प्राप्त था, अतः वह संकेतों में अपनी बात कह सकता था।

अगले दिन जब सत्पुरुष अपने घर वापस आया, तो सत्पुरुष की पत्नी तोते के पिंजरे के पास ही खड़ी थी। तोते ने अपनी बात संकेतों में कहनी आरम्भ कर दी। उसने कहा–"स्वामी! कल रात मेरे ऊपर बहुत ज़ोर की वर्षा होती रही, बिजली चमकती रही और बादलों की गड़गड़ाहट के कारण मैं रात-भर सो न सका, मैंने सारी रात जागकर काट दी और कुदरत का खेल देखता रहा।"

सत्पुरुष तोते की बात को नहीं समझ सका और सोचता रहा कि कल रात तो आकाश एकदम साफ़ था, तारे निकल रहे थे और बारिश भी नहीं हो रही थी। लगता है कि तोता झूठ बोल रहा है। मेरी पत्नी के बारे में भी इसकी धारणा झूठी है। इसके बाद उस अज्ञानी सत्पुरुष ने तोते को पिंजरे से बाहर निकाला और बिना सोचे-समझे उसकी गर्दन मरोड़ दी। यह देखकर सत्पुरुष की पत्नी बहुत प्रसन्न हुई।

बाद में, जब सत्पुरुष को पड़ोसियों से अपनी पत्नी के दुश्चरित्र होने का पता चला, तो उसे तोते की मौत का बहुत दुःख हुआ।

सत्पुरुष की कहानी सुनाने के बाद ग्रीक राजा ने अपने मन्त्री से कहा–

"मन्त्री! तुम ईर्ष्या के कारण ही दूबां वैद्य को मरवाने का प्रयास कर रहे हो, किन्तु मैं उस सत्पुरुष की भाँति मूर्ख नहीं हूँ, जिसने बिना सोचे-समझे अपने तोते को मार डाला। मैं अपनी बुद्धि से काम लेना जानता हूँ, इसलिए दूबां वैद्य के वध का आदेश नहीं दूँगा।"

यह सुनने के बाद महामन्त्री ने अपनी आख़िरी चाल चलते हुए कहा—"महाराज! यदि मैं झूठ बोल रहा हूँ, तो आप मुझे प्राणदण्ड दे दें। मैं सज़ा भुगतने के लिए तैयार हूँ।"

ग्रीक राजा ने कहा—"वह तो तुम्हें दूँगा ही।"

मन्त्री ने कहा—"ठीक है महाराज! लेकिन दण्ड पाने से पहले मैं आपको एक प्रधानमन्त्री की कहानी सुनाना चाहता हूँ, जिससे आपको विश्वास हो जाये और समूचा राज्य विपत्ति से बच जाये।"

यह कहने के बाद मन्त्री राजा को प्रधानमन्त्री की कहानी सुनाने लगा।

प्रधानमन्त्री की कहानी

वर्षों पहले की घटना है कि किसी राज्य के युवराज को हरिणों के शिकार का बहुत शौक़ था। वहाँ के राजा को अपने बेटे से भी बहुत प्रेम था। उसने अपने प्रधानमन्त्री को यह आदेश दे रखा था कि वह सदा युवराज के साथ ही रहे, एक क्षण के लिए भी उसे अपने से अलग न होने दे।

एक दिन युवराज प्रधानमन्त्री के साथ जंगल में शिकार खेलने के लिए चला गया, जहाँ उसे सोने का एक मृग दिखाई दिया। युवराज उस मृग का पीछा करते-करते प्रधानमन्त्री से बहुत दूर निकल गया। वापस लौटते समय उसे कुछ भी दिखाई नहीं दे रहा था। युवराज बहुत परेशान हो गया। चारों ओर घना जंगल था, अतः जंगली जानवरों की गर्जना के कारण युवराज सहम गया।

उसी समय युवराज को जंगल में एक अपूर्व सुन्दरी दिखाई दी। युवराज ने अपना घोड़ा उस युवती की ओर मोड़ दिया और युवती के पास पहुँचकर उसने जैसे ही उस युवती को देखा, वह चौंक उठा। उस युवती की आँखों से आँसू बह रहे थे। उसे रोते देखकर युवराज ने उससे पूछा—"देवी! क्या हुआ, तुम रो क्यों रही हो?"

युवराज के इस प्रश्न पर वह युवती सुबकती हुई बोली—"मैं भारत सम्राट् की बड़ी बेटी हूँ। मैं अपने घोड़े पर बैठकर इधर से जा रही थी कि अचानक नींद के झोंके के कारण मैं घोड़े से नीचे गिर पड़ी।"

युवती की बात सुनकर युवराज ने चारों ओर देखा, किन्तु उसे कोई घोड़ा दिखाई नहीं दिया। उसने कहा—"तुम्हारा घोड़ा कहाँ है, दिखाई नहीं दे रहा।"

युवती ने उत्तर दिया—"चला गया होगा, जानवर ही तो है।"

युवराज ने उस युवती को अपने घोड़े पर बैठा लिया और उस युवती के द्वारा निर्दिष्ट मार्ग पर चल दिया।

कुछ ही देर में वे एक जंगल में पहुँच गये। तब युवराज ने उस युवती

को अपने घोड़े से उतार दिया। सामने एक महल था। वह युवती तुरन्त उस महल में घुस गयी। जंगल में बने उस महल को देखकर युवराज सोचने लगा—यह कैसा राजा है, जिसकी न कोई राजधानी है और न कोई प्रजा है। मैं महल में जाकर देखता हूँ कि वह कौन है।

यह सोचकर जब युवराज महल में गया, तो उसने भीतर से आ रही किसी स्त्री की आवाज़ सुनाई दी। वह युवती अपने बेटे से कह रही थी—"बेटे उठो! मैं तुम्हारे खाने के लिए एक युवक को लायी हूँ।"

उसके बाद भीतर से आवाज़ आयी, कोई कह रहा था—"कहां है वह? मुझे बड़ी ज़ोर की भूख लगी है।"

उस आवाज़ को सुनते ही युवराज काँप उठा। उसे यह समझते देर न लगी कि वह युवती मानव रूप में राक्षसी है, जो इस जंगल से जाने वाले यात्रियों को अपना व अपने बेटे का भोजन बना लेती है।

युवराज ने अपने घोड़े को एड़ लगायी और भटकता-भटकता अपने राजमहल में जा पहुँचा। वहाँ उसने अपने पिता को सारी घटना ज्यों की त्यों सुना दी। राजा ने सोचा कि इस घटना के पीछे प्रधानमन्त्री का ही हाथ है। जब उसे यह आदेश दिया गया था कि वह एक क्षण के लिए भी युवराज को अकेला नहीं छोड़ेगा, तो उसने युवराज को अकेला क्यों जाने दिया? उसने राजाज्ञा का उल्लंघन किया है, इसलिए राजा ने प्रधानमन्त्री को प्राणदण्ड देने का निश्चय कर लिया।

इतनी कहानी सुनाने के पश्चात् मन्त्री ने ग्रीक राजा से कहा—"महाराज! आप मानें या न मानें, दूबां वैद्य अवश्य ही आपके किसी शत्रु का भेजा हुआ जासूस है। आपने उसकी ओषधि से अपने रोग को नष्ट कर लिया, किन्तु उस ओषधि के दुष्प्रभाव से आपको ऐसी हानि होगी कि आपके प्राण संकट में पड़ जायेंगे।"

यह एक निश्चित तथ्य है कि झूठ को बार-बार दोहराने से वह झूठ भी सत्य लगने लगता है। इसी नीति का सहारा उस प्रधानमन्त्री ने भी लिया और ग्रीक राजा उसकी बातों में आ गया। उसने प्रधानमन्त्री की 'हाँ' में 'हाँ' मिलाते हुए कहा—"मन्त्री! तुम ठीक कह रहे हो। दूबां वैद्य को यहाँ भेजने में अवश्य हमारे किसी शत्रु का ही हाथ है। यह वैद्य अवश्य ही मुझे मारने की नीयत से यहाँ आया है, तभी तो उसकी ओषधि के प्रभाव से मैं अत्यन्त दुर्बल

अनुभव कर रहा हूँ।"

राजा पर अपनी बात का प्रभाव होते देख प्रधानमन्त्री ने कहा—"हां महाराज! मैं भी कुछ दिनों से यही अनुभव कर रहा हूँ।"

अगले दिन राजा ने दूबां वैद्य को अपने पास बुलाकर कहा—"मुझे विश्वस्त सूत्रों से पता चला है कि तुम मुझे मारने के लिए ही यहाँ आये हो, अतः मैं तुम्हें प्राणदण्ड देता हूँ।"

यह सुनकर दूबां वैद्य ने कहा—"महाराज! यदि आप मेरा वध ही करना चाहते हैं, तो मुझे कुछ दिनों के लिए अपने घर जाने की आज्ञा दे दें। मैं अपने परिजनों से भी मिल आऊँगा और अपनी पुस्तकें भी किसी योग्य शिष्य को सौंप आऊँगा। मेरी पुस्तकों में एक पुस्तक अभी अपूर्ण है, उसे मैं आपके पुस्तकालय के लिए लेता आऊँगा।"

राजा ने दूबां वैद्य से पूछा—"वैद्यराज! वह पुस्तक किस विषय की है?"

दूबां वैद्य ने उत्तर दिया—"महाराज! उस पुस्तक में मेरे रहस्यमय अनुभव लिखे हैं। उस पुस्तक में एक ऐसा मन्त्र भी लिखा है, जिसके प्रयोग से जब आप मेरा सिर काटकर धड़ से अलग कर देंगे और उस ग्रन्थ के छठे पृष्ठ की तीसरी पंक्ति को पढ़कर मेरे कटे सिर से कोई प्रश्न पूछेंगे, तो आपको उसका सही उत्तर मिल जायेगा।"

इस रहस्य को जानकर राजा बहुत प्रसन्न हुआ और उसने दूबां वैद्य को अपने घर जाने की आज्ञा दे दी। दूबां वैद्य अपने घर पहुँच गया और अपने परिजनों से मिला। उसने अपने अपूर्ण काम पूर्ण किये और एक बड़ा ग्रन्थ लेकर राजा के पास जा पहुँचा। उसने वह ग्रन्थ राजा को भेंट किया और उससे कहा—"महाराज! आप मेरा सिर काटकर एक थाली में रख देना और इस ग्रन्थ का छठा पृष्ठ पढ़ना आरम्भ कर देना। उसी समय मेरे कटे हुए सिर से रक्त बहना बन्द हो जायेगा और मेरा सिर आपके प्रश्नों के उत्तर देना आरम्भ कर देगा। मैं आपको यह भी बता दूँ कि मैं सर्वथा निर्दोष हूँ तथा मेरे प्राण लेने से आपको कोई लाभ होने वाला नहीं है, हाँ, हानि अवश्य हो सकती है।"

यह सुनकर राजा ने दूबां वैद्य को डाँटते हुए कहा—"तुम निर्दोष हो अथवा दोषी, इसका निर्णय अभी तुम्हारा सिर कर देगा।"

इतना कहकर राजा ने तुरन्त दूबां वैद्य का सिर कटवाकर एक थाली में रखवा दिया। ग्रन्थ का छठा पृष्ठ खोलने का प्रयास करते ही कटे सिर से रक्त

बहना बन्द हो गया और कटे सिर ने राजा को छठे पृष्ठ की तीसरी पंक्ति पढ़ने के लिए कहा। राजा ने छठे पृष्ठ को खोलने का अथक प्रयास किया, किन्तु उसे नहीं खोल सका। तब वह अंगुलि पर अपना थूक लगाकर उस पृष्ठ को खोलने लगा। राजा के बार-बार ऐसा करने से उस पृष्ठ पर लगा विष राजा के मुँह में चला गया और उसकी आँखों की दृष्टि चली गयी और राजा की साँस खिंचने लगी।

यह देखकर राजा का कटा सिर ज़ोर से हंसा और घृणा से राजा को देखते हुए बोला—"अरे दुष्ट! मैंने तेरे साथ भलाई की थी और तूने मेरी भलाई का यह बदला दिया! मैंने तुझे निरोगी बनाया और तूने मुझ पर आरोप लगाकर मुझे प्राणदण्ड दे दिया! अब तू उसका परिणाम भुगत!"

राजा का प्राणान्त हो गया।

यह कहानी सुनाने के बाद शहरज़ाद कुछ देर के लिए रुकी और फिर बोली—"मेरे सरताज! अब मैं आपको उस मछुआरे और दानव की कहानी सुनाती हूँ, आप ध्यान से सुनें।"

बादशाह ने कहा—"बेगम! बातें बनाना तो कोई तुमसे सीखे। अब तुम वह कहानी सुनाओ।"

मछुआरे और दानव की कहानी सुनाते हुए शहरज़ाद ने बताया कि दूबां वैद्य की कहानी सुनाने के बाद मछुआरे ने उस दानव से कहा—"दानवराज! जब राजा ने दूबां वैद्य की कोई बात न मानी, तो उसे भी प्राणदण्ड भोगना पड़ा। यदि तू भी मुझे मारने की इच्छा न करता, तो इस लोटे में बन्द न होता।"

मछुआरे की बात सुनकर दानव बोला—"मित्र! तू मुझे क्षमा कर दे। मैं ऐसा गुनाह फिर कभी नहीं करूँगा। इस लोटे के अन्दर रहते-रहते मेरा जीवन नरक बन गया है। यदि तू मुझे इस लोटे से बाहर निकाल दे, तो मैं तुझे अनेक मनोरंक कहानियाँ सुनाकर प्रसन्न कर दूँगा और तुझे एक ऐसा उपाय बताऊँगा जिससे तू बहुत धनवान् बन जायेगा।"

"मैं तेरी इन चिकनी-चुपड़ी बातों में आने वाला नहीं हूँ, लेकिन अगर तू महामन्त्र की सौगन्ध ले, तो मैं तुझे इस लोटे से बाहर निकाल सकता हूँ।"

मछुआरे ने कहा—"ठीक है, मैं महामन्त्र की सौगन्ध लेता हूँ कि अब मैं तेरे साथ कोई धोखा नहीं करूँगा और तुझे जिस बात का वचन दिया है, उसे पूरा करूँगा।" इस प्रकार जब उस दानव ने तीन बार वचन भर लिया, तो

मछुआरे ने उसे लोटे से बाहर निकाल दिया। लोटे से बाहर आते ही दानव ने लोटे को समुद्र में फेंक दिया और मछुआरे से कहा—"अब तुम मेरे पीछे-पीछे चलो।"

दानव के कहने पर मछुआरा उसके पीछे-पीछे चल दिया। कुछ देर बाद वे दोनों एक बड़े बाग़ीचे में पहुँचे, जहाँ चार पहाड़ियों के बीच में स्वच्छ जल का एक सरोवर था, जिसमें अनेक सुन्दर मछलियाँ तैर रही थीं। मछुआरे ने उस सरोवर में अपना जाल डाल दिया, तो जाल में काली-पीली-लाल और सफ़ेद चार मछलियाँ फँस गयीं। उन मछलियों को देखकर वह दानव बोला—"मित्र! इन चारों मछलियों को ले जाकर तुम अपने राजा को दे देना, तो वह तुम्हें इनाम में बहुत धन देगा। इस बात का यदा ध्यान रखना कि इस सरोवर में दिन में केवल एक बार ही जाल डाला करना।"

यह कहकर उस दानव ने ज़ोर से अपना पैर ज़मीन पर मारा, तो वहाँ एक सूराख़ हो गया और वह दानव उस सूराख़ में समा गया।

जब वह मछुआरा उन मछलियों को लेकर राजा के पास पहुँचा, तो राजा ने प्रसन्न होकर उस मछुआरे को चार सौ स्वर्ण-मुद्राएँ इनाम में दीं और अपने मन्त्री से कहा—"आप इन मछलियों को ग्रीक राजा की महराजिन को दे आओ।"

राजा के आदेशानुसार मन्त्री उन मछलियों को लेकर वहाँ से चल दिया। इधर मछुआरा चार सौ स्वर्ण-मुद्राएँ पाकर बहुत प्रसन्न हुआ और सुखपूर्वक अपना जीवनयापन करने लगा।

इतनी कहानी सुनने के बादशाह ने बेगम से कहा—"आगे की कहानी तुम हमारी बग़ल में लेटकर सुनाओ।"

तब शहरज़ाद बादशाह की बग़ल में लेटकर उसे आगे की कहानी सुनाने लगी। उसने कहा—"मन्त्री ने जब चारों मछलियाँ महराजिन को दीं, तो महराजिन ने उन्हें साफ़ किया और तलने के लिए उन्हें गरम घी में छोड़ दिया। जब वे मछलियाँ एक ओर से तल गयीं, तो उसने उन्हें दूसरी ओर से तलने के लिये पलट दिया। तभी रसोईघर की एक दीवार धमाके के साथ फट गयी और उसमें दरार आ गयी। उस दरार से एक युवती अपने हाथ में सोने की छड़ी लिये प्रकट हुई और उन तली हुई मछलियों के पास आकर उनसे कहने लगी—"अरी मछलियो! तुम अपने वचन को कभी मत भूलना और अपने प्रण

पर अडिग रहना। इसी में तुम्हारा कल्याण होगा।" उस युवती की बात सुनकर मछलियाँ जीवित हो गयीं और कहने लगीं—"ठीक है। जब तुम्हें हमारी इतनी चिन्ता है, तो हम भी तुम्हारी भक्त बनेंगी। जब तुम अपना ऋण चुकाओगी, तो हमें भी ऋण से मुक्त कर देना।"

यह सुनकर वह युवती मछलियों के बर्तन को उलटकर जिस रास्ते से आयी थी, उसी रास्ते से वापस लौट गयी। उसके वापस जाते ही दीवार भी पहले की भाँति एक जैसी दिखाई देने लगी।

इस घटना को देखकर महाराजिन बेहोश होकर ज़मीन पर गिर गयी। जब उसे होश आया, तब तक मछलियाँ जल चुकी थीं। महाराजिन रोने लगी। वह सोचने लगी कि यह बात राजा को कैसे बताऊँ? राजा मेरी बात पर विश्वास भी कैसे करेगा?

तभी वह मन्त्री भी वहाँ आ पहुँचा और उसने महराजिन से पूछा—"तुम्हारी मछलियाँ कब तक पक जायेंगी?"

यह सुनकर महराजिन ने सारी घटना मन्त्री को सुना दी। पूरी घटना सुनने के बाद मन्त्री ने सोचा कि मछलियों के जल जाने की बात सुनकर महाराज बहुत नाराज़ होंगे और महराजिन को दण्ड देंगे।

यह सोचकर मन्त्री ने उस मछुआरे को बुलाया और उससे कहा— "तुम हमें अभी इसी रंग की चार मछलियाँ लाकर दो, तुम्हें उनकी मुँह-माँगी क़ीमत दी जायेगी।"

मछुआरे ने कहा—"मन्त्रीजी! आज के लिए मैं क्षमा चाहता हूँ। कल मछलियाँ लेकर आपकी सेवा में उपस्थित हो जाऊँगा।"

इतना कहकर मछुआरा वापस अपने घर चला गया। अगले दिन जब मछुआरा मछलियाँ लेकर आया, तो मन्त्री ने उन्हें अपनी देखरेख में बनवाया। महराजिन ने पहले दिन की भाँति उन मछलियों को एक बार तलने के बाद दूसरी ओर से तलने के लिए पलटा, तो पहले दिन की भाँति ही धमाके के साथ रसोईघर की दीवार फट गयी और उसमें दरार पड़ गयी। फिर पहले दिन की भाँति उस दरार से वही युवती बाहर आयी और उसी तरह प्रश्नोत्तर करके वापस चली गयी। यह देखकर मन्त्री हक्का-बक्का रह गया और उसने सारी घटना राजा को सुना दी।

उस घटना को सुनकर राजा भी हैरत में पड़ गया और उसने मछुआरे को

फिर से वैसी ही मछलियाँ लाने का आदेश दिया और उसे चार सौ स्वर्ण-मुद्राएँ भी इनाम में दीं। राजा ने उन मछलियों को अपने सामने महल के एकान्त में साफ़ कराया और तब मन्त्री ने सारे दरवाज़े बन्द करके उन मछलियों को घी की गरम कड़ाही में छोड़ दिया। जब उन मछलियों को दूसरी ओर से तलने के लिए पलटा गया, तो पीछे की ओर से दीवार फटने की आवाज़ आयी। राजा ने पलटकर देखा, तो एक दानव सेवक के वेश में छड़ी लिये उस दीवार से बाहर आया और मछलियों के बर्तन के पास पहुँचकर उसने कठोर स्वर में मछलियों से कहा—"मछलियो! तुम अपनी प्रतिज्ञा भंग मत करना और अपने प्रण पर डटी रहना।"

मछलियों ने जैसे ही उत्तर दिया, वह दानव उनका बर्तन उलटकर उस दीवार में ग़ायब हो गया। राजा ने तुरन्त मछुआरे को बुलाकर उससे पूछा—"तुम ये मछलियाँ कहाँ से लाते हो?"

मछुआरे ने राजा को उस सरोवर का पता बता दिया, जहाँ से वह मछलियाँ लाता था। मछुआरे की बात सुनकर मन्त्री को बड़ा आश्चर्य हुआ। उसने मछुआरे से कहा—"कमाल है! मैं पिछले बासठ वर्षों से वहीं शिकार खेलने जाता रहा हूँ, उस स्थान का चप्पा-चप्पा मेरा छाना हुआ है, पर मैंने आज तक वह सरोवर नहीं देखा।"

इस पर राजा ने मछुआरे से पूछा—"वह सरोवर यहाँ से कितनी दूर होगा?"

मछुआरे ने कहा—"महाराज! यही कोई तीन घड़ी का रास्ता होगा।"

राजा ने उससे कहा—"ठीक है, अब तुम जा सकते हो।"

रास्ते का पता चल जाने पर राजा अपने सैनिकों के साथ उस सरोवर की ओर चल दिया। लगभग तीन घड़ी चलने के बाद वे सब उस सरोवर पर जा पहुंचे। राजा ने उस सरोवर के पास ही अपना डेरा ड़ाल दिया और सैनिकों से कहा—"मैं यहाँ कुछ दिन रहकर इस सरोवर के रहस्य को जानने का प्रयत्न करूँगा। अभी मैं आगे जा रहा हूँ। तुम यहाँ सावधानी से रहना और जब तक मैं वापस न आऊँ, तुम सब यहीं डटे रहना।"

उसके पश्चात् राजा ने एक कटार अपनी पोशाक में छिपायी और उस ओर चल दिया, जहाँ पर्वतमाला के बीच एक बड़ा बाग़ीचा था। वह सवेरे-सवेरे पर्वतमाला के दूसरी ओर एक महल के दरवाज़े पर जा पहुँचा और उसने

आवाज़ लगायी—"इस महल में कौन है?"

कोई उत्तर नहीं आया। वह महल लोहे का एक ऊँचा क़िला था। राजा ने एक बार पुनः पुकारकर कहा—"इस महल के भीतर कौन है? बोलता क्यों नहीं? महल में कौन है?"

जब दूसरी बार भी राजा को उत्तर न मिला, तो वह मुख्य द्वार को खोलकर महल के अन्दर चला गया। वहाँ भी कोई न था, ख़ामोशी थी। सामने के बरामदे में एक कालीन बिछा था और खिड़कियों पर मख़मली परदे पड़े थे। बारहदरी के बीच में स्वच्छ जल का एक कुण्ड बना हुआ था, जिसके चारों कोनों पर सोने के सिंह बने हुए थे। उन सिंहों के मुँह से फुहारों के रूप में निकलता हुआ गुलाब का अर्क़ मोती लुटाता दिखाई दे रहा था। थका-हारा राजा एक वाटिका में बैठकर सुगन्धित पवन का आनन्द लेने लगा। उसी समय एक डरावनी आवाज़ को सुनकर वह चौंक उठा।

राजा ने चारों ओर देखा, कहीं कोई दिखाई न दिया। तब उसने अपने पीछे का परदा उठाकर देखा। वहाँ सिंहासन पर बैठा एक युवक फूट-फूटकर रो रहा था। राजा ने उस युवक को प्रणाम किया, तो उस युवक ने उठने का प्रयास किया, किन्तु वह उठ न सका। उस अपाहिज ने राजा से कहा—"मुझे क्षमा करें, मैं आपका स्वागत भी न कर सका।"

राजा ने उस युवक के पास पहुँचकर उससे कहा—"आप परेशान न हों, आपकी ऐसी दशा देखकर मुझे बहुत कष्ट हुआ है। मैं आपकी सहायता करने ही आया हूँ। आप मुझे सरोवर की रंगीन मछलियों और अपने रोने का रहस्य बतायें। उस रहस्य को जानने के बाद मैं आपकी सहायता कर सकूँगा।"

राजा की सहानुभूति से प्रभावित होकर उस युवक ने अपने सारे कपड़े उतार दिये। उसके नग्न शरीर को देखकर राजा चौंक उठा। उस युवक का आधा शरीर सजीव था और नाभि से नीचे का आधा शरीर पत्थर का था। राजा ने उस युवक को कपड़े पहना दिये। तब युवक ने कहा—"महाराज! यदि आप मेरे रहस्य को जानना ही चाहते हैं, तो मैं आपको श्याम द्वीप के राजा की कहानी सुनाता हूँ।"

राजा उस कहानी को सुनने के लिए युवक के सामने बैठ गया और ध्यानपूर्वक उससे वह कहानी सुनने लगा।

तीन कलन्दर और पंचपत्नी की कहानी

आज से सैकड़ों वर्ष पहले बगदाद में हारूं रशीद के शासनकाल में एक बड़ा रसिकमिज़ाज एवं बातूनी मज़दूर रहता था, जो हर समय बक-बक किया करता था। उन दिनों शहर के सारे मज़दूर एक ही स्थान पर खड़े हो जाया करते थे।

एक दिन वह मज़दूर भी सवेरे-सवेरे बाज़ार में इस आशय से जा खड़ा हुआ कि शायद कोई व्यक्ति उसे भी काम के लिए बुलाकर ले जाये। बहुत देर हो जाने पर भी जब कोई उसे अपने साथ नहीं ले गया, तो वह सोचने लगा कि आज अपनी क़िस्मत में कोई काम नहीं लिखा है। आज ख़ाली हाथ ही घर लौटना होगा। अभी वह ऐसा सोच ही रहा था कि उसी समय बुर्क़ा पहने एक युवती उसके पास आयी और उसने उस मज़दूर से पूछा—"क्या तुम मेरे साथ चलोगे?"

बिना काम-काज पूछे वह मज़दूर उस युवती के पीछे-पीछे चल दिया। इस समय वह अपने आपको बड़ा ख़ुशनसीब समझ रहा था कि आज उसकी भेंट ऐसी सुन्दर युवती से हो गयी। कुछ दूर चलने के बाद वह युवती एक घर के दरवाज़े पर जाकर रुक गयी और उसने उस घर का बन्द दरवाज़ा खटखटाया। तब उस दरवाज़े को एक वृद्ध ईसाई ने खोला। उस ईसाई ने उस युवती को सुगन्धित शराब की एक बोतल दी। बोतल लेकर वह युवती बाज़ार की ओर चल पड़ी। वह मज़दूर बिना कुछ बोले उस युवती के पीछे-पीछे चला जा रहा था। बाज़ार से उस युवती ने अनेक प्रकार के फल ख़रीदकर उस मज़दूर की टोकरी में रख दिये।

भरी हुई टोकरी को देखकर मज़दूर हँस दिया और कहने लगा—"अगर मुझे इतने सामान का पता होता, तो मैं अपने साथ ऊँट या घोड़ा ले आता।"

मज़दूर की बात सुनकर वह युवती भी हँस दी। मज़दूर सारे रास्ते उस युवती को हँसाता हुआ एक आलीशान मकान के सामने आ खड़ा हुआ। उस

युवती के दरवाज़ा खटखटाने पर एक सोलह वर्षीय लड़की ने आकर मकान का दरवाज़ा खोला। देखने में वह लड़की कोई राजकन्या लगती थी। मज़दूर ने उसे देखा, तो वह उसे देखता ही रह गया। फिर वह मज़दूर फलों का टोकरा लेकर उस मकान के अन्दर चला गया। वह मकान एक हवेली था। उस हवेली के अन्दर एक सिंहासन बना हुआ था, जिस पर एक अत्यन्त सुन्दर युवती बैठी हुई थी। उस सुन्दरी का नाम जबीदा था। जबीदा को देखते ही वह मज़दूर उस पर फ़िदा हो गया। जो युवती उस मज़दूर को बाज़ार से लायी थी उसका नाम अमीना था और जिस युवती ने हवेली का दरवाज़ा खोला था, उसका नाम साफ़ी था।

जबीदा ने मज़दूर के सिर से फलों की टोकरी उतरवायी और उसे एक स्वर्ण-मुद्रा मज़दूरी दे दी। स्वर्ण-मुद्रा लेकर मज़दूर जैसे ही वापस लौटने लगा, सामने खड़ी युवती ने अपना नक़ाब उलट दिया। युवती के सौन्दर्य को देखकर मज़दूर की आँखें चकाचौंध हो गयीं। उसने इतनी सुन्दर युवती पहले कभी नहीं देखी थी। वह उसे एकटक देखता रह गया। मज़दूर को खड़ा देखकर जबीदा ने सोचा कि शायद मज़दूरी कम मिलने के कारण खड़ा है। यह सोचकर जबीदा ने अमीना से कहा—"इसे कुछ और मज़दूरी देकर विदा करो।"

"नहीं साहिबा! मज़दूरी तो मुझे उम्मीद से अधिक मिली है। मुझे अब और नहीं चाहिए, लेकिन मैं यह देखकर हैरान हूँ कि इतनी बड़ी हवेली में मुझे कोई पुरुष नहीं दिखाई दे रहा। वैसे मुझे यह सब जानने का हक़ नहीं है, फिर भी मैं यह जानना चाहता हूँ कि इतनी बड़ी हवेली में आप तीनों अकेली रहती हैं। क्या इसका कोई ख़ास कारण है?"

यह सुनकर जबीदा मुसकराने लगी। बातों ही बातों में उस मज़दूर ने वहाँ भोजन करने की इच्छा प्रकट की, तो उन तीनों युवतियों ने उस मज़दूर के साथ भोजन किया और अरब रिवाज के अनुसार पहले अमीना ने एक गिलास शराब खुद पी और उसके बाद सबको पिलायी। उस मज़दूर ने इससे पहले इतनी सुगन्धित शराब कभी नहीं पी थी। शराब पीने के बाद वह मज़दूर नशे में गीत गुनगुनाने लगा। अब उसकी इच्छा हुई कि वह उसी हवेली में आराम करे।

जबीदा उसके मन की बात भाँप गयी। उसने मज़दूर से कहा—"यदि

तुम इस हवेली में सोना चाहते हो, तो हमारे किसी भी काम में हस्तक्षेप मत करना। यदि तुमने कुछ पूछ लिया, तो तुम मारे जाओगे। तब तुम्हें कोई भी नहीं बचा सकेगा।"

मज़दूर ने जबीदा की बात स्वीकार कर ली।

दरवाज़े पर खट-खट की आवाज़ सुनकर दासी ने दरवाज़ा खोल दिया। द्वार पर तीन कलन्दर खड़े थे, जो रात काटने के लिए कुछ जगह चाहते थे। दासी ने हवेली में जाकर जबीदा से कहा—"मालकिन! इस मज़दूर की तरह ही तीन कलन्दर दरवाज़े पर खड़े हैं। वे तीनों एक-जैसी शक्ल के हैं, लेकिन वे तीनों दायीं आँख से काने हैं। वे रात काटने के लिए इस हवेली में कुछ जगह चाहते हैं।"

दासी की बात सुनकर जबीदा बहुत हँसी और बोली—"अमीना ने एक मज़दूर रखा है, तू तीन कलन्दरों को रख ले।"

मालकिन का आदेश सुनकर दासी दरवाज़े पर गयी और उन तीनों कलन्दरों को हवेली के अन्दर बुला लायी। अन्दर आते ही उन तीनों कलन्दरों ने उन्हें झुककर सलाम किया और फिर वे तीनों भी हवेली के नियमानुसार भोजन में सम्मिलित हो गये। सबने मिलकर भोजन किया और अरब रीति के अनुसार शराब भी पी।

भोजन के पश्चात् उन तीनों कलन्दरों ने रंगारंग कार्यक्रम प्रस्तुत किया। उसी समय दरवाज़े पर किसी ने दस्तक दी। दासी ने दरवाज़ा खोला, तो वहाँ तीन व्यक्ति खड़े थे।

इतनी कहानी सुनाने के बाद शहरज़ाद ने बादशाह से कहा—"मेरे सरताज! दरवाज़े पर खड़े वे तीनों व्यक्ति बगदाद का बादशाह हारूं रशीद, मन्त्री जाफ़र और प्रधान मसरूर थे। बादशाह हर रात वेश बदलकर अपनी प्रजा के सुख-दु:ख का पता करने के लिए घूमा करता था। उस समय वे तीनों व्यापारियों के वेश में थे।"

इसके बाद शहरज़ाद ने आगे की कहानी सुनाना आरम्भ कर दिया।

वे तीनों व्यापारी जब उस हवेली के दरवाज़े पर पहुँचे, तो उन्हें हवेली के अन्दर से संगीत के स्वर सुनाई दिये। बादशाह ने अपने मन्त्री से पूछा—"जाफ़र! हवेली के अन्दर ये संगीत कैसा?"

मन्त्री ने उत्तर दिया—"जहाँपनाह! लगता है, भोजन के बाद अरब रीति

के अनुसार कुछ औरतें शराब पीकर मस्त हो गयी हैं और नाच-गाना चल रहा है। ऐसी हालत में हमें हवेली के अन्दर नहीं जाना चाहिए।"

लेकिन बादशाह नहीं माना और उसने हवेली के अन्दर जाने की ज़िद्द की। तब मन्त्री ने हवेली का दरवाज़ा खटखटा दिया।

दासी ने दरवाज़ा खोला और उन तीनों को देखकर उनसे पूछा—"आप लोग कौन हैं और क्या चाहते हैं?"

मन्त्री जाफ़र ने उत्तर दिया—"हम तीनों दूर देश के व्यापारी हैं और इस नगर में अनेक अनोखी चीज़ें लेकर व्यापार करने आये हैं। एक व्यापारी ने हमें आज रात यहाँ बुलाया था। हम शाम को ही यहाँ पहुँच गये। रात को उस व्यापारी ने हमें भोजन कराया, शराब भी पिलायी और रंगारंग कार्यक्रम भी हुआ। उसी समय नगर में कोलाहल मच गया और हम किसी तरह जान बचाकर भाग आये। हम जिस सराय में ठहरे हैं, वहाँ इतनी रात में जाना ठीक नहीं लगता। क्या आज की रात हम इस हवेली में ठहर सकते हैं? हम सवेरा होने से पहले ही चले जायेंगे। आपकी बड़ी मेहरबानी होगी।"

बहुत अनुनय-विनय करने पर वह दासी उन तीनों को हवेली में ले गयी। इसके बाद दासी ने उन तीनों को हवेली के दरवाज़े पर लगा हुआ लेख दिखाया और मज़दूर से होने वाली बात का खुलासा करते हुए कहा—"तुम लोग जो भी देखोगे, उसमें हस्तक्षेप अथवा उसके बारे में कोई प्रश्न नहीं करोगे, वरना तुम्हें मृत्युदण्ड दिया जायेगा।"

उन तीनों ने दासी की शर्त को स्वीकार कर लिया।

भोजन समाप्त होने पर दासी ने उन तीनों व्यापारियों और कलन्दरों को एक अलग कमरे में चले जाने का आदेश दिया और उस मज़दूर को अपने पीछे-पीछे आने का संकेत देकर आगे बढ़ गयी। दासी उस मज़दूर को अमीना के कमरे में ले गयी। अमीना ने अपने कमरे में एक चौकी डाल दी और उस मज़दूर को कमरे से सटी एक कोठरी में ले गयी। वहाँ उसने लोहे की ज़ंजीरों से बँधी दो काली कुतियों को खोला और उन्हें अपने कमरे में ले आयी। अब तक जबीदा उस कमरे में आकर बैठ चुकी थी। उसके हाथ में एक छड़ी थी। जब वह काली कुतिया जबीदा के पास लायी गयी, तो चीख़ मारकर उसके पैरों में गिर पड़ी। जबीदा ने उसे अपने हाथ में पकड़ी छड़ी से पीटना आरम्भ कर दिया। जब वह उसे पीटते-पीटते थक गयी, तो उसने कुतिया को पंजों

के बल खड़ा करके उसका माथा रगड़ा, उसका मुँह चूमा और अपने रूमाल से उसकी आँखों से बहते आँसू पोंछ दिये। उसके बाद उस कुतिया को कोठरी में बन्द करके अमीना दूसरी कुतिया को जबीदा के पास ले आयी। जबीदा ने दूसरी कुतिया के साथ भी वैसा ही व्यवहार किया, जैसा उसने पहली कुतिया के साथ किया था।

तीनों कलन्दर और व्यापारी उस घटना को देखकर दंग रह गये। बहुत सोचने-विचारने के बाद भी उनकी शंका का समाधान न हो सका। उसी समय अमीना एक सुन्दर सन्दूक़ उठा लायी और उसमें से एक बाँसुरी निकालकर उसने अपनी दासी को दे दी।

बाँसुरी से दासी ने एक ऐसा दर्द-भरा गीत सुनाया कि उस गीत को सुनकर सब मन्त्रमुग्ध हो गये। फिर उसी बाँसुरी को लेकर अमीना ने विरह रागिनी छेड़ दी, जिसे सुनकर सब बेचैन हो गये। अमीना आनन्द में डूबकर राग छेड़ती गयी और कुछ ही देर में बेसुध होकर ज़मीन पर गिर पड़ी। जबीदा और दासी ने उसे उठाया।

होश में आने पर अमीना ने एक गहरी साँस ली और अपने वस्त्र उतार दिये। सबने देखा, अमीना के दोनों कन्धे काले पड़ गये थे। यह देखकर सब स्तब्ध रह गये। सबके मुँह से एक ही स्वर निकला—"हाय! किस निर्दयी ने इस नाज़ुक युवती को घायल किया है?"

उस युवती की यह दशा देखकर एक कलन्दर ने बड़े दुखी मन से अपने साथियों से कहा—"इससे तो अच्छा यही होता कि हम किसी जंगल में ही अपनी रात काट लेते। यह कितने अफ़्सोस की बात है कि सब कुछ अपनी आँखों से देखने के बाद भी हम कुछ भी पूछने की हिम्मत नहीं कर सकते।"

तब ख़लीफ़ा हारूं ने उस कलन्दर से पूछा—"क्या तुम इस युवती और उन काली कुतियों के बारे में कुछ जानते हो?"

उस कलन्दर ने उत्तर दिया—"मैं यहाँ पहली बार आया हूँ। इसलिए इस बारे में कुछ भी नहीं कह सकता।"

उन सबको इस प्रकार कानाफूसी करते देख जबीदा को बहुत बुरा लगा। वह अपनी आँखें तरेरती हुई बोली—"तुम सबने कानाफूसी करके इस हवेली के नियमों को भंग किया है, इसलिए तुम्हें मृत्युदण्ड दिया जायेगा।"

यह सुनकर उस मज़दूर ने सबकी ओर से सफ़ाई देते हुए कहा—"देवी!

क्षमा करें। उस घटना से हम सभी स्तब्ध हो गये थे। इसलिए सबके मन में उस घटना के बारे में जानने की उत्सुकता पैदा हो गयी थी, जो इंसानी स्वभाव के अनुसार स्वाभाविक है।"

यह सुनते ही जबीदा ने ज्योंही अपना पैर ज़मीन पर पटका, तो एक तहख़ाने का दरवाज़ा खुल गया और उस दरवाज़े से सात जवान अपने हाथों में छुरा लिये हुए बाहर आये। उनमें से एक जवान ने अपना सिर झुकाकर कहा—"मालकिन! यदि आप आज्ञा दें, तो हम इन दुष्टों के सिर काटकर इन्हें इसी तहख़ाने में दफ़्न कर दें?"

उन जवानों को अपने हाथ के इशारे से रोकते हुए जबीदा ने कहा—"ठहरो! पहले हमें इन सबकी कहानी सुननी है। उसके बाद इनके सिर क़लम कर देना, ताकि हवेली का राज़ राज़ ही बना रहे।"

इसके बाद जबीदा ने उस मज़दूर, तीनों कलन्दरों और तीनों व्यापारियों की कहानी सुनकर उन सबको क्षमा कर दिया। तब वे सातों व्यक्ति हवेली से बाहर निकल आये। ख़लीफ़ा ने तीनों कलन्दरों के प्रति सहानुभूति प्रकट करते हुए उन्हें अगले दिन दरबार में उपस्थित होने का आदेश दिया।

अपने महल में पहुँचकर जब ख़लीफ़ा अपने बिस्तर पर लेटा, तो उसे जबीदा, अमीना, साफ़ी और उन दोनों काली कुतियों का रहस्य जानने की इच्छा के कारण नींद नहीं आयी। दूसरे दिन उसने दरबार में पहुँचकर अपने मन्त्री जाफ़र को हुक्म दिया कि उन तीनों युवतियों को पेश किया जाये।

थोड़ी देर में वे तीनों युवतियाँ और दोनों काली कुतियाँ दरबार में हाज़िर हो गयीं। ख़लीफ़ा ने पीछे बैठने का हुक्म देकर सबसे अपनी-अपनी कहानी सुनाने का अनुरोध किया। उसने कहा—"शायद तुम मुझे पहचानते नहीं। मैं शहर बगदाद का ख़लीफ़ा हारूं रशीद हूँ। कल रात मैं एक व्यापारी की हैसियत से तुम्हारी हवेली में ठहरा था। हालाँकि हमारी वजह से तुम्हें रात-भर तकलीफ़ उठानी पड़ी, फिर भी तुमने हमें क्षमा कर दिया। इसके लिए हम आपके आभारी हैं।"

ख़लीफ़ा के अनुरोध पर जबीदा ने अपनी कहानी सुनाना आरम्भ कर दिया।

जबीदा की कहानी

जबीदा ने अपनी कहानी सुनाते हुए कहा—मेरी कहानी सबसे अलग और विचित्र है। ये दोनों काली कुतिया मेरी सगी बहिनें हैं, लेकिन अमीना और साफ़ी मेरी सौतेली बहिनें हैं। जब मेरे पिता का निधन हुआ, तो उनकी सारी जायदाद हम पाँचों बहिनों में बराबर-बराबर बाँट दी गयी। हम तीनों अपनी माँ के साथ रहने लगीं, लेकिन ये दोनों अपना हिस्सा लेकर अपनी ननिहाल में जाकर रहने लगीं।

जब हमारी माँ का निधन हुआ, तो उसके पास रखे धन में से हम तीनों को एक-एक हज़ार स्वर्ण-मुद्राएँ भी मिलीं। कुछ दिनों के बाद मेरी दोनों बड़ी बहिनों ने विवाह कर लिया और तब वे अपने-अपने शौहरों के साथ रहने लगीं। थोड़े दिनों बाद मेरी बड़ी बहिन का शौहर अपना सारा सामान बेचकर मेरी बहिन के साथ अफ्रीका चला गया, लेकिन फुज़ूलख़र्ची के कारण उसका सारा धन समाप्त हो गया। उसने मेरी बहिन के सारे ज़ेवर और कपड़े भी बेच दिये, लेकिन वह फिर भी व्यापार में हुए घाटे को पूरा न कर सका। उसने मेरी बहिन को कुलटा और बदचलन बताकर उसे अपने घर से निकाल दिया।

इधर मेरी मझली बहिन भी अपने शौहर के साथ बाहर चली गयी थी। कुछ समय के बाद मेरी बड़ी बहिन फटे हाल मेरे पास वापस आयी। मैंने उन दिनों रेशम के व्यापार में बहुत धन कमाया था। उसके इस बुरे समय में मैंने अपनी बड़ी बहिन को अपने पास रख लिया।

कुछ दिनों बाद मेरी छोटी बहिन भी ग़रीबी की हालत में मुझसे मिलने आयी। उसके शौहर ने भी अपनी सारी दौलत ख़र्च कर डाली थी। मैंने उसे भी अपने पास रख लिया।

कुछ दिनों बाद मेरी दोनों बहिनों ने दोबारा शादी करने की बात मुझसे कही। उन्होने मुझसे शिकायत के लहजे में कहा—"बुरा मत मानना बहिन!

हम ग़रीब हैं। तुमने हम पर दया करके हमें अपने पास रख लिया है, लेकिन कुछ समय के बाद तुम हमें नौकरानी समझने लगोगी।"

यह सुनकर मेरे मन को बहुत चोट पहुँची, पर मैंने उन दोनों को समझाते हुए कहा—"तुम्हें अब दोबारा विवाह करने की कोई आवश्यकता नहीं है। मेरे पास तुम्हारे आवश्यक ख़र्च के लिए बहुत धन है। तुम मेरी सगी बहिनें हो, नौकरानी नहीं हो। यदि अब भी तुम्हारे मन में कोई शंका हो, तो मैं तुम्हें भविष्य में शिकायत का कोई अवसर नहीं दूँगी।"

मेरे कहने पर उन दोनों ने दोबारा शादी करने का विचार त्याग दिया। ख़ुदा की रहमत से छह महीनों में ही मेरा व्यापार इतना बढ़ गया कि मैं समुद्री व्यापार की इच्छा से अनेक वस्तुएँ जहाज़ में लदवाकर अपनी दोनों बहिनों के साथ बगदाद शहर से बऊ नगर की ओर चल दी।

उस यात्रा में मैंने भारत की ओर रुख़ किया और बाईसवें दिन हमारा जहाज़ एक ऐसे द्वीप के किनारे जा पहुँचा, जो जन-धन से परिपूर्ण था और जिसे देखने की मेरी बहुत इच्छा थी। जहाज़ के लंगर डालते ही मैं एक नौका के द्वारा नगर की ओर चल दी। मेरी दोनों बहिनें जहाज़ पर ही रह गयीं।

उस नगर के प्रवेश-द्वार पर अस्त्र-शस्त्रों से सुसज्जित अनेक भयंकर सैनिक खड़े थे। मैंने नगर में प्रवेश किया और देखा, चारों ओर पत्थर ही पत्थर थे। मकानों के दरवाज़े और खिड़कियाँ बन्द थे। नगर के बीच में एक विशाल फाटक था, जो सोने से मढ़ा था और उस पर रेशमी परदा पड़ा था। वहाँ एक हाँडी लटक रही थी, जिससे सब ओर प्रकाश फैल रहा था। ऐसा लगता था कि वह राजमहल था।

मैंने परदा हटाकर उस महल में प्रवेश किया, तो मैं यह देखकर हैरान रह गयी कि उस महल में कोई भी नहीं था। पहरेदार और कर्मचारी सब पत्थर के थे। पूरे राजमहल में सन्नाटा पसरा था। मैं एक बड़े दालान में जा पहुँची, जहाँ बहुमूल्य वस्त्र धारण किये पत्थर बनी एक स्त्री सिर पर मुकुट धारण किये और गले में गजमुक्ता की माला पहने हुए बैठी थी।

मैंने चारों ओर घूम-घूम कर देखा, किन्तु वहाँ कोई भी न था। शाम के समय मैं वापस लौटने को तैयार हुई, किन्तु मैं जिस मार्ग से आयी थी, मुझे वह मार्ग नहीं मिला। अँधेरा धीरे-धीरे अपने पैर पसारने लगा। मुझे थकान का अनुभव होने लगा, तो मैंने पत्थर के एक सिंहासन पर लेटना चाहा, किन्तु उसी

समय मेरे कानों में किसी के क़ुर्आन शरीफ़ पढ़ने की आवाज़ सुनाई पड़ी।

उस आवाज़ को सुनकर मैं अपने हाथ में एक दीपक लेकर उस ओर आगे बढ़ी, जिधर से वह आवाज़ आ रही थी। कुछ दूर चलने पर मुझे एक छोटी-सी मस्जिद दिखाई दी। मैंने ख़ुदा का शुक्रिया अदा करने के लिए नमाज़ अदा की। फिर मैंने मस्जिद में जाकर देखा, वहाँ एक नौजवान क़ुर्आन शरीफ़ पढ़ रहा था। मस्जिद में जल रही दो मोमबत्तियों की रौशनी के कारण सब ओर उजाला फैला हुआ था। उस नौजवान को देखकर मैं अचरज में पड़ गयी कि जहाँ सारा नगर पत्थर हो चुका है, वहाँ यह नौजवान अकेला कैसे बच गया? ख़ुदा की बन्दगी से या...?

उस नौजवान का ध्यान अपनी ओर आकर्षित करने के लिए ख़ुदा से दुआ करते हुए मैंने कहा—"या ख़ुदा बगदाद में मेरी लाज रखना।"

मेरी आवाज़ सुनकर उस नौजवान का ध्यान भंग हुआ और उसने मुझसे पूछा—"आप कौन हैं और इस नगर में रात के समय कैसे आयीं?"

मैं एकटक उसके ओजस्वी चेहरे को देखती रह गयी। फिर मैंने उससे कहा—"आप अपने बारे में बताइये कि आप कौन हैं और पत्थर के इस नगर से आपका क्या सम्बन्ध है? इतनी रात गये आप मस्जिद में बैठे ख़ुदा की इबादत क्यों कर रहे हैं?"

यह सुनकर उस युवक ने क़ुर्आन शरीफ़ को उठाकर एक ओर रख दिया और मुझे बैठने के लिए एक आसन देते हुए बोला—"पत्थर हो गया यह नगर कभी मेरे पिता की राजधानी था। यहाँ के लोग अग्नि की और नारदीन नामक राक्षस की पूजा किया करते थे। मैं बचपन से ही अपनी दाई माँ के पास रहता था। उसी ने मुझे यह नसीहत दी कि ख़ुदा के सिवा किसी अन्य की बन्दगी करना गुनाह है। यह भी मेरी दाई माँ का ही किया-धरा है कि मुझे इब्रानी भाषा की शिक्षा मिली और मैं धार्मिक ग्रन्थों का ज्ञाता बन गया। मेरी दाई माँ का निधन हो गया, लेकिन मैं अपने धर्म पर अटल रहा।

जब अग्निपूजक बढ़ते चले गये, तो अचानक एक दिन आसमान से आवाज़ आयी—"अरे नास्तिको! अग्नि और नारदीन राक्षस की इबादत करना छोड़ दो, केवल ख़ुदा की इबादत करो। वह बड़ा रहमदिल है। वही तुम्हारे गुनाहों को मुआफ़ सकता है, पर किसी ने भी उस आवाज़ पर ध्यान नहीं दिया और वे लोग नारदीन की ही पूजा करते रहे। फिर एक दिन ख़ुदा का क़हर

बरपा और सब लोग पत्थर के हो गये। उन लोगों में मेरे माता-पिता भी थे। बस, केवल मैं ही बच रहा। अब ख़ुदा की इबादत करना और धार्मिक ग्रन्थों का अध्ययन करना ही मेरा मुख्य कर्म बन गया है। आपको देखकर लगता है कि ख़ुदा ने मेरी तनहाई पर तरस खाकर आपको मेरे पास भेजा है। अब आप भी अपना परिचय दीजिए।"

उस युवक की बातें सुनकर मुझे कुछ दुःख हुआ और थोड़ी ख़ुशी भी हुई। मैंने उस युवक से सहानुभूति जताते हुए कहा—"मेरा पूरा जहाज़ आपकी सेवा में समर्पित है। मैं बगदाद की रहने वाली हूँ। मेर जहाज़ में जितना धन भरा है, उतना ही धन मेरे घर में भी है। आप प्रसन्नतापूर्वक मेरे साथ चलिये।"

मेरी बात सुनकर युवक सहमत हो गया और अगले दिन ही मैं उसे अपने साथ लेकर अपने जहाज़ पर जा पहुँची। रात को उस युवक को महल में देखकर मेरी दोनों बहिनें बहुत चिन्तित थीं। मैंने उन्हें धीरज बँधाया और नौकरों से जहाज़ को ख़ाली कराकर सारा क़ीमती सामान जहाज़ में भरकर उस राजकुमार के साथ बगदाद की ओर चल पड़ी।

उस राजकुमार के रूप को देखकर मेरी दोनों बहिनें मुझसे ईर्ष्या करने लगीं। उन्होंने मुझसे कहा—"बहिन! बगदाद पहुँचकर तुम इस युवक को कहाँ रखोगी? जब लोग पूछेंगे कि यह कौन है, तो हम क्या कहेंगे? इनसे हमारा क्या रिश्ता है?"

मैंने उनके भ्रम को दूर करते हुए कहा—"रिश्ता भी हो जायेगा। तुम्हें इसके बारे में चिन्ता करने की कोई आवश्यकता नहीं है। मैं बगदाद पहुँचकर इनके साथ निकाह कर लूँगी, तब लोगों के मुँह अपने आप बन्द हो जायेंगे।"

उसके बाद मैंने उस राजकुमार की अपने प्रति आस्था को परखने के लिए उससे पूछा—"प्रिय! क्या आप अपने दिल में मुझ नाचीज़ को रहने के लिए थोड़ी-सी जगह दे सकेंगे? मैं जीवन-भर आपकी ख़िदमत करना चाहती हूँ। क्या आप मुझे अपने चरणों में जगह दे सकेंगे?"

राजकुमार ने कहा—"तुम्हारा स्थान मेरे चरणों नहीं, मेरे दिल में है। मेरा दिल तुम्हारा नाम लेकर ही धड़क रहा है। मैं तो तुम्हें देखते ही अपना दिल दे बैठा था।"

उस युवक ने तुरन्त मेरा प्रस्ताव स्वीकार कर लिया। यह देखकर मेरी दोनों बहिनें हम दोनों से ईर्ष्या करने लगीं। वास्तव में, वे हमें मार डालना

चाहती थीं। एक बार मैं उस राजकुमार के साथ सोई हुई थी कि उन दोनों बहिनों ने षड्यन्त्र रचकर हम दोनों को समुद्र में फेंक दिया। राजकुमार तो हमेशा के लिए समुद्र की गोद में समा गया, लेकिन मैं तैरती हुई एक टापू पर जा पहुँची। मैं अपने भीगे वस्त्रों को सुखाकर और कुछ जंगली फल खाकर एक वृक्ष के नीचे लेट गयी। तभी एक भयंकर साँप मेरी बायीं ओर अपना फन फैलाकर खड़ा हो गया। उसे देखकर मैं सोचने लगी—इसे अवश्य कोई कष्ट है, इसीलिए यह चुपचाप खड़ा है और इसने मुझे डसा भी नहीं।

अभी मैं यह सोच ही रही थी कि मेरी नज़र उस साँप की पूँछ पर गयी, तो मैंने देखा कि एक बड़ा साँप उसे निगल जाना चाहता है। मैंने सावधानी से उठकर एक भारी पत्थर से उस बड़े साँप को मार डाला। यह देखकर छोटा साँप आकाश में उड़ गया और मैं दूसरे स्थान पर जाकर आराम करने लगी।

जब मेरी आँख खुली, तो मैंने देखा कि एक युवती हरे वस्त्र पहने और दो कुतियों को पकड़े मेरे सिरहाने बैठी है। मैंने उससे पूछा—"तुम कौन हो ?"

वह बोली—"मैं वही साँप हूँ, जिसे तुमने उस बड़े साँप से बचाया था। मैंने सोचा कि क्यों न तुम्हारे उपकार का बदला चुका दूँ। इसलिए मैं तुम्हारे जहाज़ पर जा पहुँची और अपने जादुई ज्ञान से तुम्हारी दोनों बहिनों को दो काली कुतियाँ बनाकर और तुम्हारा सारा सामान तुम्हारे घर पहुँचाकर तुम्हारी सेवा में उपस्थित हुई हूँ।"

इतना कहकर उस युवती ने मुझे उन दोनों काली कुतियों के साथ मेरे घर पहुँचा दिया। जहाज़ में रखा मेरा सारा सामान मेरे घर में सुरक्षित रखा था।

मुझसे विदा लेते हुए उस युवती ने कहा—"तुम्हरी बहिनों को अभी पूरा दण्ड नहीं मिला है। आज से तुम हर रात इन दोनों कुतियों को सौ-सौ बेंत मारना मत भूलना। तुम जब भी हमें याद करोगी, हम सब परियाँ तुम्हारी सेवा में उपस्थित हो जायेंगी।" यह कहकर वह युवती ग़ायब हो गयी।

पूरी कहानी सुनाने के बाद जबीदा ने ख़लीफ़ा से कहा—"अब मैं इन दोनों को हर रात मारती हूँ। ये दोनों मेरी बहिनें हैं, यह बात याद आते ही मैं भी रोने लगती हूँ और इनके आँसू पोंछकर इन्हें गले से लगा लेती हूँ। बस, यही मेरी आपबीती है। इससे आगे की कहानी मेरी सौतेली बहिन अमीना सुनायेगी।"

तब अमीना ने अपनी कहानी सुनाना आरम्भ किया।

अमीना की कहानी

अपनी कहानी सुनाते हुए अमीना ने कहा—मेरे पिता के निधन के बाद मेरी माँ के सामने अपना जीवन व्यतीत करने की समस्या पैदा हो गयी, इसलिए वह एक निर्जन स्थान पर रहने लगीं। पिता की सम्पत्ति से मुझे अस्सी हज़ार मुद्राएँ प्राप्त हुई थीं। मैं उन्हीं के सहारे अपना जीवन व्यतीत करने लगी। लगभग चार महीने बाद मैंने रेशम के आठ जोड़े वस्त्र सिलवाये और छह महीने बाद उन्हें पहनना आरम्भ किया। एक दिन मैं अपने घर में गुमसुम बैठी थी, तभी एक दासी ने आकर मुझसे कहा—"बीबीजी! घर के दरवाज़े पर एक बूढ़ी औरत खड़ी है और आपसे मिलना चाहती है। क्या मैं उसे अन्दर ले आऊँ?"

मैंने उसकी ओर देखे बिना ही कह दिया—"हाँ, ले आओ।"

मेरा आदेश मिलते ही दासी उस वृद्धा को अन्दर बुला लायी। पहले तो उस वृद्धा ने मुझे प्रणाम किया और फिर कहा—"बेटी! मैंने तुम्हारी बहुत तारीफ़ सुनी है। मेरे पास एक अनाथ बालिका है। आज रात उसका विवाह है, लेकिन यहाँ हमें कोई नहीं जानता। बहुत कोशिश करने के बाद मैंने उसका विवाह एक सम्पन्न परिवार में तय किया है। हमारे यहाँ उस परिवार की औरतें भी आयेंगी। उनका स्वागत तुम-जैसी योग्य लड़की ही उचित ढंग से कर सकती है। तुम्हारे सिवा यहाँ मेरा कोई नहीं है। यदि तुम मेरा यह अनुरोध स्वीकार कर लो, तो...।"

मुझे उस वृद्धा पर रहम आ गया और मैंने उसे विवाह पर आने का वचन दे दिया। यह सुनकर वह वृद्धा बहुत प्रसन्न हुई और मेरी बलाएँ लेती हुई बोली—"अल्लाह तुम्हें सदा सुखी रखे। मैं शाम को आकर तुम्हें अपने साथ ले जाऊँगी। तुम तैयार रहना बेटी।" इतना कहकर वह वृद्धा मुझे दुआएँ देती हुई चली गयी।

शाम होने पर मैं सजधज कर उस वृद्धा के आने की प्रतीक्षा करने लगी। वह आयी और मुझे लिवा ले गयी। फिर वह वृद्धा एक छोटी-सी गली में घुस

गयी और मुझे एक बड़े मकान के सामने ले जाकर खड़ा कर दिया। उस मकान के द्वार के नीचे मोटे-मोटे अक्षरों में 'शान्ति भवन' लिखा हुआ था। जैसे ही वह द्वार खुला, तो मैंने उस घर में प्रवेश किया। तभी एक नवयुवती ने आकर मेरा स्वागत किया और अपने सीने से लगाकर मुझे एक रत्नजटित सिंहासन पर बैठा दिया।

उस नवयुवती ने मुझसे पूछा—"क्या तुम विवाह में सम्मिलित होकर उसका आनन्द लेने आयी हो? लेकिन दूसरों के विवाह में वह आनन्द कहाँ मिलता है, जो अपने विवाह में मिलता है? तुम भी अपना विवाह क्यों नहीं कर लेतीं? मेरा एक भाई बहुत सुन्दर, युवा और सर्वगुण सम्पन्न है। वह तुम्हारी सुन्दरता पर इतना मुग्ध हो चुका है कि मेरे लाख मना करने पर भी वह तुम्हें भूलने को तैयार नहीं है। यदि तुमने उसका प्रणय निवेदन स्वीकार नहीं किया, तो वह अपनी जान दे देगा। उसके समान शौहर तुम्हें चिराग़ लेकर ढूँढ़ने पर भी नहीं मिलेगा।"

उसी समय एक सुदर्शन युवक मेरे पास आकर बैठ गया और मुझसे बेहिचक बातें करने लगा। उसकी बातचीत के ढंग से मैं समझ गयी कि वह अत्यन्त सभ्य एवं सुशिक्षित है। मैंने उससे विवाह करना स्वीकार कर लिया और कुछ ही देर में क़ाज़ी ने हमारा निकाह करा दिया, लेकिन दो महीने बाद ही मेरे शौहर ने मुझे कुलटा, बदचलन और वेश्या कहकर प्राणदण्ड देना चाहा। तब उस वृद्धा ने समझा-बुझाकर उन्हें शान्त कर दिया, लेकिन उन्होंने मुझे बेवफ़ा मानकर एक जल्लाद को बुलाया और उससे कहा—"इस बदज़ात औरत को पचास कोड़े लगाकर मेरे राजमहल से बाहर निकाल दो। कोड़े मेरे सामने मारे जायें।"

उस जल्लाद ने मेरे शौहर की आज्ञा का पालन करते हुए मेरे नाज़ुक बदन पर कोड़े बरसाने आरम्भ कर दिये। कोड़ों की मार से मेरे बदन की खाल उधड़ गयी और मैं बेहोश हो गयी। जब मुझे होश आया, तो मैं एक पलँग पर पड़ी थी। वह हवेली उसी वृद्धा की थी, जिसके कारण मेरी यह दशा हुई थी। उसने दिन-रात मेरी सेवा करके मेरा उपचार किया। मैं जल्दी ही ठीक हो गयी, लेकिन अपने मन को लगा आघात मैं भुला न सकी।

स्वस्थ होने के बाद मैंने अपने धन-दौलत से भरे घर को बहुत तलाश किया, लेकिन वह मुझे कहीं नहीं मिला। तब उस वृद्धा ने मुझे बताया कि

तुम्हारे शौहर ने क्रोध में आकर उस घर को पूरी तरह से नष्ट करा दिया है। तुम इस हवेली में हो, तुम्हारे शौहर को इसका पता नहीं है, वरना वह इस हवेली का नाम भी मिटा डालता।

सब ओर से निराश होने के बाद मैं अपनी छोटी बहिन जबीदा के पास चली आयी। उस समय उसने मेरे ज़ख़्मों पर सहानुभूति का मरहम लगाया और मुझे सहारा दिया। मैं उसका यह उपकार जीवन-भर नहीं भूल सकती। मेरी छोटी बहिन साफ़ी भी मेरी माँ के निधन के बाद मेरे पास आ गयी। अब हम तीनों बहिनें बड़े प्यार के साथ यहाँ रहती हैं और एक-दूसरे का दुःख बाँटती हैं।

अमीना की कहानी सुनने के बाद ख़लीफ़ा हारूं रशीद ने जबीदा से पूछा—"साँप के रूप में तुम्हें जो परी मिली थी, वह अब कहाँ है? क्या वह अब भी तुम्हारे पास आ सकती है? क्या उसने ही तुम्हारी बहिनों को कुतिया बनाया था?"

"जी हुजूर! वह परी इस समय कहाँ है, इसका तो मुझे कोई पता नहीं है, लेकिन अगर उस परी द्वारा दिये गये धागे के इस गुच्छे को आग में जलाया जाये, तो वह अभी आपके सामने प्रकट हो जायेगी।"

यह सुनकर ख़लीफ़ा हारूं ने धागे के उस गुच्छे को आग में जलवा दिया। धागों के जलते ही वह परी ख़लीफ़ा के सामने प्रकट हो गयी और कहने लगी—"कहिये हुज़ूर! आपने मुझे कैसे याद किया?"

ख़लीफ़ा ने कहा—"परी रानी! हम चाहते हैं कि जिस तरह तुमने जबीदा की दोनों बहिनों को कुतिया बना दिया था, उसी प्रकार उन्हें फिर से नारी बना दो। इसके साथ ही क्या तुम अमीना के शौहर का अता-पता बता सकती हो कि वह कहाँ का राजा या राजकुमार है?"

ख़लीफ़ा के इस व्यवहार से वह परी बहुत प्रसन्न हुई और बोली—"हुज़ूर! जबीदा ने मुझ पर बहुत उपकार किये हैं। मैंने उसकी दोनों बहिनों को उनके दुर्व्यवहार के कारण ही कुतिया बनाया था। अब आप कहते हैं, तो मैं उन्हें फिर से नारी बना देती हूँ।"

यह कहकर परी ने उन दोनों कुतियों पर अपनी जादुई छड़ी घुमायी, तो वे दोनों बहिनें फिर से नारी बन गयीं। अब उन दोनों ने अपनी बहिन जबीदा और ख़लीफ़ा हारूं से अपने अपराध की क्षमा माँग ली, तो जबीदा ने भी

उनके अपराध को क्षमा करते हुए उन्हें अपने गले लगा लिया।

फिर परी ने अपनी जादुई छड़ी से अमीना के कन्धों पर पड़े नीले चिह्नों को भी मिटा दिया और उसके शौहर के बारे में कहा—"हुज़ूर! अमीना का शौहर बुख़ारी देश का राजकुमार आपका छोटा बेटा अमीन है।"

यह सुनते ही ख़लीफ़ा ने अपने छोटे बेटे को बुलवाकर उसे अमीना को सौंपते हुए कहा—"बेटा! अमीना एक बेहद वफ़ादार औरत है। अब तुम इसे इसके बन्धनों से मुक्त करके फिर से अपना लो। यह हमेशा तुम्हारी ही रहेगी।"

"जी अब्बा हुज़ूर!" कहकर अमीन ने अमीना को अपने सीने से लगा लिया।

उसके बाद ख़लीफ़ा ने जबीदा से निकाह कर लिया तथा साफ़ी और जबीदा की दोनों बहिनों का निकाह उन तीनों कलन्दरों से कर दिया, जो वास्तव में राजकुमार थे। ख़लीफ़ा ने उन सबके लिए अलग-अलग महल भी बनवा दिये और उन्हें अपने दरबार में ऊँचे पद भी दे दिये।

यह कहानी सुनाते-सुनाते शहरज़ाद एकाएक ख़ामोश हो गयी। उसे लगा शायद बादशाह सो गये हैं, लेकिन शहरज़ाद की आवाज़ न सुनकर बादशाह चौंक उठे और उन्होंने कहा—"बेगम! क्या हुआ, क्या कहानी पूरी हो गयी?"

शहरज़ाद ने कहा—"नहीं मेरे सरताज! कहानी का तो अभी एक हिस्सा भी पूरा नहीं हुआ। मैं तो इसलिए चुप हो गयी थी कि मैंने समझा कि आप सो गये हैं।"

"नहीं बेगम! तुम कहानी सुनाओ, मैं जाग रहा हूँ।"

उसी समय शय्या के नीचे लेटी दुनियाज़ाद भी बोल पड़ी—"आपा! मैं भी जाग रही हूँ। अभी तो बहुत रात बाक़ी है। तुम कहानी सुनाओ।"

तब शहरज़ाद ने आगे की कहानी सुनाना आरम्भ करते हुए कहा—"सुनिये! यह कहानी सिन्दबाद जहाज़ी की है, जो ख़लीफ़ा हारूं रशीद के नगर बगदाद में रहता था।"

सिन्दबाद जहाज़ी की कहानी

ख़लीफ़ा हारूं रशीद के राज्य के बगदाद शहर में हिन्दबाद नाम का एक ग़रीब आदमी रहता था, जो जंगल से लकड़ी काटकर शहर के बाज़ार में बेच देता था।

एक दिन हिन्दबाद अपने सिर पर लकड़ियों का गट्ठर लिये शहर के बाज़ार में घूम रहा था। वह सारा दिन अपने सिर पर बोझ उठाये सड़कों और गलियों में चक्कर लगाता रहा, लेकिन किसी ने उससे लकड़ियाँ नहीं ख़रीदीं। जब वह थक गया, तो सड़क के किनारे एक वृक्ष के नीचे लकड़ियाँ रखकर कुछ देर आराम करने के लिए बैठ गया। वह सोचने लगा—मेरी भी क्या क़िस्मत है! कहते हैं कि मेहनत का फल मीठा होता है, पर यह तो खट्टा भी नहीं है।

जिस स्थान पर वह आराम कर रहा था, उसके सामने एक महल था, जहाँ से इत्र की सुगन्ध आ रही थी और संगीत के स्वर उसके कानों में रस घोल रहे थे। महल से आ रही घुँघरुओं की मधुर झनकार सारे वातावरण को मदहोश बना रही थी।

हिन्दबाद सारे दिन का भूखा था, वह मन ही मन महल से आने वाली पकवानों की गन्ध को सूँघकर ही उन पकवानों का आनन्द लेने लगा और सोचने लगा—वाह! क्या बात है! आज तो आनन्द आ गया। अब महीनों तक खाने की इच्छा नहीं होगी।

उसी समय कोई राहगीर उसके पास से गुज़रा, तो हिन्दबाद ने उससे पूछा—"भाई! यह सामने वाला महल किस राजा का है?"

राहगीर ने उत्तर दिया—"यह किसी राजा का नहीं, सिन्दबाद जहाज़ी का महल है। इस महल के मालिक ने अपने जहाज़ से समुद्र के रास्ते सारी दुनिया की परिक्रमा की है। वह बहुत धनवान् है। उसके ख़ज़ाने में दौलत का अम्बार लगा हुआ है। इसीलिए उसका नाम सिन्दबाद जहाज़ी पड़ गया है।" इतना कहकर वह राहगीर आगे बढ़ गया।

उस राहगीर की बात सुनकर हिन्दबाद को बहुत आश्चर्य हुआ। एक गहरी साँस लेकर और ऊपर आसमान की ओर देखता हुआ वह बोला—या

ख़ुदा! तू भी क्या इंसाफ़ करता है? कहते तो यही हैं कि तेरे घर में देर है, अन्धेर नहीं है, पर ज़रा यह तो सोच कि हिन्दबाद और सिन्दबाद में कितना अन्तर है? केवल 'ह' और 'स' का ही तो अन्तर है। मैं हिन्दबाद सारा दिन लकड़ियाँ काटकर और उन्हें बेचकर भी अपना पेट नहीं भर पाता और यह सिन्दबाद इतने बड़े महल में ठाट से अमीरों-जैसी ज़िन्दगी बिता रहा है! धिक्कार है ऐसी ज़िन्दगी पर! दो जून की रोटी का भी जुगाड़ नहीं हो पाता। इतना सोचकर वह लकड़ियों का गट्ठा उठाने के लिए जैसे ही नीचे को झुका, उस महल के किसी सेवक की आवाज़ उसे सुनाई दी—"भाई! ज़रा ठहरो।"

सेवक महल से दौड़ता हुआ आया और हिन्दबाद से बोला—"भाई! हमारे मालिक तुम्हें महल में बुला रहे हैं। तुम दरवाज़े के पास बने ज़ीने की सीढ़ियाँ चढ़कर ऊपर चले जाओ। मैं किसी काम से बाज़ार जा रहा हूँ।"

सेवक की बात सुनकर हिन्दबाद ने लकड़ियों का गट्ठर वहीं रख दिया और महल के दरवाज़े की ओर बढ़ गया। वहाँ पहरा दे रहा पहरेदार उसे अपने साथ सिन्दबाद के कमरे में ले गया। उस कमरे के शाही ठाट-बाट को देखकर हिन्दबाद ठगा-सा रह गया। कमरे में एक तख़्त पर कालीन बिछा था और पास में सिले हुए कपड़ों की एक गठरी रखी थी।

हिन्दबाद उसी गठरी के पास खड़ा हो गया।

तब उस पहरेदार ने अपने मालिक की प्रशंसा करते हुए कहा—"भाई! तुम कपड़ों की जिस गठरी के सहारे खड़े हो, उसमें अनेक सिले हुए कपड़े हैं। इतने कपड़े मेरा मालिक प्रतिदिन ग़रीबों और ज़रूरतमन्दों में बाँट देता है। इस द्वार से आज तक कोई पीर-फ़क़ीर-भिखारी मायूस होकर नहीं गया।"

हिन्दबाद उस पहरेदार की बातों को बड़े ध्यान से सुन रहा था। उसी समय उसने देखा, सामने रखे सिंहासन पर क़ीमती पोशाक पहने एक युवक बैठा था, जिसके सामने खाने के लिए अनेक प्रकार के फल और व्यंजन रखे हुए थे। उस युवक के दोनों ओर दो दासियाँ खड़ी पंखा झल रही थीं। पहरेदार ने झुककर उस युवक को सलाम किया और दरवाज़े पर पहुँचकर हाथ में भाला लेकर खड़ा हो गया। पहरेदार की देखा-देखी हिन्दबाद ने भी उस युवक को अपना सिर झुकाकर सलाम किया।

वह युवक सिन्दबाद था। हिन्दबाद के स्वागत में उठकर वह उसके पास पहुँचा और अदब के साथ उसे अपने पास ख़ाली पड़े सिंहासन पर बैठा दिया।

उसके सिंहासन पर बैठते ही अनेक सेविकाएँ उसकी सेवा में जुट

गयीं। कोई उसके लिए भोजन ले आयी, तो कोई शर्बत के गिलास और सुराही ले आयी। उन्होंने हिन्दबाद के सामने खाने की इतनी चीज़ें सजा दीं, जिनका हिन्दबाद ने ख़्वाब में भी ख़याल नहीं किया था। उसने कभी यह भी नहीं सोचा था कि शहर का इतना बड़ा धनवान् व्यक्ति उसे इतना मान-सम्मान देगा। उस आश्चर्य में देखकर सिन्दबाद ने उससे कहा—"मित्र! इसमें हैरान होने की कोई बात नहीं है। आप भोजन कीजिये। आपकी सेवा करके मुझे बड़ी प्रसन्नता मिलेगी और मैं अपने-आपको सौभाग्यशाली समझूँगा।" यह सुनकर हिन्दबाद के सब्र का बाँध टूट गया और वह किसी भूखे भेड़िये की भाँति भोजन पर टूट पड़ा। वह कई दिनों का भूखा था, इसलिए उसने छककर भोजन किया। उसके बाद उसने ताज़ा फलों का भी स्वाद लिया।

हिन्दबाद के भोजन कर लेने के बाद एक सेविका चाँदी की सुराही से गिलास भरकर उसे शर्बत पिलाने लगी। हिन्दबाद ने शर्बत पीने के बाद हाथ जोड़कर सिन्दबाद का शुक्रिया अदा करते हुए कहा—"हुज़ूर! आप मेरे अपराधों को क्षमा कर दें। मैं मन्दबुद्धि यहाँ आने से पहले आपके बारे में न जाने क्या- क्या अपशब्द बोल गया?आगे से ऐसी भूल फिर कभी न होगी।"

सिन्दबाद ने उसकी भूल को नज़रअन्दाज़ करते हुए कहा—"मित्र! कोई बात नहीं। भूल इंसान से ही होती है, अल्लाह से नहीं, परन्तु जो व्यक्ति अपनी भूल का प श्चात्ताप कर लेता है, वही महान् कहलाता है। मेरे भाई! कमज़ोर व्यक्ति ही भाग्य का सहारा लेता है और केवल भाग्य के भरोसे रहने वाले इंसान ही दु:ख उठाते हैं। फल की आशा से आदमी को पहले अपना कर्म करना चाहिए। बिना परिश्रम के कुछ नहीं मिलता। तुम सोचते होगे कि मुझे इतना सब कुछ ख़ुदा ने दिया है, लेकिन ऐसा नहीं है। इस वैभव को प्राप्त करने के लिए मैंने दिन-रात परिश्रम किया है। अनेक समुद्री यात्राएँ की हैं। कितनी ही बार मौत से लड़ा हूँ। तब कहीं मुझे यह प्राप्त हुआ है। मेरी समुद्री यात्राओं और हैरतअंगेज़ कारनामों को सुनकर तुम्हारा दिल दहल जायेगा और तुम्हारी धड़कनें थम जायेंगी।"

"तो आप मुझे भी वे हैरतअंगेज़ घटनाएँ सुनाइये। मैं उन सबको जानने के लिए बहुत उत्सुक हूँ।"

इतना कहकर हिन्दबाद आराम से तख़्त पर बैठ गया। सिन्दबाद ने उसका लकड़ियों का गट्ठर एक ओर रखवा दिया और फिर अपनी पहली यात्रा की कहानी सुनाने लगा।

सिन्दबाद की पहली यात्रा की कहानी

सिन्दबाद ने कहा—सुनो मित्र! मेरे पिता जब तक जीवित रहे, मुझे कोई कष्ट नहीं था। मेरे पिता बहुत अमीर नहीं थे, पर पूरे परिवार को दोनों समय भरपेट भोजन मिल जाता था। अचानक मेरे पिता का निधन हो गया, तो मुझ पर मुसीबतों का पहाड़ टूट पड़ा। मैं कुछ भी समझ नहीं पा रहा था कि क्या करूँ, किधर जाऊँ और किस प्रकार अपने परिवार का पेट भरूँ? उस समय मैं भी तुम्हारी तरह ख़ुदा से दुआ माँगा करता था और रात-दिन अपनी क़िस्मत को कोसा करता था। मेहनत मज़दूरी करने के बाद परिवार के लोगों को एक समय का भोजन भी नहीं मिल पाता था।

एक दिन मेरी माँ ने मुझे नसीहत दी कि बुरा समय आने पर हर आदमी को अपना देश छोड़ देना चाहिए। मेरी बात मानकर तू परदेश चला जा। वहाँ पहुँचकर तू कोई छोटा-मोटा काम कर लेना। ख़ुदा ने चाहा, तो बुरे दिन कट जायेंगे।

माँ की नसीहत को मानकर मैंने परदेश जाने की योजना बना ली। कुछ पैसों का इन्तिज़ाम किया और उन सौदागरों के साथ चल दिया, जो पानी के जहाज़ में बैठकर परदेश जाया करते थे और छोटी पूँजी से ही व्यापार किया करते थे। उन सौदागरों ने मेरे धन से माल ख़रीदा और उसे बेचने के लिए मुझे एक जहाज़ पर बैठाकर 'बन्दर-बांसरे' नामक जगह के लिए निकल पड़े। समुद्री रास्ते में पड़ने वाले शहरों में उस माल को बेचकर मैंने अच्छा लाभ कमाया।

एक दिन जहाज़ के कप्तान की निगाह एक सुन्दर द्वीप पर जा पड़ी, तो उसने जहाज़ को रोककर लंगर डाल दिया और हम सबसे कहा—"जहाज़ यहाँ दो दिन रुकेगा, आप चाहें, तो इस सुन्दर द्वीप की सैर कर सकते हैं।"

कप्तान की बात सुनकर अनेक सौदागर अपना-अपना माल लेकर उस द्वीप की सैर पर निकल पड़े। मैं भी उनके साथ चल दिया। हम अभी कुछ ही आगे बढ़े होंगे कि समुद्र में तूफ़ान आ गया। यह देखकर कप्तान चिल्लाया—"सौदागरो सावधान! हम धोखा खा गये। यह द्वीप नहीं है, यह तो कोई बड़ी

मछली है और आप सब इस मछली की पीठ पर खड़े हैं। जैसे ही यह मछली करवट लेगी, आप सब मौत के मुँह में समा जायेंगे।"

यह सुनते ही सब सौदागर दौड़कर जहाज़ पर सवार हो गये। मैं सबसे आगे निकल गया था, इसलिए मैं उनसे पीछे रह गया और जहाज़ वहाँ से चल दिया। उसी समय उस मछली ने करवट ली और मैं समुद्र के पानी में समा गया। समुद्र की लहरों ने ऊपर उछाला, तो अचानक मेरे हाथ में लकड़ी का एक तख़्ता आ गया और मैं रात-भर उस तख़्ते के सहारे समुद्र में तैरता रहा। सुबह होने पर बड़ी कठिनाई से किनारे लगा। तब समुद्र से बाहर आकर मैंने एक वृक्ष से तोड़कर कुछ फल खाये और नारियल का ठण्डा पानी पिया। उसके बाद मैं किसी बस्ती की खोज करने लगा। उसी समय मेरी नज़र दूर बँधी एक घोड़ी पर पड़ी, जो घास चर रही थी। मैंने सोचा कि इस घोड़ी के साथ अवश्य कोई व्यक्ति भी होगा। मैं उसी ओर चल दिया। वहाँ पहुँचने पर मुझे देखकर एक व्यक्ति किसी गड्ढे से निकला और मुझसे मेरे बारे में पूछने लगा। मैंने उसे अपना परिचय दिया। तब उसने भी मुझे अपना परिचय दिया और अपने साथियों का परिचय मुझसे कराया। वे सब किसी राजा के साईस थे। मैंने उनके साथ भोजन भी किया और फिर हम सब राजा के महल की ओर चल दिये।

अगले दिन जब राजा अपने घोड़ों को देखने अस्तबल में आया, तो उस साईस ने राजा से भी मेरा परिचय करा दिया। राजा ने मुझसे कुछ सवाल पूछे और मैंने तुरन्त उनके सही उत्तर दे दिये, जिन्हें सुनकर राजा बहुत प्रसन्न हुआ और उसने अपने एक सेवक को आदेश देते हुए कहा—"आज से यह परदेशी युवक हमारा मेहमान है, इसकी सुख-सुविधा का पूरा-पूरा ध्यान रखा जाये। इसके मन को कोई ठेस न पहुँचे।"

राजा का आदेश होने पर मुझे राज्य की अतिथिशाला में पहुँचा दिया गया और सभी सेवक-सेविकाएँ मेरी सेवा में लग गयीं। अब मैं आराम से अपना समय व्यतीत करने लगा। मेरा अधिकांश समय वहाँ के सौदागरों के साथ ही व्यतीत होता था। मैं भी उन सौदागरों से व्यापार के नये-नये ढंग सीखने लगा।

एक दिन मैं किसी सेवक के साथ कसीला द्वीप पर सैर के लिए चल दिया। वहाँ रात-भर नगाड़ों की आवाज़ मेरे कानों में गूँजती रही। वहाँ अनेक प्रकार के जीव थे। मैंने उन्हीं में उल्लू के मुँह वाली एक मछली देखी। मुझे बहुत आश्चर्य हुआ। तभी मुझे बन्दरगाह पर खड़ा एक जहाज़ दिखाई दिया,

जहाँ से कुछ सौदागर अपने माल के साथ नीचे उतर रहे थे। वे अपने माल को बेचने के लिए नगर में ले जा रहे थे। तभी मेरी नज़र एक गठरी पर पड़ी, जिस पर मेरा नाम लिखा था। मैंने उस गठरी को पहचान लिया और उस गठरी की जाँच पूरी करने के लिए जहाज़ के कप्तान से पूछा—"कप्तान साहब! ये गठरियाँ किसकी हैं और आप इन्हें कहाँ ले जा रहे हैं?"

मेरा प्रश्न सुनकर कप्तान बहुत उदास हो गया और उसकी आँखों से आँसू छलक पड़े। उसने दुखी होकर कहा—"बेटा! ये सारी गठरियाँ सिन्दबाद जहाज़ी की हैं, जो सदा के लिए समुद्र की गोद में समा गया। मैं इन गठरियों को नीलाम करके उस धन को सिन्दबाद जहाज़ी के घर पहुँचा दूँगा। मैं इन्हें बेचने के लिए ही नगर में ले जा रहा था।"

कप्तान की बात सुनकर मेरी ख़ुशी का ठिकाना न रहा। मैंने उससे कहा—"साहब! वह सिन्दबाद मैं ही हूँ, जिसे आप मरा हुआ समझ रहे हैं। ये सब गठरियाँ मेरी ही हैं।"

यह सुनकर कप्तान को मेरी बात पर विश्वास नहीं हुआ और उसने कठोर स्वर में कहा—"युवक! तुम यह कैसी बातें कर रहे हो? मैंने स्वयं अपनी आँखों से सिन्दबाद को समुद्र में डूबते हुए देखा है। तुम कोई धोखेबाज़ हो और झूठ बोल रहे हो।"

तब मैंने उस कप्तान को अपनी सारी कहानी सुना दी और उसे विश्वास दिलाने के लिए उन गठरियों में रखे सामान के बारे में भी सब कुछ बता दिया। मैंने उसे अपने सारे सामान की पहचान भी बता दी। जब कप्तान ने सचाई जानने के लिए उन गठरियों को खोलकर देखा, तो सारे सामान को ठीक वैसा ही देखकर वह हैरान रह गया और उसने मुझे अपने गले लगा लिया। मैंने उन गठरियों में से निकालकर कुछ सामान राजा को उपहारस्वरूप भेंट किया। तब राजा ने भी मुझे उपहार देकर विदा किया।

राजा से विदा लेने के बाद मैंने वहाँ से चन्दन, कपूर, लौंग तथा जायफल आदि अनेक प्रकार का सामान ख़रीदकर अपने जहाज़ में भर लिया और अनेक शहरों में व्यापार करता हुआ अपने जहाज़ के साथ 'बन्दर-बांसरे' नामक स्थान पर जा पहुँचा। इस प्रकार उस पहले ही व्यापार से मुझे दो लाख स्वर्ण-मुद्राओं का लाभ हुआ।

सिन्दबाद ने अपनी पूरी कहानी सुनाने के बाद हिन्दबाद को पचास स्वर्ण-मुद्राएँ भेंट में देकर और उसे दूसरे दिन आने की कहकर विदा किया।

सिन्दबाद की दूसरी यात्रा की कहानी

पहले दिन की भाँति दूसरे दिन भी सिन्दबाद की दूसरी यात्रा की कहानी सुनने के लिए हिन्दबाद उसके महल में जा पहुँचा। हिन्दबाद को देखकर सिन्दबाद ने उसे एक ऊँचे आसन पर बैठा दिया।

हिन्दबाद के आसन पर बैठते ही एक सेविका ने पकवानों से सजा थाल लाकर उसके सामने रख दिया। दूसरी सेविका ने चाँदी की सुराही में भरा शर्बत वहाँ रख दिया। इसके बाद सिन्दबाद ने निवेदन करते हुए हिन्दबाद से कहा—"मित्र! आप भोजन ग्रहण कीजिये। उसके बाद ही मैं आपको अपनी तीसरी यात्रा की कहानी सुनाऊँगा।"

हिन्दबाद ने प्रेमपूर्वक भोजन किया, शर्बत से अपनी प्यास बुझायी और आराम से लेट गया। दोनों सेविकाएँ खड़ी होकर पंखा झलने लगीं।

इसके पश्चात् सिन्दबाद ने अपनी कहानी सुनाना आरम्भ किया। उसने कहा—हिन्दबाद! पिछली यात्रा के कटु अनुभवों को ध्यान में रखते हुए मैंने यह निश्चय किया कि अब मैं भूलकर भी समुद्री यात्रा पर नहीं जाऊँगा और बगदाद में ही रहकर कोई छोटा-मोटा धन्धा कर अपनी आजीविका कमा लूँगा, लेकिन मैं जो सोच रहा था, शायद वह ख़ुदा को मंज़ूर नहीं था। कुछ ही दिनों बाद मुझे व्यापार के सिलसिले में दूसरी बार उन सौदागरों के साथ बगदाद से परदेश जाना पड़ा। उस यात्रा में हमें अनेक टापू मिले, जहाँ मैंने अपने माल का ख़ूब व्यापार किया और बहुत धन कमाया।

इस प्रकार चलते-चलते हम लोग मेवा के वृक्षों से घिरे एक टापू पर पहुँच गये। कप्तान ने जहाज़ को किनारे लगा दिया और हम सब जहाज़ से उतरकर इधर-उधर घूमने लगे। मुझे वह टापू निर्जन प्रतीत हुआ। इस बात का पता लगाने के लिए मैं उस टापू पर घूमने चला गया। दूसरे सौदागर बोरियों में मेवा भरने लगे। मैं घूमता-घूमता एक झरने के पास जाकर बैठ गया। वहाँ मैंने भोजन किया और झरने का ठण्डा जल पीकर वहीं सो गया।

मैं कब तक सोया रहा, मुझे कुछ पता नहीं। जब आँख खुली, तो वहाँ कोई नहीं था। मेरे साथी सौदागर और जहाज़ मुझे छोड़कर न जाने कहाँ चले गये थे? मैं घबरा उठा और सोचने लगा कि पिछली यात्रा में क्या कुछ कम दु:ख उठाये थे, जो दूसरी बार फिर यात्रा पर निकल पड़ा?

मैंने अपने मन को समझाने का बहुत प्रयास किया। मुझे अपने चारों ओर ऊपर नीले आकाश और नीचे अथाह जल के सिवा और कुछ भी दिखाई नहीं दे रहा था। मेरी समझ में नहीं आ रहा था कि अब मैं क्या करूँ? तभी कुछ दूर मुझे एक पीली चट्टान दिखाई दी। मैं धीरे-धीरे चलकर उस तक पहुँचा। वह पीले रंग की अजीब-सी कोई चीज़ थी।

मैंने उस गोल चीज़ की परिक्रमा की, किन्तु मुझे उसके अन्दर जाने का कोई दरवाज़ा दिखाई नहीं दिया। सूरज अस्त हो रहा था। अँधेरा फैलने लगा था और मैं आकाश की ओर नज़रें गड़ाये बैठा था। उसी समय मुझे एक विशाल पक्षी नीचे की ओर आता हुआ दिखाई दिया। मैं डरकर पीछे हट गया। मैंने अपने साथियों से सुन रखा था कि शरभ नाम का एक पक्षी होता है, जो गरुड़ के समान बड़ा होता है। मुझे विश्वास हो गया कि वह गोल वस्तु उस पक्षी का अण्डा ही होगी।

मेरा अनुमान सही था। वह गोल वस्तु शरभ पक्षी का अण्डा थी और वह पक्षी उसे सेने के लिए ही नीचे आ रहा था। वह उस अण्डे पर जा बैठा। उसके पञ्जे मेरे सामने थे और उसके नाख़ून बड़े भयानक और नुकीले थे। उसके पंजों को देखते ही मुझे विचार आया कि क्यों न मैं इस पक्षी के पैरों में उलझकर इसके साथ उड़ जाऊं? हो सकता है कि इसके साथ उड़कर मैं किसी सुरक्षित स्थान पर पहुँच जाऊँ। यह सोचते ही मैंने अपने गमछे को अपनी छाती से कसकर बाँध लिया और उसके दोनों सिरे उस पक्षी के पञ्जों में फँसा दिये। अगले दिन जब वह पक्षी उड़ने लगा, तो मैं भी उसके साथ उड़ने लगा। बहुत देर तक आकाश में उड़ने के बाद वह पक्षी नीचे उतरा। तब मैंने तुरन्त अपने गमछे को उससे अलग कर लिया। लेकिन मैं जहाँ खड़ा था, वह एक अजगर था। जैसे ही मैंने उसे देखा, मैं दूर हट गया, वरना मैं उस अजगर का भोजन बन जाता। तभी उस शरभ पक्षी ने अजगर को अपने पंजों में जकड़ लिया और उसे लेकर आकाश में उड़ गया। चारों ओर ऊँचे-ऊँचे पहाड़ थे और उस पक्षी ने मुझे जहाँ छोड़ा था, वहाँ एक गुफा थी। उस निर्जन

और भयानक स्थान को देखकर मैं घबरा गया था। मुझे ऊपर जाने का कोई रास्ता दिखाई नहीं दे रहा था कि उसी समय मुझे अपने चारों ओर चमकते हुए कुछ पत्थर दिखाई दिये। उन्हें देखकर मैं आश्चर्य में पड़ गया और कह उठा– वाह री कुदरत! तेरी लीला भी न्यारी है।

मैंने जल्दी–जल्दी उन पत्थरों को इकट्ठा किया और उन्हें अपने गमछे में बांध लिया। वहाँ अनेक साँप और अजगर चारों ओर रेंग रहे थे। वहाँ छोटे से छोटा अजगर भी इतना बड़ा था कि पूरे हाथी को निगल जाये, लेकिन शरभ पक्षी के डर से वे दिन में बाहर नहीं निकलते थे। मैं सारा दिन उसी घाटी में घूमता रहा और रात में एक गुफा में छिपकर बैठ गया। मैंने उस गुफा के मुँह को पत्थर से बन्द कर लिया। गुफा के बाहर से साँपों और अजगरों के फुफकारने की आवाज़ें आ रही थीं, जिनके कारण मैं रात–भर सो नहीं सका। सवेरा होने पर मैं गुफा से बाहर आया, तो देखा, मेरी गुफा के पास मांस का एक टुकड़ा आकर गिरा। मैंने सुन रखा था कि सौदागर उन पत्थरों को उठाने के लिए बड़े अजीब ढंग अपनाया करते हैं। वास्तव में, वे पत्थर हीरे–जवाहिरात होते हैं, जिन्हें बटोरने के लिए वे लोग मांस के टुकड़े उन गुफाओं में फेंक देते हैं। इस प्रकार मांस के टुकड़ों से वे हीरे–जवाहिरात चिपक जाते हैं और गिद्ध उन टुकड़ों को उठाकर अपने घोंसलों में ले जाते हैं। तब सौदागर उन सबको आपस में बाँट लेते हैं और उन्हें बेचकर धन कमा लेते हैं। मैंने उन पत्थरों को अपने गमछे से बाँध लिया और मांस का एक टुकड़ा अपनी कमर से बाँधकर उलटा लेट गया। उसके बाद मैं किसी गिद्ध के आने की प्रतीक्षा करने लगा।

तभी एक विशाल गिद्ध नीचे उतरा और मांस के उस टुकड़े को अपने पंजों में दबाकर ऊपर उड़ गया। अब मैं भी मांस के उस टुकड़े के साथ ऊपर उड़ रहा था। कुछ देर बाद वह गिद्ध मुझे लेकर अपने घोंसले में जा पहुँचा। उसने जैसे ही मांस के टुकड़े को घोंसले में रखा, मैं वृक्ष की एक डाल को पकड़कर लटक गया। सौदागरों ने मुझे लटका देखा, तो शोर मचा दिया। उस शोर को सुनकर गिद्ध मांस के टुकड़े को छोड़कर उड़ गया। तब मैं उस वृक्ष से नीचे उतरा और अपनी सारी कहानी उन सौदागरों को सुना दी। फिर अपने सारे हीरे निकालकर उनके सामने रख दिये। उन सौदागरों ने केवल एक बड़ा हीरा और कुछ छोटे टुकड़े ही उठाये।

अगले दिन मैं उन सौदागरों के साथ रूही नामक प्रदेश में जा पहुँचा।

फिर मैं उन सौदागरों के साथ अनेक शहरों में घूमा और व्यापार कर मैंने अपार धन भी अर्जित किया। मैंने वहाँ चूहों को भेड़ के बराबर और हाथी को कुत्ते के बराबर देखा। सियार को ऊँट के समान और ऊँट को मेमने के समान देखा। वहाँ बिल्लियाँ शेर के बराबर थीं।

इस प्रकार अनेक द्वीपों की यात्रा करता हुआ मैं अपने शहर बगदाद लौट आया। मैंने जो धन अर्जित किया था, उसमें से कुछ भाग पीरों-फ़क़ीरों में बाँट दिया और कुछ को ग़रीब बच्चों की परवरिश के लिए दान कर दिया। अब मैंने निश्चय किया कि भविष्य में कभी समुद्री यात्रा पर नहीं जाऊँगा।

अपनी दूसरी यात्रा की कहानी सुनाकर सिन्दबाद जहाज़ी ने हिन्दबाद को पचास स्वर्ण-मुद्राएँ भेंट में देकर यह कहते हुए विदा किया-"अपनी तीसरी यात्रा की कहानी कल सुनाऊँगा।"

पचास स्वर्ण-मुद्राएँ लेकर हिन्दबाद बहुत प्रसन्न हुआ।

सिन्दबाद की तीसरी यात्रा की कहानी

प्रतिदिन की भाँति सिन्दबाद से उसकी तीसरी यात्रा की कहानी सुनने के लिए हिन्दबाद उसके महल में पहुँचकर उसी स्थान पर बैठ गया, जहाँ वह प्रतिदिन बैठा करता था। सिन्दबाद के कहने पर उस दिन हिन्दबाद ने उसे एक कहानी सुनायी। कहानी सिन्दबाद को अच्छी लगी। वह उसकी प्रशंसा करते हुए बोला—"मित्र! तुम्हारी कहानी बहुत अच्छी थी, अब तुम मेरी तीसरी यात्रा की कहानी सुनो।"

सिन्दबाद ने अपनी तीसरी यात्रा की कहानी सुनाना आरम्भ किया। उसने कहा—मैंने दोनों समुद्री यात्राओं में जो दुःख उठाये थे, उन्हें मैं भूल गया था। मेरा विचार था कि यदि जीवन में कष्ट न हों, तो जीने का मज़ा ही क्या है? मुसीबतें आदमी को इंसान बनाती हैं और मुसीबत के समय धन ही उसके काम आता है। इसलिए अधिकाधिक धन अर्जित किया जाना चाहिए। मैं भी अधिकाधिक धन अर्जित करना चाहता था, इसलिए अपनी तीसरी यात्रा पर निकल पड़ा।

मैं बगदाद से चलकर बांसरे आया और वहाँ कुछ सौदागरों के साथ पानी के जहाज़ पर सवार होकर उत्तर दिशा की ओर चल दिया। सामान की ख़रीद-बिक्री करते हुए हमने अनेक देशों, शहरों और द्वीपों की यात्रा की। एक दिन कप्तान को दूर जंगल में खड़ा एक वनमानुष दिखाई दिया, तो उसने ज़ोर से कहा—"दोस्तो! यह वनमानुषों का द्वीप है। तुम सब दौड़कर जहाज़ पर चढ़ जाओ, वरना हम सबके प्राण संकट में पड़ जायेंगे।"

कप्तान की बात अभी पूरी भी न हुई थी कि डेढ़ फुट लम्बे वनमानुषों के एक बड़े झुण्ड ने हमारे जहाज़ को चारों ओर से घेर लिया और हम सबको अपने जहाज़ पर बैठाकर अपने स्थान पर ले गये। इस बीच कप्तान मौक़ा पाकर अपने कुछ साथियों के साथ वहाँ से भाग खड़ा हुआ।

वनमानुष हमें जिस स्थान पर ले गये, वहाँ के दृश्य बड़े भयावह थे।

वहाँ एक खँडहरनुमा आँगन में मनुष्य के शरीर की हड्डियों का ढेर लगा था तथा एक कोने में भुना हुआ मांस भी पड़ा था। वहाँ माँस भूनने की लम्बी-लम्बी सलाख़ें भी रखी हुई थीं। वे वनमानुष हमें एक बड़े खँडहर में बन्द करके वहाँ से चले गये।

सूर्यास्त होने पर खँडहर का दरवाज़ा खुला और खजूर के वृक्ष के समान लम्बा और भयानक एक वनमानुष अन्दर आया। शायद वह उनका राजा था। उसकी आँखों से आग बरस रही थी, उसके दाँत बाहर की ओर निकले हुए थे और उसके होठ आगे की ओर लटके हुए थे। उसके नाख़ून भी बड़े नुकीले और मोटे थे।

डर के कारण हम सब बेहोश हो गये। होश आने पर मैंने देखा कि वे सबसे पहले किसी मोटे-ताज़े और अधिक मांस वाले आदमी को छाँट रहे थे। मुझे दुबला-पतला देखकर उन्होंने सबसे अन्त में खाने का निर्णय लिया। फिर एक मोटे आदमी को पकड़कर निर्वस्त्र कर दिया और उसे लोहे की सलाख़ों से बींधकर आग पर भूनने लगे। कई बार आग पर घुमाने के बाद उस वनमानुष ने उस आदमी को खाना आरम्भ कर दिया। उसे खाने के बाद वह एक पत्थर पर लेट गया।

सवेरा होने पर वह वनमानुष न जाने कहाँ ग़ायब हो गया। हम दिन-भर वृक्षों से गिरे मेवे ही चुनते रहते थे। कई दिनों तक यही क्रम चलता रहा। धीरे-धीरे हमारे आदमी कम होने लगे, इसलिए हमने एक योजना तैयार की, ताकि हमारे आदमी इस मुसीबत से छुटकारा पा सकें।

अगले दिन बिना शोर किये हम सबने समुद्र के किनारे पहुँचकर लकड़ियों, तख़्तों और नारियल की जटाओं से दो नावें तैयार कीं और उन्हें वृक्षों से बाँधकर वापस लौट आये। वहाँ पहुँचकर मैंने लोहे की दो सलाख़ें गरम कीं और जब वह वनमानुष वहाँ आया, मैंने उन दोनों गरम सलाख़ों से उसकी दोनों आँखें फोड़ दीं। वह अन्धा होकर चारों ओर दौड़ने लगा, किन्तु उसे कुछ भी दिखाई नहीं दे रहा था। हम भागकर और अपनी नावों पर सवार होकर उनकी सीमा से बाहर हो गये।

जब हम बहुत दूर निकल आये, तो समुद्र में बड़े ज़ोर का तूफ़ान आ गया। हम रात-दिन समुद्र में ही चारों ओर भटकते रहे। दूसरे दिन हम एक द्वीप पर पहुँच गये। दो दिन से भूखे होने के कारण हमें नींद आ गयी। आधी

रात को पत्तों की खड़खड़ाहट से मेरी नींद खुल गयी, तो एक भयानक दृश्य देखकर मेरे मुँह से चीख़ निकल गयी। मैं भागकर एक वृक्ष पर चढ़ गया और वहीं से उस भयानक दृश्य को देखता रहा। एक अजगर मेरे एक साथी को साबुत निगलने का प्रयास कर रहा था। उसने मेरे साथी का सिर, मुँह और गरदन अपने मुँह में लिया हुआ था। तब मैंने सारी रात काँपते हुए उसी वृक्ष पर गुज़ार दी। सवेरा होते ही मैं समुद्रतट की ओर चल दिया। वहाँ मैंने एक जहाज़ को आते देखा और मैं ज़ोर से चिल्लाया। मेरी आवाज़ सुनकर जहाज़ के कप्तान को मुझ पर रहम आ गया और उसने एक नाव भेजकर मुझे अपने जहाज़ पर बैठा लिया। जब मैंने कप्तान को अपनी सारी कहानी सुनायी, तो उसने मुझे भोजन भी दिया।

वह जहाज़ जब सिलहट पहुँचा, तो सब सौदागर जहाज़ से उतरने लगे। तब कप्तान ने मुझसे कहा—"मेरे पास किसी सौदागर का कुछ सामान रखा है। वह तो समुद्र में डूबकर मर गया। मैं सोच रहा हूँ कि उसका सारा सामान बेचकर उसका मूल्य बगदाद में उसके घर पहुँचा दूँ। यदि तुम उस सामान को बेचकर कुछ कमाना चाहते हो, तो मैं वह सारा सामान तुम्हें दे सकता हूँ।"

मैंने कप्तान को धन्यवाद देते हुए कहा—"अगर ऐसा हो जाये, तो मेरा नुकसान भी पूरा हो जायेगा।"

इस पर कप्तान ने अपने एक आदमी को आदेश देते हुए उससे कहा—"सिन्दबाद जहाज़ी का सारा सामान इन्हें दे दो।"

अपना नाम सुनते ही मैं उछल पड़ा। उसके बाद मुझे विश्वास हो गया कि यह वही कप्तान है, जो वनमानुषों से बचकर वहाँ से भाग आया था। मैंने अपना नाम सुनते ही उस कप्तान को ध्यान से देखा और उससे पूछा—"क्या आप पूरे विश्वास से कह सकते हैं कि सिन्दबाद समुद्र में डूबकर मर गया?"

"लेकिन तुम क्यों पूछ रहे हो? कहीं तुम...?"

अपनी बात को पूरा किये बिना ही उसने मुझे ध्यान से देखा और मुझे पहचानते ही ख़ुशी से चिल्ला उठा—"सिन्दबाद!"

उसने मुझे अपने गले से लगा लिया और अल्लाह का शुक्रिया अदा करते हुए बोला—"अल्लाह बड़ा रहमदिल है, जो उसने तुम्हें बचा लिया। उसका बहुत-बहुत शुक्रिया!"

कप्तान ने मेरा सारा सामान मुझे दे दिया। उस द्वीप में मैंने अस्सी हाथ

लम्बे मगरमच्छ और गाय के समान दूध देने वाली और ऊँट के समान मुँह वाली मछलियाँ भी देखीं। मैंने उस यात्रा में बहुत धन अर्जित किया और फिर बगदाद लौट आया।

पूरी कहानी सुनाने के बाद उसने सदा की भाँति हिन्दबाद को पचास स्वर्ण-मुद्राएँ देकर विदा किया।

सिन्दबाद की चौथी यात्रा की कहानी

प्रत्येक बार की भाँति इस बार भी सिन्दबाद की कहानी सुनने के लिए हिन्दबाद उसके महल में पहुँच गया। महल के पहरेदारों ने बड़ी गरमजोशी से उसका स्वागत किया। कुछ देर बाद सिन्दबाद ने अपनी चौथी यात्रा का वर्णन करना आरम्भ कर दिया।

सिन्दबाद ने कहा—अपनी तीसरी यात्रा के द्वारा मैंने इतना धन अर्जित कर लिया था कि विलासपूर्ण जीवन व्यतीत करने के कारण मैं समुद्री यात्राओं में मिले कष्टों को भूल गया था। इसलिए अपने कुछ विश्वस्त सौदागरों से बातचीत करके और कई क़िस्म का माल अपने जहाज़ में भरने के बाद मैं खाड़ी देशों की ओर व्यापार करने के लिए निकल पड़ा और रास्ते में पड़ने वाले अनेक शहरों को देखता हुआ 'वीरा' और 'किर्मा' आदि पूर्वी बन्दरगाहों की ओर जा पहुँचा।

उस यात्रा के दौरान एक दिन समुद्र में तेज़ ज्वार उठने लगा और हवा भी वेग से चलने लगी। कप्तान ने तुरन्त जहाज़ के सब पाल खुलवा दिये और बोला—"दोस्तो! यहाँ कोई अनहोनी हो सकती है, इसलिए आप सब अपनी-अपनी सुरक्षा के उपाय कीजिये।"

इतना सुनते ही आत्मरक्षा के उपाय किये जाने लगे, किन्तु कोई भी उपाय कारगर सिद्ध न हुआ। जहाज़ के सब पाल टुकड़े-टुकड़े होकर फट गये और जहाज़ टुकड़े-टुकड़े होकर बिखर गया। इस दुर्घटना में धन और जन दोनों की अपार हानि हुई। होश आने पर मैंने अपने कुछ साथियों को लकड़ी के तख़्तों के सहारे तैरते देखा। किसी प्रकार हम एक द्वीप के किनारे जा लगे। मैंने खुदा का शुक्र अदा किया, वहाँ लगे वृक्षों के फल खाकर अपने पेट की आग बुझायी और सो गया।

आँख खुलने पर मैंने देखा कि कोई सौदागर अपने घर की याद करके रो रहा था, तो कोई अपनी क़िस्मत को कोस रहा था। कोई-कोई तो इस

दुर्घटना के लिए ख़ुदा को ही दोषी मान रहे थे। मैंने उन्हें तसल्ली देते हुए कहा–"जो होना था, वह तो हो गया। अब उसके बारे में सोचने से क्या होगा? चलो, उठो और हिम्मत से काम लो, ख़ुदा जो भी करेगा, अच्छा ही करेगा।

मेरे इतना कहने पर वे सब हिम्मत करके खड़े हो गये और किसी सुरक्षित स्थान की खोज में निकल पड़े। उसी समय कुछ राक्षसों ने हमें घेर लिया और जानवरों की भाँति बाँट कर हमें अपने-अपने घर ले गये। चार सौदागरों के साथ एक राक्षस मुझे भी अपने साथ ले गया। उसने हम पाँचों को एक घर में बन्द कर दिया। कुछ देर बाद उस राक्षस ने हमें कुछ फल, मेवा और हरी सब्ज़ियाँ खाने को दीं। वे सब चीज़ें नशीली थीं, इसलिए मैंने अपने साथियों को खाने से रोकने की बहुत कोशिश की, किन्तु मैं नाकाम रहा। सब भूखे थे, इसलिए उन चीज़ों को देखते ही सब उन पर टूट पड़े और खाते ही नशे में झूमने लगे। उन सबको नशे में झूमते हुए देखकर वह राक्षस बहुत प्रसन्न हुआ और तब उसने उन सबको नारियल के तेल में पका हुआ पकवान खाने के लिए दिया, ताकि वे सब ख़ूब मोटे-ताज़े हो जायें और वह उनके शरीर से अधिकाधिक मांस निकालकर खा सके।

मैं उस राक्षस की चालाकी को भाँप गया, इसलिए जान-बूझकर कम खाता था। मेरे सब साथियों को मोटा-ताज़ा देखकर वह राक्षस उन सबको भूनकर खा गया। मुझे कुछ कमज़ोर देखकर मोटा करने के लिए उसने मुझे खुला छोड़ दिया था। अब मैं आज़ाद घूमने लगा था।

एक दिन अवसर पाकर मैं उस राक्षस को चकमा देकर वहाँ से भाग निकला और पाँच दिनों तक लगातार भागता ही रहा। कभी कहीं कुछ खाने के लिए रुकता और फिर भागने लगता। छठे दिन मैं जैसे ही काले पानी पहुँचा, तो वहाँ मुझे कुछ लोग काली मिरचें, बड़ी इलायची और लौंग बीनते हुए दिखाई दिये। उन्होंने मुझे अपनी भाषा में अपना परिचय दिया, तो मैंने भी अपनी भाषा में उन्हें अपना परिचय दे दिया और उन्हें अपनी सारी कहानी सुना दी। वे मुझे अपने बादशाह के पास ले गये। मेरी बातों से प्रभावित होकर बादशाह ने मुझे अपने राज्य का प्रधान अधिकारी नियुक्त कर दिया। वहाँ मैंने उन लोगों को घोड़ों पर ठीक से बैठना, लगाम पकड़ना और जीन कसना सिखाया। उन्हें इन बातों का कोई ज्ञान नहीं था। मैंने वहाँ के कारीगर से

अपनी देखरेख में मख़मल की एक जीन बनवाकर बादशाह को भेंट की, तो वह बहुत प्रसन्न हुआ और उसने मुझे बहुत धन उपहार में दिया।

एक दिन बादशाह ने अपनी बेटी का निकाह मुझसे करने को कहा, जिसे मैंने स्वीकार कर लिया। तब बादशाह ने अपनी बेटी का निकाह मेरे साथ कर दिया। नयी बेगम के मिलने की ख़ुशी में, मैं अपनी पहली पत्नी और बच्चों को भी भूल गया।

एक दिन किसी व्यक्ति की पत्नी का निधन हो गया, तो मैं उसे धीरज बँधाने गया और उससे कहा—"मित्र! यश-अपयश, जीवन-मरण और हानि-लाभ ये सब विधाता के हाथों में होते हैं। ईश्वर तुम्हारी पत्नी की आत्मा को सद्‌गति प्रदान करे और तुम्हें लम्बी उम्र दे।"

मेरी बात सुनकर वह व्यक्ति हँसा और फिर दुखी होकर बोला—"तुम्हारा यह आशीर्वाद फलीभूत नहीं होगा; क्योंकि यहाँ के रिवाज के अनुसार पत्नी के निधन पर उसके पति को भी पहाड़ की गुफा में जीवित दफ़्न कर दिया जाता है। इसलिए अब मेरा भी अन्तिम समय आ पहुँचा है।"

कुछ देर के पश्चात् मृतका के परिजन उसका अन्तिम शृंगार करके और उसे एक अर्थी पर लिटाकर पहाड़ी गुफा की ओर चल दिये। उस अर्थी के पीछे-पीछे उसका पति भी अपनी आँखों में आँसू भरकर चल दिया। पहाड़ी गुफा के पासं पहुँचकर उन दोनों को उस गुफा में उतारने की तैयारी होने लगी। वहाँ मृतका के पति ने सबसे मुआफ़ी माँगी और तब उन दोनों को उस गुफा में उतार दिया गया। उनके साथ आठ रोटियाँ और एक घड़ा पानी भी रख दिया गया। इसके बाद उस गुफा का मुँह बन्द कर दिया गया।

उस दृश्य को देखकर मेरा दिल काँप उठा और मैंने बादशाह से इस कुप्रथा का घोर विरोध किया। बादशाह ने मुझे शान्त करते हुए कहा—"ये रिवाज पुराने समय से चले आ रहे हैं। आज तक किसी ने इनका विरोध नहीं किया, चाहे वह यहाँ का हो या विदेशी हो। इन रिवाजों का विरोध कोई नहीं कर सकता। ये रिवाज स्त्री-पुरुष दोनों के लिए समान हैं। इसमें कोई भेदभाव नहीं हो सकता।"

बादशाह ने मेरी सलाह मानने से इनकार कर दिया। दुर्भाग्यवश एक दिन मेरी पत्नी यानी बादशाह की बेटी का निधन हो गया। तब वहाँ के रिवाज के अनुसार मुझे भी मेरी पत्नी, आठ रोटियाँ और एक घड़े पानी के साथ उस

गुफा में उतार दिया गया। उसके बाद उस गुफा का मुंह बन्द कर दिया गया।

कुछ ही दिनों में रोटियाँ और पानी समाप्त हो गये। उस गुफा में अनेक लाशें सड़ रही थीं और बदबू के कारण मैं परेशान हो रहा था। उसी दिन गुफा का पत्थर हटा और एक मृत पुरुष और एक जीवित औरत को उसमें उतारा गया। उनके साथ भी आठ रोटियाँ और एक घड़ा पानी रखा गया। मैंने उस औरत को एक डण्डे से मार डाला और उसके लिए रखे गये भोजन से अपना पेट भर लिया। यह क्रम कई दिनों तक चलता रहा। एक दिन अचानक मुझे किसी की आवाज़ सुनाई दी। मैं उसी दिशा में चलता गया। कुछ दूरी पर मुझे प्रकाश की एक किरण दिखाई दी। वहाँ एक बड़ा छेद था। उस छेद में घुसकर मैं एक नदी पर जा पहुँचा। मैं एक बार फिर उसी गुफा में उतरा और वहाँ रखी रोटियाँ और सारे गहने उठाकर उस गुफा से बाहर आ गया। फिर मैं उसी नदी के किनारे रहने लगा। एक दिन एक जहाज़ ने वहाँ लंगर डाला, तो मैंने उस जहाज़ के कप्तान की ख़ुशामद की और उस जहाज़ पर सवार हो गया।

अनेक द्वीपों से होता हुआ वह जहाज़ बगदाद पहुँच गया। घर पहुँचकर मैंने ग़रीबों को दिल खोलकर दान दिया, सरायें बनवायीं, मदरसे खुलवाये और परिवार के लोगों को भी अनेक उपहार दिये।

इस कहानी को सुनकर सिन्दबाद ने पहले की भाँति हिन्दबाद को पचास स्वर्ण–मुद्राएँ भेंट कीं और अगले दिन पाँचवीं यात्रा की कहानी सुनने के लिए कहकर उसे विदा कर दिया।

सिन्दबाद की पाँचवीं यात्रा की कहानी

प्रतिदिन की भाँति पाँचवें दिन भी हिन्दबाद को सिन्दबाद की पाँचवीं यात्रा की कहानी सुनने की बहुत इच्छा थी। इसलिए वह नियत समय पर सिन्दबाद के घर पहुँच गया। वहाँ उसने भोजन किया और शर्बत पीकर आराम से मसनद के सहारे लेट गया।

सिन्दबाद ने उसे अपनी पाँचवीं यात्रा की कहानी सुनाना आरम्भ किया। वह बोला—मित्र! चौथी यात्रा में मुझे जितना धन प्राप्त हुआ, उससे और भी अधिक धन अर्जित करने की मेरी लालसा जाग्रत हो गयी।

इस बार मैंने अपने जहाज़ से यात्रा करने का निश्चय किया। इसलिए कुशल कारीगरों के द्वारा मैंने एक मज़बूत जहाज़ तैयार कराया और अपने कुछ विश्वस्त सौदागरों के साथ काले पानी के रास्ते अपनी यात्रा पर निकल पड़ा।

कुछ दिनों बाद हमारा जहाज़ एक निर्जन टापू पर जा पहुँचा, तो उस टापू की सैर करने के लिए हम सब उस जहाज़ से नीचे उतर पड़े। टापू पर कुछ देर सैर करने के बाद हमें शरभ पक्षी का एक अण्डा दिखाई दिया। मैंने अपने साथियों को उस अण्डे को छेड़ने से मना किया, लेकिन वे नहीं माने और उस अण्डे को तोड़कर और उसे भूनकर खा गये।

ठीक उसी समय हमें आकाश में दो शरभ पक्षी मंडराते हुए दिखाई दिये। वे अपने बच्चे की हत्या के कारण क्रोध में भरे हुए थे। वे हमारी ओर झपटने के लिए आ रहे थे कि कप्तान ने उन्हें देख लिया और हमें सावधान करते हुए कहा—"आप तुरन्त जहाज़ पर वापस लौट जाइये, वरना ये शरभ पक्षी हमें ज़िन्दा नहीं छोड़ेंगे, हमें मार डालेंगे।"

कप्तान की आवाज़ सुनकर हम सब तेज़ी से दौड़कर जहाज़ पर चढ़ गये और कप्तान ने तेज़ी से जहाज़ को चलाना आरम्भ कर दिया। शरभ पक्षी भारी-भारी पत्थर उठाकर ऊपर आकाश से जहाज़ पर फेंकने लगे। एक बड़े

पत्थर की चोट खाकर जहाज़ टूटकर बिखर गया और मेरे सिवा अन्य सभी सौदागर पानी में डूबकर मर गये।

ख़ुदा के रहमोकरम से मेरे हाथ में लकड़ी का एक तख़्ता आ गया और मैं उसके सहारे तैरता हुआ समुद्र के किनारे आ लगा। वहाँ पहुँचकर मैंने अपने कपड़े सुखाये और मेवा खाकर वहीं लेट गया। सवेरा होने पर मैं अचानक इधर-उधर घूम रहा था कि मुझे एक बूढ़ा व्यक्ति मिला, जो धड़ के नीचे से पंगु था। वह व्यक्ति स्वयं चल-फिर नहीं सकता था। मैंने बड़े अदब से उससे परिचय पूछा, लेकिन वह कुछ बोला नहीं। उसने इशारे से बताया कि वह मेरे कन्धे पर चढ़कर नदी पार करना चाहता है। मैंने उसे अपने कन्धे पर बैठा लिया, तो उसने तुरन्त अपने पैरों को मेरे गले में डालकर उसे ज़ोर से दबाना आरम्भ कर दिया। उसकी इस हरकत से मेरी साँस घुटने लगी और मैं बेहोश होकर नीचे गिर गया। वह बूढ़ा मुझे लात-घूँसों से मारने लगा। फिर उसने मेरे सीने पर पैर रखकर चलने का संकेत किया, तो मैं उसे लेकर चल पड़ा। वह मुझे बहुत दिनों तक नदी पार करने के लिए परेशान करता रहा।

मैंने उस दुष्ट से पीछा छुड़ाने के लिए एक तरकीब सोची। मैंने एक सूखा तरबूज़ उठाकर उसमें अंगूरों का रस निचोड़ दिया और उसकी शराब बनाने के लिए एक ओर रख दिया। शराब बन जाने पर मैं उसे पीकर झूमने लगा। बची हुई शराब मैंने उस बूढ़े को पिला दी। नशा होने पर बूढ़ा मेरे कन्धे से नीचे गिर पड़ा और मैंने एक पत्थर से उस बूढ़े का सिर फोड़ दिया। बूढ़ा वहीं ढेर हो गया।

उस दुष्ट बूढ़े से छुटकारा पाकर मैं वहाँ से चल दिया। आगे पहुँचने पर मेरी मुलाक़ात कुछ ऐसे लोगों से हुई, जो मेरी कहानी सुनकर बहुत प्रभावित हुए और मुझे अपने जहाज़ पर ले गये। एक सौदागर ने मुझे एक टोकरी दी और मुझसे कहा—"जाओ, पेड़ से नारियल तोड़ लाओ।"

मैं टोकरी लेकर चल दिया। नारियल के वृक्ष बहुत चिकने और ऊँचे थे। उन पर चढ़ना बहुत कठिन था, किन्तु मुझे एक तरकीब ध्यान में आ गयी। मैंने पत्थर मारकर वृक्ष पर बैठे बन्दरों को मारना आरम्भ कर दिया। बन्दर भी मुझसे बदला लेने के लिए उन वृक्षों से नारियल तोड़कर मेरे ऊपर फेंकने लगे। मैंने उन नारियलों को टोकरी में भरकर सौदागर को सौंप दिया। सौदागर ने प्रसन्न होकर मुझे बहुत धन दिया। मैं बहुत दिनों तक इसी प्रकार धन अर्जित

करता रहा।

अब मैं किसी ऐसे जहाज़ की खोज में था, जो सीधा बगदाद जाये। कुछ दिनों बाद मुझे एक ऐसा जहाज़ दिखाई दिया। मैंने उस जहाज़ के कप्तान से दोस्ती गाँठ ली। मैंने अपने नारियलों को उस जहाज़ में भरकर उस सौदागर से विदा ली। रास्ते में पड़ने वाले एक नगर में पहुँचकर अपने सारे नारियल बेच दिये और वहाँ से काली मिरच भर लीं। वहाँ से मैं सीधा कुमारी द्वीप पर जा पहुँचा। उस द्वीप के लोग धार्मिक प्रवृत्ति के थे। शराब को हाथ लगाना भी पाप समझते थे। मैंने उस द्वीप से चन्दन और आबनूस ख़रीदा। वहाँ के समुद्र से लाखों सच्चे मोती निकलवाये और बांसरे होता हुआ बगदाद लौट आया। बगदाद पहुँचकर मैंने सारा सामान लाभ के साथ बेच दिया और बहुत धन अर्जित किया, किन्तु उस धन का बीसवाँ हिस्सा ग़रीबों में दान कर दिया।

अपनी पाँचवीं यात्रा की कहानी सुनाने के बाद सिन्दबाद ने पचास स्वर्ण-मुद्राएँ हिन्दबाद को देकर उसे विदा कर दिया।

सिन्दबाद की छठी यात्रा की कहानी

सिन्दबाद ने अपनी छठी यात्रा की कहानी सुनाने के लिए हिन्दबाद को निमन्त्रित किया और उसके आने के बाद अपनी कहानी सुनाना आरम्भ कर दिया। उसने कहा—मित्र! पाँचवीं यात्रा से मुझे बहुत धन प्राप्त हुआ था। इसलिए मैं एक वर्ष तक घर में आराम करता रहा। मेरे परिजन भी मुझे यात्रा पर भेजने के लिए राज़ी नहीं थे, लेकिन मेरा मन घर में नहीं लग रहा था। इसलिए मैंने एक बार फिर यात्रा पर जाने का निश्चय कर लिया और कुछ आवश्यक सामान के साथ फ़ारस देश की ओर चल दिया। वहाँ से एक बड़े और मज़बूत जहाज़ पर सवार होकर समुद्री यात्रा पर निकल पड़ा।

अनेक द्वीपों की यात्रा करते हुए हमारा जहाज़ अचानक तेज़-तेज़ चलने लगा। कप्तान ने जहाज़ की गति को कम करने की बहुत कोशिश की, लेकिन जहाज़ की गति कम होने की अपेक्षा बढ़ती ही जा रही थी और जहाज़ कप्तान के नियन्त्रण से बाहर हो गया था। कप्तान दिशा-निर्देश की पुस्तक को एक ओर पटककर वहीं बैठ गया और रोने लगा। उसे रोते देखकर मैंने उससे पूछा—"क्या हुआ, आप इतने परेशान क्यों हैं और रो क्यों रहे हैं?"

"पानी की तेज़ गति के कारण जहाज़ पूरी तरह से बेक़ाबू हो चुका है और हम सब पल-पल मौत की ओर बढ़ रहे हैं। कुछ ही देर में हम सब मौत के मुँह में समा जायेंगे। मैं इसीलिए रो रहा हूँ।"

जहाज़ के पाल खोल दिये गये, लेकिन जहाज़ के भँवर में फँस जाने के कारण उसकी सब रस्सियाँ टूट गयीं और जहाज़ किसी पहाड़ से टकराकर टुकड़े-टुकड़े हो गया। हम सब भी रोने लगे। उस पहाड़ के नीचे अनेक जहाज़ों के टुकड़े पड़े थे। उस स्थान पर कई नर-कंकाल भी पड़े थे। वहाँ अनेक नदियाँ किसी गहरे गड्ढे में समाने के बाद न जाने कहाँ लोप हो जाती थीं? वहाँ बहुमूल्य रत्नों की ख़ानें भी थीं। हम लोग उस पहाड़ के नीचे भूखे-प्यासे पड़े अपने दिन काट रहे थे। यदि हममें से कोई मर जाता, तो उसे दफ़्नाने

का काम भी मुझे ही करना पड़ता था। इस प्रकार जब मेरे सारे साथी मर गये, तो मैंने उन्हें भी दफ़्ना दिया।

अब मैंने सोचा कि इतनी नदियाँ पाताल में नहीं समाती होंगी। अवश्य कहीं न कहीं जा निकलती होंगी। यह सोचकर मैंने एक छोटी–सी नाव तैयार की और अपना सामान लेकर उस पर सवार हो गया। नाव के चलते ही ठण्डी हवा के झोंकों के कारण मुझे नींद आ गयी।

जब आँख खुली, तो मैंने अपनी नाव को नदी किनारे बँधा देखा। कुछ लोग मेरे आसपास खड़े मुझे देख रहे थे और आपस में कानाफूसी कर रहे थे। उनकी बातें मेरी समझ में नहीं आयीं। उनमें अरबी भाषा को जानने वाला केवल एक व्यक्ति था। वह मेरे पास आया और मुझे अपना परिचय देते हुए बोला–"हम सब किसान हैं, तुम्हें इस नाव में सोते देखकर हमने नाव को किनारे लगाकर यहाँ बाँध दिया और आपके जागने की प्रतीक्षा कर रहे हैं।"

मैंने भी उसे अरबी भाषा में उत्तर देते हुए अपनी कहानी सुनायी, तो उन्हें मुझ पर दया आ गयी और अपने गाँव से लाकर मुझे भोजन कराया। उसके पश्चात् वे लोग मुझे एक घोड़े पर बैठाकर सरन द्वीप के राजा के पास ले गये। मैंने राजा को वहाँ के रिवाज के अनुसार प्रणाम किया। तब राजा ने अपने इतिहासकारों को मेरी कहानी लिखने का आदेश दिया। मैंने अपनी गठरी से कुछ बहुमूल्य रत्न निकालकर राजा को भेंट किये, किन्तु राजा ने उदारतापूर्वक अपने ख़ज़ाने से क़ीमती रत्नों के साथ मुझे मेरा सारा सामान वापस लौटा दिया।

मैं कुछ दिनों तक उस रमणीय स्थान पर रहा। बाबा आदम ने स्वर्ग से निकलकर जिस स्थान पर अपना डेरा डाला था, वह पर्वत यहीं है। कुछ दिनों बाद मैंने राजा से बगदाद वापस जाने की आज्ञा माँगी, तो उसने मुझे अनेक बहुमूल्य उपहार भेंट किये और एक पत्र और कुछ उपहार ख़लीफ़ा हारूं को भेंट करने के लिए देकर मुझे अपने जहाज़ में विदा किया। उसने कप्तान से कहा–"इस यात्रा में सिन्दबाद को कोई कष्ट नहीं होना चाहिए। यह हमारे ख़ास मेहमान हैं।"

बगदाद पहुँचकर मैं सरन द्वीप के राजा का पत्र और उनके उपहार लेकर ख़लीफ़ा हारूं की सेवा में उपस्थित हो गया। ख़लीफ़ा हारूं सरन द्वीप के राजा का पत्र और बहुमूमल्य उपहार पाकर बहुत प्रसन्न हुआ।

फिर मैंने ग़रीबों, अपाहिजों और फ़क़ीरों को दान दिया, सरायें बनवायीं और धार्मिक कामों के लिए खुले हाथों से दान दिया।

पूरी कहानी सुनाने के लिए सिन्दबाद ने प्रत्येक बार की भाँति इस बार भी हिन्दबाद को पचास स्वर्ण-मुद्राएँ भेंट कीं और अगले दिन अपनी सातवीं और अन्तिम कहानी सुनने के लिए उसे निमन्त्रित किया।

सिन्दबाद की सातवीं और अन्तिम यात्रा की कहानी

अगले दिन सिन्दबाद की अन्तिम और सातवीं यात्रा की कहानी सुनने के लिए हिन्दबाद समय से पहले ही उसके महल में पहुँच गया। हिन्दबाद के महल में पहुँचते ही सिन्दबाद ने उसका अभिनन्दन किया और उसे सम्मान के साथ सिंहासन पर बैठाया। उसे प्रेमपूर्वक भोजन कराया और उसे शर्बत से तृप्त करने के बाद उसे अपनी अन्तिम यात्रा की कहानी सुनाना आरम्भ कर दिया। उसने कहा—मित्र! अपनी छठी समुद्री यात्रा के कटु अनुभवों के आधार पर मैंने मन ही मन यह प्रतिज्ञा कर ली थी कि चाहे कुछ भी हो जाये, भविष्य में कोई समुद्री यात्रा नहीं करूँगा। लेकिन एक दिन ख़लीफ़ा हारूं ने मुझे बुलाकर आग्रहपूर्वक मुझसे कहा—"सिन्दबाद! तुम सरन द्वीप के महाराज की सेवा में हमारा एक पत्र और उपहार ले जाओ। जिस प्रकार उन्होंने अपनी मित्रता का प्रदर्शन किया है, उसी प्रकार हम भी उनके साथ मित्रता करना चाहते हैं।"

ख़लीफ़ा हारूं की बात सुनकर मैंने पहले तो अपनी असमर्थता प्रकट की, पर उनके बहुत आग्रह करने पर मैं जाने के लिए विवश हो गया। ख़लीफ़ा ने मुझे यात्रा ख़र्च के लिए बहुत धन दिया।

मैं एक जहाज़ पर सवार होकर सरन द्वीप जा पहुंचा। वहाँ दरबार में पहुँचकर मैंने राजा को ख़लीफ़ा का पत्र और उनके द्वारा भेजे गये उपहार दिये। उन्हें पाकर राजा बहुत प्रसन्न हुए और उन्होंने मुझे शाही मेहमानख़ाने में ठहराकर शाही सम्मान दिया।

कुछ दिनों बाद जब मैं वहाँ से विदा हुआ, तो राजा ने मुझे भेंट में अनेक बहुमूल्य उपहार दिये। मैं जहाज़ पर सवार होकर चल तो दिया, लेकिन दुर्भाग्यवश तीसरे दिन ही समुद्री लुटेरों ने मेरा सारा धन लूट लिया। उसके बाद वे हमें ग़ुलाम बनाकर अपने साथ ले गये। उन्होंने कपड़ों के नाम पर हमें केवल एक गज़ की धोती पहना दी और हमें नगर में ले जाकर सौदागरों के

हाथों बेच दिया।

मुझे एक अमीर सौदागर ने ख़रीदा था। वह मुझे अपने घर ले गया और मुझसे पूछा—क्या तुम्हें धनुष विद्या आती है? मेरे 'हाँ' कहने पर उसने मुझे एक धनुष-बाण दिया और जंगल में ले जाकर एक वृक्ष पर बैठा दिया। फिर उसने कहा—तुम्हें यहाँ बैठकर हाथियों का शिकार करना है। यहाँ से जो भी हाथी जाये, तुम उसे अपने बाणों से गिराते रहो। हाथी के मरते ही मुझे ख़बर देना, मैं पहुँच जाऊँगा।

मुझे भोजन देने के बाद वह वहाँ से लौट गया। मैं अकेला वृक्ष पर बैठकर हाथियों की राह देखता रहा। रात में अनेक हाथी उधर से गये, किन्तु मैं केवल एक हाथी को ही मार गिराने में सफल हो सका। शेष हाथी वहाँ से भाग गये।

हाथी के मरने की सूचना पाते ही वह सौदागर दौड़ता हुआ वहाँ आया और बोला—मैं इस हाथी को ज़मीन में गड़वाकर वापस चला जाऊँगा और हाथी के गल जाने पर इसके दाँत निकाल लूँगा।

तीन महीने तक मैं इसी प्रकार हाथियों का शिकार करता रहा। एक दिन मैं वृक्ष पर बैठा हाथियों के आने का इन्तिज़ार कर रहा था कि उसी समय हाथियों का एक झुण्ड उस वृक्ष के नीचे आकर ज़ोर-ज़ोर से चिंघाड़ने लगा और उनमें से एक हाथी ने मुझे अपनी सूँड़ में लपेटकर ऊपर उठा लिया। दूसरे हाथी ने उस वृक्ष को उखाड़ फेंका। मैंने अपनी आँखें बन्द कर लीं और धनुष-बाण मेरे हाथ से छूटकर गिर गये। मुझे साक्षात् मौत दिखाई देने लगी और मैं सोचने लगा कि अब ये हाथी मुझे ज़मीन पर पटककर अपने पैरों से कुचल देगा।

लेकिन हाथी ने ऐसा नहीं किया। अपनी पीठ पर बैठाकर वह मुझे ऐसे स्थान पर ले गया जहाँ एक बड़े गड्ढे में हाथियों की हड्डियाँ और दाँत पड़े हुए थे। मुझे उस स्थान पर छोड़कर सभी हाथी जंगल में चले गये।

मैंने सोचा कि हाथी बहुत बुद्धिमान् है; क्योंकि उसने मुझे यहाँ लाकर हाथियों की हड्डियों और दाँतों का भण्डार दिखाकर न केवल मेरे परिश्रम को बचाया, अपितु अन्य हाथियों को भी मौत से बचा लिया।

उस दिन मैं निडर होकर उस सौदागर के पास पहुँचा और उसे उस भण्डार का समाचार भी दे दिया। सौदागर ने उन सभी दाँतों और हड्डियों को

एक गाड़ी में भरवाकर मँगवा लिया और प्रसन्न होकर मुझे अपनी गुलामी से मुक्त कर दिया। उसने मुझे एक हाथीदाँत देते हुए कहा—"आज से तुम आज़ाद हो, जहाँ चाहो जा सकते हो। यदि मेरी सहायता की आवश्यकता हो, तो मुझसे निस्संकोच कह सकते हो।"

उस सौदागर का शुक्रिया अदा करने के बाद मैं फिर उसी जंगल में पहुँच गया। वहाँ मुझे वही हाथी मिल गया, जिसने मुझे अपनी पीठ पर बैठाकर उस स्थान पर पहुँचाया था। उसने मुझे अपनी पीठ पर बैठाकर पूरे जंगल में घुमाया और मुझे एक ऐसे स्थान पर ले गया, जहाँ शेर और चीतों की खालें बहुत संख्या में पड़ी हुई थीं। मैं उन खालों को एक जहाज़ में भरकर बगदाद ले गया और वहाँ सबसे पहले ख़लीफ़ा हारूं को सारी कहानी कह सुनायी।

ख़लीफ़ा हारूं ने सारी कहानी सुनकर मुझे बहुत धन इनाम में दिया और मैंने उन खालों को बेचकर भी बहुत धन अर्जित किया।

पूरी कहानी सुनाने के बाद सिन्दबाद ने हिन्दबाद से कहा—उसके बाद मैंने कोई समुद्री यात्रा नहीं की। मेरे धनवान् होने का यही रहस्य है। मुसीबत के समय इंसान को हिम्मत नहीं हारनी चाहिए। भाग्य के भरोसे बैठे रहने से कुछ भी नहीं मिलता और यह भी सच है कि काम जितना जोखिमपूर्ण होगा, उसमें लाभ भी उतना ही अधिक होगा।

इतना कहकर सिन्दबाद ने हिन्दबाद को अपना मित्र बना लिया और वे दोनों एक ही महल में रहने लगे।

शहरयार को इतनी कहानी सुनाने के बाद शहरज़ाद ने बोलना बन्द कर दिया, तो बादशाह ने अपनी बेगम को टोकते हुए कहा—"बेगम! क्या हुआ? क्या उस कहानी का अन्त हो गया?"

बेगम ने कहा—"नहीं मेरे सरताज! ख़लीफ़ा हारूं के जीवन में घटने वाली घटनाओं में प्रमुख घटना साज़िश के कारण मारी जाने वाली औरत की कहानी है। क्या आप उसे सुनना चाहेंगे?"

"हाँ-हाँ सुनाओ। रुक क्यों गयीं?" नीचे लेटी दुनियाज़ाद ने कहा, तो शहरज़ाद ने कहानी सुनाना आरम्भ किया और बोली—"तो सुनो!"

साज़िश के कारण मारी जाने वाली औरत की कहानी

बगदाद के ख़लीफ़ा हारूं एक अत्यन्त शान्तिप्रिय एवं न्यायप्रिय शासक थे। उनके शासनकाल में प्रजा बहुत सुखी थी। ख़लीफ़ा हारूं हर रात वेश बदलकर प्रजा का सुख-दुःख जानने के लिए शहर में निकला करते थे। उस दिन भी वह वेश बदलकर प्रजा का दुःख जानने के लिए रात को शहर में जा पहुँचे। उस समय उनके साथ उनका मन्त्री जाफ़र और प्रधान सेवक मसरूर भी था। सब जगह घूमते हुए जब वे सब एक गली में पहुँचे, तो उन्होंने देखा कि एक मछुआरा अपने सिर पर ख़ाली टोकरी रखे और कन्धे पर जाल लटकाये एक हाथ से लाठी टेकता बोझिल क़दमों से चला आ रहा है। उसकी दाढ़ी पेट तक लटकी हुई थी और उसके चेहरे पर उदासी छायी हुई थी।

उस मछुआरे की चाल देखकर ख़लीफ़ा को लगा कि वह बहुत दुखी है। इसलिए उन्होंने जाफ़र के द्वारा उसे अपने पास बुलाया। मछुआरे के पास आने पर उन्होंने उससे पूछा—"अरे भाई! तुम कौन हो और इतनी रात गये कहाँ से आ रहे हो?"

ख़लीफ़ा का प्रश्न सुनकर मछुआरे ने कहा—"हुज़ूरेआला! मैं एक ग़रीब मछुआरा हूँ और इस सम़य समुद्र की ओर से आ रहा हूँ। शाम को मछलियाँ पकड़ने गया था, लेकिन देर रात तक एक भी मछली जाल में नहीं फँसी। लगता है कि आज रात मेरे परिवार को भूखा ही सोना होगा।" इतना कहकर मछुआरा रो दिया।

उसे रोते देखकर ख़लीफ़ा हारूं को मछुआरे पर दया आ गयी और उन्होंने उससे कहा—"अरे! तुम एक बार फिर जाल डालो, अगर इस बार भी तुम्हारे जाल में कोई मछली नहीं फँसी, तो मैं तुम्हें पचास स्वर्ण-मुद्राएँ दूँगा।"

यह सुनकर बूढ़े के चेहरे पर चमक आ गयी और उसने एक बार फिर समुद्र में जाल डाल दिया। जब उसने जाल को खींचा, तो उसे जाल में कोई भारी चीज़ फँसी हुई लगी। उसे लगा शायद कोई बड़ी मछली जाल में फँस

गयी है। लेकिन जाल खींचने पर एक भारी सन्दूक़ उस जाल में फँसा हुआ था। ख़लीफ़ा ने वह सन्दूक़ उस बूढ़े से ले लिया और उसे पचास स्वर्ण-मुद्राएँ दे दीं। मछुआरा ख़ुशी-ख़ुशी अपने घर चला गया। ख़लीफ़ा के कहने पर उस सन्दूक़ को खोला गया, तो उसमें एक सुन्दर स्त्री की लाश रखी थी। उस लाश को देखकर ख़लीफ़ा ने अपने मन्त्री से कहा-"क्या तुम्हारी सुरक्षा व्यवस्था यही है? एक मासूम औरत का क़त्ल हो गया और तुम्हें इसका पता तक नहीं?"

मन्त्री ने कहा-"हुज़ूर! मुझे कुछ समय की मोहलत चाहिए।"

ख़लीफ़ा ने कहा-"ठीक है, मैं तुम्हें चार दिन की मोहलत देता हूँ। अगर चार दिनों तक तुम अपराधी को नहीं ढूँढ़ सके, तो तुम्हें मृत्युदण्ड दिया जायेगा।"

मन्त्री जाफ़र सुरक्षाकर्मियों को साथ लेकर उस ख़ूनी की तलाश में निकल पड़ा, लेकिन ख़ूनी का पता नहीं लगा। चार दिन बीतने के बाद भी जब ख़ूनी का पता न चला, तो ख़लीफ़ा ने मन्त्री जाफ़र को मृत्युदण्ड की सज़ा सुना दी। सारे दरबारी ख़लीफ़ा के इस फ़ैसले से भौचक रह गये, लेकिन किसी को ख़लीफ़ा के विरुद्ध कुछ भी बोलने की हिम्मत नहीं हुई।

उसी समय ख़लीफ़ा के दरबार में एक युवक और एक बूढ़ा आये और अपने आपको अपराधी बताने लगे। मन्त्री जाफ़र कोई निर्णय नहीं कर सका कि उन दोनों में से असली अपराधी कौन है। बाद में ख़लीफ़ा ने उन दोनों को मृत्युदण्ड सुना दिया। लेकिन मन्त्री इस फ़ैसले से सन्तुष्ट नहीं हुआ। उसने असली ख़ूनी का पता लगाने के लिए उन दोनों से पूछताछ आरम्भ कर दी। इस पर उस युवक ने सारी कहानी सुनाना आरम्भ कर दिया।

युवक की कहानी

युवक ने अपनी कहानी सुनाते हुए कहा—हुज़ूरेआला! आपको जिस स्त्री की लाश मिली है, वह मेरी पत्नी और इस बूढ़े की बेटी है। ये बुज़ुर्ग मेरे चचा हैं। जब मेरी शादी हुई थी, तो मेरी उम्र पन्द्रह वर्ष थी। मेरे तीन बेटे हैं। मेरी पत्नी एक पतिव्रता स्त्री थी और मैं उसे बहुत चाहता था।

एक दिन मेरी पत्नी बीमार हो गयी, तो उसे कुछ भी खाना अच्छा नहीं लग रहा था। मेरे बहुत पूछने पर उसने सेब खाने की इच्छा प्रकट की। उस समय सेब का मौसम नहीं था। अतः सेब लाने के लिए मुझे बांसरे जाना पड़ा। वहाँ बेमौसम सारे फल मिल जाते हैं। मैंने तीन सेब लाकर उसे दे दिये। उसने उन सेबों को सूँघकर पलँग के नीचे रख दिया। कुछ देर बाद मैंने देखा कि एक युवक अपने हाथ में एक सेब उछालता हुआ सड़क पर जा रहा है। उस सेब को देखकर मैं चौंक पड़ा और मैंने उस युवक को अपने पास बुलाकर उससे पूछा—"भाई! तुम यह सेब कहाँ से लाये हो, मुझे उस दुकान का पता बता दो, मुझे भी सेब लाने हैं।"

युवक ने सेब को चूमते हुए कहा—"मेरे भाई! यह एक राज़ की बात है, पर तुम्हें बता रहा हूँ। मैं आज अपनी प्रेमिका से मिलने गया था, वह बीमार है। शायद उसका पति कहीं दूर से उसके लिए सेब लाया था। जब मैं अपनी प्रेमिका से मिलकर चलने लगा, तो उसने मुझे खाने के लिए यह सेब दिया था।"

वह युवक एक सेवक था। उसकी बात सुनकर मैंने तुरन्त अपनी दुकान बन्द की और अपने घर जा पहुँचा। वहाँ मैंने देखा कि केवल दो सेब ही वहाँ रखे हैं। तब मैंने अपनी पत्नी से पूछा—"बेगम! मैं तुम्हारे खाने के लिए तीन सेब लाया था, लेकिन यहाँ केवल दो ही सेब रखे हैं। एक सेब कहाँ गया? क्या तुमने खा लिया?"

मेरी पत्नी ने जवाब दिया—"नहीं मेरे मालिक! किसी बच्चे ने इधर-उधर

रख दिया होगा, मैंने तो तीनों सेब चारपाई के नीचे ही रखे थे।"

मैंने क्रोध में भरकर उससे कहा—"कुलटा! झूठ बोलती है? साफ़-साफ़ क्यों नहीं कहती कि एक सेब तूने अपने यार को दिया है? अब पतिव्रता बनने का ढोंग कर रही है?"

मेरा आरोप सुनकर वह सकपका गयी और कहने लगी—"नहीं मेरे मालिक! आप यह क्या कह रहे हैं? मैंने तो आज तक सपने में भी आपके सिवा किसी अन्य पुरुष का ध्यान तक नहीं किया।"

मैंने उसकी बात नहीं मानी और उसके तीन टुकड़े करके लकड़ी के सन्दूक़ में बन्द किये और उस सन्दूक़ को समुद्र में फेंक दिया। जब घर वापस आया, तो देखा, मेरे दोनों बेटे पलँग पर सो रहे थे और तीसरा बेटा दरवाज़े पर खड़ा रो रहा था। मैंने उसे चुप कराया और उससे पूछा—"क्या हुआ, तुम रो क्यों रहे हो?" उसने कहा—"अब्बू! आज सवेरे अम्मी के पलँग के नीचे से मैं एक सेब निकालकर उससे खेल रहा था कि एक सेवक ने वह सेब मुझसे छीन लिया और भाग गया। मैंने उससे कहा कि ये सेब मेरे अब्बू मेरी बीमार अम्मी के लिए बड़ी दूर से लाये हैं, लेकिन वह नहीं माना और सेब लेकर भाग गया।"

यह सुनते ही मेरे पैरों तले ज़मीन खिसक गयी। मैंने अपना माथा पीट लिया। अपनी निर्दोष पत्नी को मार डालने का मुझे बड़ा दुःख हुआ। यह बात जब मेरे चचा को मालूम हुई, तो ये भी बहुत दुखी हुए। इसलिए आप हमें तुरन्त फाँसी पर लटका दीजिए।

युवक की बात सुनकर ख़लीफ़ा ने मन्त्री से कहा—"एक सेवक के कारण उस औरत की हत्या हुई है, इसलिए तुम उसे ढूँढ़कर फ़ौरन हमारे सामने पेश करो, वरना तुम्हें फाँसी पर लटका दिया जायेगा।"

बहुत तलाश करने पर भी जब उस सेवक का पता न चला, तो मन्त्री थककर अपने घर वापस आ गया। लेकिन जैसे ही उसकी दृष्टि अपनी बेटी पर पड़ी, तो वह चौंक उठा। उसकी बेटी के गले में वही सेब बँधा हुआ था। मन्त्री ने अपनी बेटी से पूछा—"बेटी! तुम्हारे पास यह सेब कहाँ से आया?"

"मैंने यह सेब रेहान नामक एक युवक से ख़रीदा है। इस पर ख़लीफ़ा हारूं का नाम लिखा है, इसलिए मैंने इसे नहीं खाया और तावीज़ की तरह अपने गले में बाँध लिया।"

यह सुनते ही मन्त्री ने रेहान नामक सेवक को बुलवाया। उससे सेब के बारे में पूछा—"तुम्हें यह सेब कहाँ से मिला, सच-सच बताओ।"

रेहान ने सब कुछ सच-सच बता दिया। उसने कहा—"हुज़ूर! यह सेब न आपका है और न ख़लीफ़ा का। मैंने भी इसे कभी नहीं ख़रीदा था। एक दिन मैं रास्ते पर जा रहा था कि अचानक एक लड़के के हाथ में यह सेब देखकर मेरी नीयत डोल गयी। मैं उस लड़के के हाथ से सेब छीनकर भाग आया और आपकी लड़की को सेब बेच दिया। यह वही सेब है।"

मन्त्री ने रेहान को ख़लीफ़ा के सामने पेश कर दिया, तो उसने उसे मृत्युदण्ड की सज़ा सुना दी।

इस पर मन्त्री ने ख़लीफ़ा हारूं से अनुरोध करते हुए कहा—"हुज़ूर! आपकी आज्ञा सिर माथे पर, लेकिन मैं मिस्र के सचिव नूरुद्दीन और बदरुद्दीन हसन की कहानी आपको सुनाता हूँ। यदि वह कहानी आपको पसन्द आये, तो आप इस युवक को क्षमा कर देना।"

ख़लीफ़ा ने मन्त्री की शर्त मान ली और कहा—"ठीक है। तुम उन दोनों की कहानी सुनाओ। अगर कहानी हमें अच्छी लगी, तो हम रेहान को क्षमा कर देंगे।"

तब जाफ़र ने कहानी सुनाना आरम्भ कर दिया।

नूरुद्दीन और बदरुद्दीन की कहानी

वर्षों पहले की बात है कि मिस्र राज्य का प्रधानमन्त्री अत्यन्त योग्य, अनुभवी और प्रजापालक था। उसके दो बेटे थे। एक का नाम शमसुद्दीन और दूसरे का नाम नूरुद्दीन था। कुछ दिनों बाद प्रधानमन्त्री का निधन हो गया, तो राजा ने उसके दोनों बेटों को बुलाकर उन्हें अपने राज्य का मन्त्री बना दिया। राजा से विदा लेकर वे दोनों अपने घर चले गये और चालीस दिन का शोक मनाने के बाद अपने काम पर वापस पहुँच गये।

एक भाई राजा के साथ शिकार पर जाता था और दूसरा भाई राज्य का प्रबन्ध देखता था। एक दिन उन दोनों भाइयों ने सलाह की कि जब दोनों भाई प्रेम से रहते हैं, तो क्यों न दोनों ही दो सुन्दर युवतियों से विवाह कर लें? जब दोनों के बच्चे होंगे, तो यदि एक के घर बेटा और दूसरे के घर बेटी होगी, तो उन दोनों का विवाह कर देंगे। इस प्रकार उन दोनों का प्रेम बढ़ता जायेगा और कभी समाप्त नहीं होगा।

दोनों भाई इस बात पर सहमत हो गये। तब नूरुद्दीन ने कहा—"मेरा बेटा तुम्हारी बेटी को बहुत ख़ुश रखेगा।"

इस पर शमसुद्दीन ने कहा—"बेशक! मुझे भी इसकी पूरी उम्मीद है, लेकिन तुम्हें मेरी बेटी को मेहर के रूप में पाँच हज़ार स्वर्ण-मुद्राएँ, पाँच गाँव और पाँच दासियाँ विवाह के ख़र्च के अलावा देना होंगी।"

नूरुद्दीन ने कहा—"ये सब तो बेटी वाले को देने होते हैं। बेटे वाले को तो केवल एक मेहर ही देनी होती है।"

"मुझे तुमसे ऐसी उम्मीद नहीं थी कि तुम मुझे इस प्रकार अपमानित करोगे। मैं अपनी बेटी का निकाह तुम्हारे बेटे से नहीं करूँगा और राजा से कहकर तुम्हें दण्ड दिलवाऊँगा।" इतना कहकर शमसुद्दीन वहाँ से उठकर चला गया।

वह राजा के साथ शिकार पर चला गया और नूरुद्दीन चार दिन की छुट्टी

लेकर अरब देश की यात्रा पर चला गया। रास्ते में उसका घोड़ा अचानक बीमार हो गया, तो उसने एक घोड़े वाले से आग्रह किया, तो उसने नूरुद्दीन को अपने घोड़े पर बैठा लिया।

बांसरे पहुँचकर नूरुद्दीन घोड़े से उतरकर किसी सराय की खोज में निकल पड़ा, लेकिन जब उसने महामन्त्री की सवारी आते देखी, तो उसने बड़े अदब से झुककर उसे सलाम किया।

महामन्त्री ने उससे उसका परिचय पूछा–"तुम कौन हो और इस शहर में कहाँ से और किसलिए आये हो?"

नूरुद्दीन ने उत्तर दिया–"महामन्त्री जी! मेरा नाम नूरुद्दीन है और मैं मिस्त्र देश का निवासी हूँ। मैं वहीं राज्य का मन्त्री था। अब मैं अपने भाई से नाराज़ होकर यहाँ आया हूँ। अब मैं अपने राज्य में वापस नहीं जाना चाहता।"

नूरुद्दीन का परिचय पाकर महामन्त्री बहुत प्रसन्न हुआ। वास्तव में, वह भी किसी ऐसे ही योग्य व्यक्ति की तलाश में था। उसके घर एक बेटी थी और वह उसका विवाह करना चाहता था। उसने नूरुद्दीन की ख़ूब ख़ातिर की और उसे समझा-बुझाकर अपने घर ले गया। जब नूरुद्दीन को वहाँ रहते कुछ दिन हो गये, तो एक दिन मौक़ा देखकर महमन्त्री ने उससे कहा–"बेटा! मेरी बेटी विवाह योग्य है, यदि तुम्हें कोई आपत्ति न हो, तो मैं उसका विवाह तुम्हारे साथ करना चाहता हूँ।"

नूरुद्दीन ने इसे अपना अहोभाग्य समझा और 'हाँ' कह दी। तब महामन्त्री ने अपनी बेटी का विवाह नूरुद्दीन से कर दिया। उधर शमसुद्दीन का भी विवाह हो गया था। समय पर शमसुद्दीन के यहाँ बेटी और नूरुद्दीन के यहाँ बेटा पैदा हुआ। धेवता होने पर महामन्त्री बहुत प्रसन्न हुआ और उसने बालक का नाम बदरुद्दीन रख दिया। कुछ दिनों बाद महामन्त्री ने राजा से सिफ़ारिश करके अपने स्थान पर नूरुद्दीन की नियुक्ति करा दी। नूरुद्दीन ने अपनी कुशलता और अपने व्यवहार से सबका दिल जीत लिया।

बदरुद्दीन जब पाँच वर्ष का हुआ, तो महामन्त्री का निधन हो गया। नूरुद्दीन ने उसका अन्तिम संस्कार कर दिया। छह वर्ष की आयु में ही बदरुद्दीन मदरसे में पढ़ने लगा और राजनीति का प्रकाण्ड पण्डित बन गया। उसे पूरा क़ुर्आन शरीफ़ कण्ठस्थ था। जब नूरुद्दीन वृद्ध हो गया, तो उसने अपने बेटे से कहा–"बेटा! तुम सदा बुरे कामों से बचे रहना और अपने कुल की मर्यादा

का ख़याल रखना। तुम्हें मन्त्री पद ग्रहण करना है, इसलिए सदा होशियार रहना। अपना कोई भी रहस्य किसी को कभी मत बताना। मेरे मरने के बाद आँसू मत बहाना; क्योंकि मौत तो एक न एक दिन सब को आनी है। मेरे जीवन के दिन अब पूरे हो चुके हैं, इसलिए मेरी आँखें कभी भी मुंद सकती हैं। मैं तुम्हें अपनी वंशावली समझा देता हूँ। मैं मिस्र का निवासी हूँ और मेरे पिता वहाँ महामन्त्री थे। पिताजी का निधन होने के बाद हम दोनों भाई वहाँ मन्त्री बन गये, लेकिन परस्पर विरोधी विचारधाराओं के कारण मैं अपने भाई शमशुद्दीन से नाराज़ होकर यहाँ चला आया।"

इतना कहकर नूरुद्दीन ने एक पत्र लिखकर बदरुद्दीन को दे दिया। उस पत्र में अपने भाई से नाराज़गी का कारण भी लिखा था और पूरी वंशावली भी लिखी थी। उसी पत्र में बदरुद्दीन की जन्मकुण्डली भी थी।

उसके बाद नूरुद्दीन का निधन हो गया। बदरुद्दीन ने उसका अन्तिम संस्कार कर दिया। पिता के शोक के कारण वह चालीस दिन तक अपने घर से बाहर नहीं निकला। लोगों ने बदरुद्दीन की शिकायत राजा से कर दी, तो राजा ने अप्रसन्न होकर किसी अन्य व्यक्ति को राज्य का मन्त्री नियुक्त कर दिया और बदरुद्दीन को बन्दी बनाने का आदेश दे दिया। नया मन्त्री बदरुद्दीन को बन्दी बनाने के लिए उसके घर की ओर चल दिया, लेकिन किसी वफ़ादार सैनिक ने बदरुद्दीन को सावधान कर दिया और वे दोनों घर के पीछे के दरवाज़े से बाहर निकलकर बदरुद्दीन के पिता की क़ब्र पर पहुँच गये।

उस क़ब्र पर एक यहूदी बैठा किसी मन्त्र का जाप कर रहा था। बदरुद्दीन को देखकर वह चौंक उठा। बदरुद्दीन उस यहूदी को देख्कर बोला—"मैंने आज रात सपने में अपने पिता को रोते हुए देखा था। वह इस क़ब्र को फाड़कर बाहर निकल आये थे। इसीलिए मैं यह देखने चला आया कि कहीं उनकी क़ब्र में कोई दरार तो नहीं पड़ गयी?"

बदरुद्दीन की बात सुनकर यहूदी ने कहा—"बेटा! मैं तुम्हारे पिता का व्यापारिक कारिन्दा था। अपने अन्त समय में उन्होंने माल से भरकर कई जहाज़ विदेश भेजे थे। यदि आप सबसे पहले पहुँचने वाले जहाज़ का सौदा मुझसे कर लें, तो मैं आपको दस हज़ार स्वर्ण-मुद्राएँ दे सकता हूँ।" यह सुनकर बदरुद्दीन ने एक विक्रय पत्र लिखकर उस यहूदी को दे दिया और उससे दस हज़ार स्वर्ण-मुद्राएँ ले लीं। यहूदी वहाँ से चला गया और बदरुद्दीन

वहीं सो गया। कुछ समय के बाद वहाँ एक राक्षस आया और बदरुद्दीन के सौन्दर्य पर मुग्ध हो गया। जब वह राक्षस आकाश मार्ग से जाने लगा, तो उसे किन्नर प्रदेश की एक अप्सरा मिली। वह अप्सरा आकाश में भ्रमण के लिए निकली थी। राक्षस ने उस अप्सरा से कहा–"सुन्दरी! यदि तुम मेरे साथ चलो, तो मैं तुम्हें एक दिव्य सौन्दर्य की मूर्ति-सा एक युवक दिखा सकता हूँ। वह युवक किसी देवता के समान है।"

राक्षस की बात सुनकर अप्सरा उसके साथ चल दी। जब वह उस क़ब्र के पास पहुँची, तो बोली–"इतनी ही सुन्दर एक बीस वर्षीय युवती को मैंने देखा है। वह शमसुद्दीन की बेटी है। उसकी सुन्दरता को देखकर मिस्र का राजा उस पर मोहित हो गया और उसने उसकी बेटी से विवाह करने की इच्छा प्रकट की, लेकिन शमसुद्दीन ने उसके प्रस्ताव को स्वीकार नहीं किया; क्योंकि उसे मालूम था कि उसका छोटा भाई नूरुद्दीन एक बेटा छोड़कर मरा है, जिससे वह अपनी बेटी का विवाह करने के लिए वचनबद्ध है।"

इस बात पर राजा क्रोधित हो गया और उसने महामन्त्री को आदेश दिया–"शमसुद्दीन की बेटी की शादी किसी अपाहिज एवं वृद्ध व्यक्ति से करा दी जाये। यह हमारा आदेश है।"

राजा का आदेश मिलते ही महामन्त्री ने तुरन्त एक बूढ़े, लँगड़े और कुरूप व्यक्ति को खोज निकाला। राजा के आदेश से शमसुद्दीन मजबूर था। उसी रात को जैसे ही राजा के सेवक उस बूढ़े को तैयार कर हाथों में मशाल लेकर उसकी शादी रचाने के लिए चले, तो किन्नर प्रदेश की अप्सरा ने उस बूढ़े के स्थान पर बदरुद्दीन को बिठाने की योजना बना डाली। इसलिए वह राक्षस भी बदरुद्दीन को उठाकर उस बूढ़े की बरात में ले गया। बदरुद्दीन को रुपयों से भरी एक थैली देकर राक्षस ने उससे कहा–"तुम जी खोलकर रुपया लुटाना। किसी से डरना मत। मैं हर समय तुम्हारे साथ ही रहूँगा।"

इसलिए जब भी कोई बदरुद्दीन की ओर देखता, तो वह रुपयों की बरसात कर देता और लोग उन रुपयों को लूटने में लग जाते।

जब दरवाज़े पर बदरुद्दीन को रोका गया, तो गायिका बनीं अप्सराएँ उसे अपना परिचित बताकर घर के अन्दर बुला ले गयीं और शमसुद्दीन की बेटी के साथ बदरुद्दीन का विवाह हो गया। उधर अप्सरा और राक्षस ने अपना भयानक रूप दिखाकर उस बूढ़े लँगड़े को वहाँ से भगा दिया।

राक्षस ने राजा के अत्याचारों से बचने के लिए बदरुद्दीन को चुपके से उठाकर एक मस्जिद के दरवाज़े पर लिटा दिया। सवेरे जब लोगों ने उसे मस्जिद के दरवाज़े पर पड़ा देखा, तो सोचा कि शायद रात को यह युवक अपनी पत्नी से रूठकर यहाँ आकर सो गया है। जब बदरुद्दीन की नींद खुली, तो अपने चारों ओर लोगों को खड़ा देखकर उसने अचरज से पूछा–"आप लोग कौन हैं और यहाँ क्यों खड़े हैं? मैं यहाँ कैसे आया?"

यह सुनकर एक व्यक्ति ने कहा–"कमाल है! जो सवाल हमें तुमसे पूछना चाहिए था, वह तुम हमसे पूछ रहे हो! हम सब तुम्हारा परिचय जानने के लिए यहाँ खड़े हैं कि तुम कौन हो और इस मस्जिद के दरवाज़े पर क्यों सो गये थे?"

लोगों की बात सुनकर बदरुद्दीन सोचने लगा कि वह तो अपने पिता की क़ब्र के पास सो रहा था, यहाँ कैसे आ गया? यह तो कोई दूसरा इलाक़ा है, जहाँ लोग उसे नहीं पहचानते। यह सोचकर वह मन ही मन मुसकराया और खड़ा होता हुआ बोला–"वाह री कुदरत! तेरे खेल भी निराले हैं! कल शाम मैं बांसरे में था, रात को मेरा निकाह हो गया और सवेरा होते ही मैं यहाँ आ पहुँचा।"

बदरुद्दीन नगर की ओर चल दिया। लोग उसे 'पागल' 'पागल' कहकर चिल्लाने लगे। लोगों की भीड़ से घबराकर वह एक हलवाई की दुकान में घुस गया और उसे आपबीती सुना दी। बदरुद्दीन की आपबीती सुनकर उस हलवाई ने उसे अपना दत्तक पुत्र बना लिया। वह उसे सुन्दर वस्त्र पहनाकर शहर कोतवाल के पास ले गया और पूरी लिखा-पढ़ी करने के बाद बदरुद्दीन को अपने घर ले गया।

उधर सवेरे जब शमसुद्दीन की बेटी हुस्ना जागी, तो पलँग पर अपने पति को न पाकर उसके आने की प्रतीक्षा करने लगी। वह अपने पति की सुन्दरता को देखकर बहुत प्रसन्न थी। शमसुद्दीन को कुछ भी पता नहीं था, इसलिए उसने रोते हुए बेटी के कमरे में प्रवेश किया और उससे कहा–"बेटी! मुझे मुआफ़ करना, मैंने राजा के आदेश से तुम्हारा विवाह उस कुरूप बूढ़े के साथ कर दिया।"

अपने पिता की बातें सुनकर हुस्ना पहले तो चौंकी, फिर खिलखिलाकर हंस पड़ी। उसे इतना प्रसन्न देखकर शमसुद्दीन बौखला उठा। हुस्ना ने बड़े ही

शान्त भाव से कहा—"अब्बू! लगता है कि तुम किसी ग़लतफ़हमी के शिकार हो। मेरा विवाह किसी लँगड़े, कुरूप बूढ़े से नहीं, बल्कि देवता समान एक सुदर्शन युवक से हुआ है।"

बेटी की बात सुनकर शमसुद्दीन असमंजस में पड़ गया। जब वह बिना कुछ कहे घर के दरवाज़े पर पहुँचा, तो दरवाज़े पर लटके उस कुरूप, लँगड़े बूढ़े को देखकर उसने आश्चर्य से पूछा—"अरे! तुम यहाँ लटके हो! तुम्हें क्या हुआ? तुम्हारी यह दुर्दशा किसने की है?"

"आप तो उस राक्षस की पत्नी से मेरा विवाह करा रहे थे, मेरी यह दुर्दशा उसी ने की है।" उस बूढ़े ने उत्तर दिया और कहा—"सारी रात मुझे नींद नहीं आयी, अब तो मुझे नीचे उतारिये।"

शमसुद्दीन ने उसे जैसे ही नीचे उतारा, वह लँगड़ाता हुआ तेज़ी से दौड़कर राजा के पास पहुँचा और उसे सारी घटना कह सुनायी।

उधर हुस्ना ने स्वर्ण-मुद्राओं से भरी थैली तथा बदरुद्दीन के सिर की पगड़ी अपने पिता को देते हुए कहा—"ये दोनों चीज़ें मेरे पति की हैं। उस कुबड़े कुरूप बूढ़े की नहीं।"

तब शमसुद्दीन ने पगड़ी में बँधा पत्र पढ़ा, तो उसे विश्वास हो गया कि वह युवक उसके भाई नूरुद्दीन का बेटा ही है, जिससे वह अपनी बेटी का निकाह करना चाहता था। फिर वह बदरुद्दीन के लौटने की प्रतीक्षा करने लगा। बहुत दिन बीत जाने पर भी जब बदरुद्दीन नहीं लौटा, तो उसने वे दोनों चीज़ें सँभालकर एक स्थान पर रख दीं।

नौ माह बाद हुस्ना ने एक बेटे को जन्म दिया, जिसका नाम 'अजब' रखा गया। वह बालक कुशाग्रबुद्धि होने के साथ अनुशासनहीन था। एक दिल मौलवी ने उससे उसके पिता का नाम पूछा, तो उसने शमसुद्दीन बता दिया। यह सुनकर मौलवी ने कहा—"बेटा! वह तो तेरे नाना हैं। तेरे पिता तो एक राक्षस थे।"

उस मौलवी की बात से अजब को बहुत दुःख पहुँचा। वह दुखी मन से अपनी माँ के पास पहुँचा और अपने पिता का नाम पूछने लगा, लेकिन हुस्ना ने उसे कोई उत्तर नहीं दिया। इस पर अजब अपनी माँ और नाना के साथ अपने पिता की खोज में चल दिया।

बांसरे पहुँचकर शमसुद्दीन ने सबसे पहले नूरुद्दीन की विधवा पत्नी का

पता लगाया। फिर हुस्ना और अजब के साथ उसके घर पहुँचकर अपना परिचय देते हुए तथा अपनी बेटी हुस्ना और धेवते अजब को उससे मिलवाते हुए बोला—"बहू बेगम! मेरा नाम शमसुद्दीन है और मैं नूरुद्दीन का बड़ा भाई हूँ। नूरुद्दीन के इन्तिक़ाल की ख़बर सुनकर मुझे बहुत दुःख हुआ। यह मेरी बेटी हुस्ना है, आपके बेटे अजब की पत्नी और ये शरारती आपका पोता और मेरा नवासा बदरुद्दीन का बेटा अजब है।"

यह सुनते ही बदरुद्दीन की माँ ने अजब को अपने सीने से लगा लिया और उसे खाने के लिए मिठाई दी। उस मिठाई को खाकर अजब को अपने शहर के हलवाई की याद आने लगी। उसने कहा—"ऐसी ही मिठाई मैंने अपने शहर के मोटे हलवाई की खायी थी। दादी! उस मिठाई का स्वाद भी बिलकुल ऐसा ही था।"

अपने बेटे का याद करती हुई उसकी माँ ने कहा—"बेटा! ऐसी मिठाई सिर्फ़ मेरे और बदरुद्दीन के सिवा दूसरा कोई नहीं बना सकता। ज़रूर वह हलवाई बदरुद्दीन ही होगा।"

यह सुनकर शमसुद्दीन अपनी बेटी के साथ अपने नगर को लौट गया और अजब को उसकी दादी के पास ही छोड़ गया। अपने नगर में पहुँचकर उसने राजा से बदरुद्दीन पर आरोप लगवाकर और उसे एक सन्दूक़ में बन्द करके अपने घर ले आया।

बदरुद्दीन को जब होश आया, तो उसने चौकी पर रुपयों की थैली और अपनी पगड़ी रखी देखी। उन्हें देखते ही उसे अपने निकाह का ध्यान आ गया। वह बड़े ग़ौर से हुस्ना को देखने लगा, तो हुस्ना ने मुसकराते हुए कहा—"आज सुबह-सवेरे उठते ही आप कहाँ चले गये थे? आज जब मैंने आपको नहीं देखा, तो मेरे ग़म का ठिकाना न रहा। अब आप आराम कीजिये। आपकी ख़िदमत के लिए क़नीज़ हाज़िर है। बस, आपके हुक्म की देर है।"

यह सुनकर बदरुद्दीन सोचने लगा कि यह कैसे सम्भव हो सकता है? मुझे दमिश्क में रहते आठ साल हो गये और यह कहती है कि... ?

बदरुद्दीन को सोच में पड़ा देखकर हुस्ना ने कहा—"मेरे मालिक! आप किन ख़यालों में खो गये? क्या इस क़नीज़ से आपकी शान में कोई गुस्ताख़ी हो गयी है?"

इस पर सोच में पड़े हुए बदरुद्दीन ने हुस्ना को अपने सीने से लगा लिया और कहने लगा—"प्यारी! आठ बरस पहले मैं मस्जिद के दरवाज़े पर पड़ा था और लोग मुझे 'पागल' कर चिढ़ा रहे थे। वहाँ से भागकर मैं एक हलवाई की दुकान में पहुँचा, तो उसने मुझे अपना दत्तक पुत्र बना लिया और आज मैं फिर तुम्हारे शयनकक्ष में हूँ! मेरी समझ में नहीं आता कि मैं कोई सपना देख रहा हूँ या यह हक़ीक़त है?"

बादशाह शहरयार बदरुद्दीन की इस बात पर हँसा और अपनी बेगम से बोला—"बेगम! कहानी सुनाते हुए चार सौ रातें बीत चुकी हैं, लेकिन अफ़सोस कि अभी तक हम एक-दूसरे को अच्छी तरह से पहचान नहीं सके। अब तो हमें अपनी आँखों के जाम पीने दो।"

"जैसी आपकी मरज़ी, लेकिन मैं यह कहानी तो पूरी कर लूं।" इतना कहकर शहरज़ाद आगे की कहानी सुनाने लगी।

अगले दिन सवेरे शमसुद्दीन ने उसे अपने सीने से लगा लिया और अपना परिचय देने के बाद कहा—"बेटा! इतनी बड़ी ख़ुशख़बरी सुनकर कोई अनहोनी न हो जाये, इसलिए तुम्हें अपराधी बनाकर लकड़ी के सन्दूक़ में बन्द करके लाया गया था।"

पिता समान ताऊ, अपनी माँ, पत्नी हुस्ना और बेटे अजब को पाकर बदरुद्दीन की प्रसन्नता का ठिकाना न रहा। मिस्त्र के सम्राट् ने भी बदरुद्दीन का अपराध क्षमा कर उसे अपने राज्य का मन्त्री बना दिया। फिर सम्राट् ने अपने इतिहासकारों को आदेश दिया कि बदरुद्दीन की कहानी को इतिहास के पन्नों में लिपिबद्ध कर दें। शमसुद्दीन ने इस अवसर पर एक शानदार प्रीतिभोज का आयोजन किया।

यह कहानी सुनने के पश्चात् ख़लीफ़ा हारूं ने मन्त्री की शर्त के अनुसार रेहान नामक युवक का अपराध क्षमा कर दिया। इसके साथ ही उसने उस युवक को भी क्षमा कर दिया, जिसने अनजाने में अपनी पत्नी का क़त्ल कर दिया था।

अपनी कहानी समाप्त करते हुए शहरज़ाद ने बादशाह से कहा—"मेरे मालिक! आपके आदेशानुसार मैंने कहानी पूरी कर दी। अब अगर आप मुझे अपनी छत्रछाया में जीवन बिताने का वचन दें, तो मैं कल रात इससे भी अच्छी कहानी सुनाऊँगी। मुझे पूरा भरोसा है कि आने वाली रात हम दोनों के लिए

मुबारक होगी।"

बादशाह ने कहा—"बेगम! जैसी तुम्हारी मर्ज़ी। हमने तुम्हारे प्राणों को भी बख़्श दिया और तुम्हें अपनी छत्रछाया में रहने का वचन भी दिया।"

इतना कहने के बाद बादशाह शहरज़ाद के प्यार में डूब गया।

अगले दिन बादशाह ने शहरज़ाद को अपनी सम्राज्ञी घोषित कर दिया। सम्राट् की इस घोषणा से दरबार के सभी लोगों में ख़ुशी की लहर दौड़ गयी। शहर के लोग भी ख़ुशी से झूम उठे। अत्याचार का पहला दौर ख़त्म हो गया था।

रात के प्रथम प्रहर की समाप्ति पर शहरज़ाद ने बादशाह को शहज़ादा कमरुज़्ज़मां की प्रेम कहानी सुनाना आरम्भ कर दिया।

शहज़ादा कमरुज़्ज़मां की प्रेम कहानी

फ़ारस से चालीस मील दूर बादशाह शाहजमां शासन किया करता था। उसकी पत्नी का नाम फ़ातिमा था। बहुत दिनों बाद उनके घर एक पुत्र का जन्म हुआ, तो उन्होंने उसका नाम कमरुज़्ज़मां रखा। कमरुज़्ज़मां के युवा होने पर शाहजमां ने उसे विवाह करने का हुक्म दिया। कमरुज़्ज़मां ने बादशाह का हुक्म मानने से इनकार कर दिया। हुक्म न मानने के कारण शाहजमां ने अपने बेटे को बन्दीगृह में डाल दिया। उसे बन्दीगृह में पड़ा देखकर आकाश मार्ग से जाने वाले एक देव और एक अप्सरा की दृष्टि कमरुज़्ज़मां पर पड़ी, तो वे दोनों उसकी सुन्दरता पर मोहित हो गये। उन दोनों ने मिलकर एक योजना बनायी कि चीन के सम्राट् गौर की पुत्री बदौरा को बेहोश अवस्था में लाकर कमरुज़्ज़मां के बन्दीगृह में डाल दिया जाये। बदौरा पुरुषों से घृणा करती थी, इसीलिए उस देव और अप्सरा ने ऐसा किया था। वास्तव में, कमरुज़्ज़मां बहुत ही सुन्दर था, इसलिए वह देव और अप्सरा चाहते थे कि देखें दोनों के आमने-सामने होने पर क्या करिश्मा होता है? क्या उस हालत में वे दोनों एक-दूसरे से बचकर रह सकते हैं?

कुछ देर बाद जब उन दोनों को होश आया, तो वे एक-दूसरे की सुन्दरता पर मोहित हो गये। दोनों ने प्रेम के वशीभूत होकर एक-दूसरे का परिचय प्राप्त किया और निशानी के तौर पर अपनी अँगूठियाँ बदल लीं।

यह देखकर देव और अप्सरा मुसकरा दिये। उन्होंने जो सोचा था, वही हुआ। उन्होंने दोनों को फिर बेहोश कर दिया और कमरुज़्ज़मां को वहाँ सोता छोड़कर शहज़ादी बदौरा को ले जाकर उसके महल में छोड़ दिया।

होश आने पर कमरुज़्ज़मां ने उस शहज़ादी की याद में तड़पकर अपने पिता को विवाह की सहमति भिजवाकर बन्दीगृह से मुक्ति प्राप्त कर ली। उसने अपने पिता को शहज़ादी बदौरा की दी हुई अँगूठी भी दिखायी।

उधर शहज़ादी बदौरा की भी यही हालत थी। उसने शहज़ादे कमरुज़्ज़मां

की दी हुई अँगूठी अपनी माँ को दिखाकर अपने दिल का हाल उसे सुना दिया, लेकिन माँ को अपनी बेटी की बात पर विश्वास नहीं हुआ। उसे पता था कि उसकी बेटी रात-भर अपने शयनकक्ष में रोती रही है और उस पर किसी भूत-प्रेत का साया पड़ गया है। इसलिए उसने अपनी बेटी को बेड़ियों में जकड़वा दिया और पूरे राज्य में यह घोषणा करा दी कि जो कोई शहज़ादी बदौरा को ठीक कर देगा, उसी व्यक्ति के साथ बदौरा का विवाह कर दिया जायेगा।

इधर शहज़ादे कमरुज़्ज़मां ने शहज़ादी बदौरा की खोज के लिए अपने पिता से आज्ञा ले ली। वह शहज़ादी की खोज में चीन जा पहुँचा। वहाँ पहुँचने पर उसे चीन की सम्राज्ञी की घोषणा का पता चला, तो वह तुरन्त एक वैद्य का रूप धारण कर उसके महल में जा पहुँचा और इलाज करने के लिए सम्राज्ञी को अपना सन्देश भिजवा दिया। सम्राज्ञी की आज्ञा मिलते ही वैद्य बना कमरुज़्ज़मां शहज़ादी बदौरा के कक्ष में पहुँचा और उसने शहज़ादी को उसकी दी हुई अँगूठी दिखायी। उस अँगूठी को देखते ही शहज़ादी शहज़ादे कमरुज़्ज़मां के प्रेमजाल में फँस गयी और शहज़ादे कमरुज़्ज़मां का परिचय पाकर सम्राज्ञी ने बदौरा का विवाह उसके साथ कर दिया और उसे बहुत-सा धन-दौलत देकर अपने यहाँ से विदा किया।

रास्ते में एक पड़ाव पर बदौरा सो गयी, तो कमरुज़्ज़मां ने उसके बटुए में रखी हरे रंग की एक चीज़ निकाल ली और उसे ध्यान से देखने लगा। उसी समय एक पक्षी उसके हाथ से वह चीज़ अपनी चोंच में दबाकर आकाश में उड़ गया। यह देखकर कमरुज़्ज़मां भी उसके पीछे-पीछे दौड़ने लगा। उस पक्षी का पीछा करते हुए कई दिन बीत गये, किन्तु वह पक्षी उसके हाथ न आया। जिन्होंने उन दोनों को मिलवाया था, वह देव और अप्सरा भी इस चमत्कार को देख रहे थे। वे नहीं चाहते थे कि यह प्रेम-कथा समाप्त हो जाये। उस पक्षी का पीछा करते-करते शहज़ादा कमरुज़्ज़मां रास्ते में भटक गया। इधर जब शहज़ादी की आँख खुली, तो उसने अपने आपको एक युवक के रूप में एक महल के भीतर हयात नामक सुन्दरी के शयनकक्ष में देखा। वह भी किसी द्वीप की राजकुमारी थी। उसने बदौरा को राजकुमार के रूप रूप में देखा, तो उसकी सुन्दरता पर मुग्ध होकर उससे अपने साथ विवाह का प्रस्ताव रख दिया।

बदौरा को विवश होकर उससे शादी की 'हाँ' करनी पड़ी; क्योंकि उसे डर था कि यदि उसने ऐसा न किया, तो हयात के पिता उसे हयात के शयनकक्ष में चोरी से घुसने और अपना वेश बदलकर उन्हें धोखा देने के अपराध में कहीं मृत्युदण्ड न दे दें।

फिर युवक वेश में बदौरा का विवाह हयात से हो गया। उसने हयात को अपनी सारी कहानी सुना दी, तो राजकुमारी हयात ने बदौरा को अपने गले से लगा लिया और बदौरा को आश्वासन दिया कि वह उसके पति की खोज में उसकी पूरी सहायता करेगी। बदौरा ने भी उसे वचन दिया कि वह अपने पति के साथ उसका विवाह कराकर और स्वयं एक दासी बनकर उन दोनों की सेवा करती रहेगी।

इधर कमरुज़्ज़मां भटकता हुआ एक माली की झोंपड़ी तक जा पहुँचा, जहाँ उसने अपनी रात गुज़ारी। माली ने जब उसकी कहानी सुनी, तो उसने रहम खाकर कमरुज़्ज़मां को अपने पास माली के काम पर रख लिया।

कुछ दिन बीतने पर कमरुज़्ज़मां ने उसी पक्षी को एक वृक्ष की डाल पर बैठा देखा। उसके पंखों में हरे रंग की वही चीज़ लगी हुई थी। कमरुज़्ज़मां ने उस पक्षी को मारकर उससे वह चीज़ प्राप्त कर ली।

दूसरे दिन जब शहज़ादा कमरुज़्ज़मां एक वृक्ष को काट रहा था, तो उसे उस वृक्ष की जड़ में रखे स्वर्ण-मुद्राओं से भरे सौ कलश मिले। माली ने उनमें से कुछ स्वर्ण-मुद्राएँ निकालकर शेष धन उस शहज़ादे को देते हुए कहा—"बेटा! यह सब तुम्हारे भाग्य का है। इस धन पर केवल तुम्हारा ही अधिकार है। इसे तुम अपने साथ ले जाओ।"

यह सुनकर अगले दिन शहज़ादा कमरुज़्ज़मां सोने के सारे कलश एक जहाज़ में लदवाकर अपने देश की ओर चल दिया। जिस समुद्री रास्ते से वह जा रहा था, उस रास्ते पर उसे वही द्वीप दिखाई दिया, जहाँ शहज़ादी बदौरा युवक के रूप में रह रही थी। कुछ देर आराम करने के लिए कमरुज़्ज़मां ने अपने जहाज़ को उस द्वीप के किनारे लगवा दिया। उसी समय शहज़ादी बदौरा राजकुमारी हयात के साथ सैर करती हुई उधर आ निकली और कमरुज़्ज़मां से आ मिली। जब उसने कमरुज़्ज़मां को अपनी कहानी सुनायी, तो उसके वचन को पूरा करने के लिए कमरुज़्ज़मां ने हयात से विवाह कर लिया और वहीं रहने लगा।

एक वर्ष के बाद कमरुज़्ज़मां की दोनों पत्नियों ने एक-एक बेटे को जन्म दिया। बदौरा के बेटे का नाम अमजद और हयात के बेटे का नाम असद रखा गया। उन दोनों भाइयों में अगाध प्रेम था। जब वे पाँच वर्ष के हुए, तो उन्हें विद्याध्ययन के लिए मौलवी साहब के पास भेजा गया। वहाँ से वे दोनों अनेक विषयों में पारंगत होकर अपने देश वापस लौट गये।

कमरुज़्ज़मां ने उन दोनों के रहने के लिए अलग-अलग दो महल बनवा दिये थे, फिर भी वे दोनों भाई अपने प्यार के कारण एक ही महल में रहने लगे। वे दोनों ही अपनी दोनों माताओं से बहुत प्रेम करते थे और उनका भरपूर आदर-सम्मान करते थे। पिता की ग़ैरहाज़िरी में वे दोनों राज्य का सारा काम-काज पूरी कुशलता से सँभालते थे।

एक दिन किसी सेवक ने अमजद को एक पत्र लाकर दिया। पत्र पढ़ते ही अमजद ने अपनी तलवार से उस सेवक का सिर क़लम कर दिया। दूसरे दिन किसी सेविका ने एक पत्र लाकर असद को दिया, तो उसने भी क्रोध में आकर अपनी तलवार से उस सेविका का सिर क़लम कर दिया।

कमरुज़्ज़मां के आने पर दोनों माताओं ने उससे अपने-अपने पुत्रों की शिकायत की, तो कमरुज़्ज़मां ने अपने दोनों पुत्रों को एक जल्लाद को सौंपते हुए कठोर स्वर में उसे आदेश दिया—"इन दोनों को जंगल में ले जाकर क़त्ल कर दो।"

कमरुज़्ज़मां के आदेश से जिन्दर नामक जल्लाद दोनों को जंगल में ले गया और वहाँ उसने उन दोनों राजकुमारों को उनके पिता का आदेश सुनाया। यह सुनकर दोनों राजकुमार 'पहले मुझे क़त्ल करो, 'पहले मुझे क़त्ल करो' कहकर उस जल्लाद से आग्रह करने लगे। इस बीच जिन्दर का घोड़ा वहाँ से भाग निकला। जिन्दर जब उसे पकड़ने निकला, तो एक शेर ने उस पर हमला कर दिया। अमजद ने जैसे ही शेर को जिन्दर पर हमला करते देखा, तो उसने वहाँ पड़ी तलवार से शेर की गरदन काट डाली। फिर उस तलवार को जिन्दर को देते हुए कहा—"लो, अब मेरा सिर काटकर अपने राजा के आदेश का पालन करो।"

यह सुनकर जल्लाद ने तलवार एक ओर फेंक दी और दोनों राजकुमारों को अपने गले से लगा लिया। फिर दुलार से उनके सिर पर हाथ फेरते हुए कहा—"नहीं, मैं तुम्हें क़त्ल नहीं कर सकता। मैं जल्लाद हूँ, क़साई नहीं हूँ।

तुमने उस शेर से मेरे प्राणों की रक्षा कर मुझ पर जो उपकार किया है, उसका क़र्ज़ मैं जीवन-भर नहीं चुका सकता। जाओ, तुम दोनों आज़ाद हो, कहीं भी जाकर रहो, लेकिन इस राज्य में कभी मत आना।" इतना कहकर जिन्दर ने उनके अंगरखों को शेर के ख़ून से रँगकर और अबोनी पहुँचकर उनमें रखे दोनों पत्रों को कमरुज़्ज़मां को सौंप दिया।

कमरुज़्ज़मां ने जब उन पत्रों को पढ़ा, तो उसने अपना माथा पीट लिया और नफ़रत भरे स्वर में बुदबुदाया—वाह रे त्रिया चरित्र! माँ होकर अपनी ममता की गरदन पर छुरी चला दी। ऐसा खेल तो किसी भी माँ ने किसी भी युग में अपने बेटों के साथ नहीं खेला होगा। आज के बाद मैं उन दोनों स्त्रियों की शक्ल भी देखना नहीं चाहता।" यह कहकर उसने अपनी दोनों पत्नियों को बन्दी बनाकर कारावास में डलवा दिया।

उधर अमजद और असद दोनों ही जंगल में रहकर अपना जीवन गुज़ारने लगे। वे फल खाकर अपना पेट भरते और रात को किसी गुफा में सो जाते।

एक दिन अमजद को जंगल में छोड़कर असद भोजन लाने शहर में चला गया। वहाँ उसने किसी व्यक्ति से पूछा—"चचा जान! यहाँ बाज़ार कितना दूर है? मुझे वहाँ से भोजन लेना है। मेहरबानी करके आप मुझे रास्ता बता दें।"

वह व्यक्ति समझ गया कि यह कोई परदेशी है और इस शहर में नया आया है। उसने असद से कहा—"लगता है, तुम इस शहर में नये आये हो। ख़ैर, तुम बाज़ार जाकर क्या करोगे? तुम मेरे घर पर भोजन कर लेना। आओ मेरे साथ चलो, मेरा घर पास में ही है।"

असद उस व्यक्ति की मीठी-मीठी बातों में आ गया और उसके साथ चला गया। वहाँ पहुँचकर उसने लगभग बीस व्यक्तियों को अग्निपूजन करते देखा। असद का माथा ठनका और वह समझ गया कि ये सब अग्निपूजक हैं। ये नास्तिक होते हैं और इंसानों की बलि देते हैं। कहीं यह व्यक्ति मुझे बलि देने के लिए तो नहीं लाया?

असद का अनुमान सही था। उस व्यक्ति ने अपने सेवक को पास बुलाकर उससे कहा—"गजपाल! तुम इस युवक को ले जाओ और तहख़ाने में बन्द कर दो। सबीना और केवना से कहना कि वे इस युवक को प्रतिदिन बीस कोड़े मारा करें और केवल आधा पेट भोजन और एक अंजुल-भर पानी

पीने के लिए दें। ईद के दिन हम इसे अग्निपर्वत पर ले जाकर अग्निदेवता को बलि देंगे।"

अपने स्वामी का आदेश सुनकर गजपाल ने असद को ले जाकर एक तहख़ाने में बन्द कर दिया और सबीना व केवना को भी मालिक का आदेश बता दिया। अग्निपूजक होने के कारण सबीना और केवना भी पत्थरदिल थीं। उनके हृदय में भी दया नाम की कोई चीज़ न थी।

वे दोनों उस व्यक्ति के आदेशानुसार असद को प्रतिदिन बीस कोड़े लगातीं। उसके पश्चात् उसे आधा पेट भोजन करातीं और अंजुल-भर पानी पिला देतीं। कभी-कभी असद बेहोश भी हो जाता था या अमजद की याद में दिन-रात आँसू बहाता था।

उधर शाम तक जब असद वापस न लौटा, तो अमजद को बहुत चिन्ता हुई। किसी तरह रात जंगल में काटी और सवेरा होते ही वह असद की खोज में शहर की ओर चल दिया। शहर में पहुँचकर वह एक कुम्हार से मिला। उसने असद की क़द-काठी बताकर उससे असद के बारे में पूछा, तो उस कुम्हार ने बड़ी गम्भीर मुद्रा बनाकर कहा—"भाई! ये शहर अग्निपूजकों का है। वे नास्तिक होते हैं। वे न ख़ुदा को मानते हैं और न उसकी इबादत ही करते हैं। लगता है कि तुम्हारा भाई उनके चंगुल में फँस गया है। अगर ऐसा है, तो तुम्हारे भाई की जान ख़तरे में है। अभी तुम सुरक्षा के लिए मेरे पास रहकर अपने भाई की खोज कर सकते हो। इस काम में मैं भी तुम्हारी सहायता करता रहूंगा।"

कुम्हार की बातों से अमजद पूरी तरह सहमत हो गया और उसके यहाँ रहकर अपने भाई की खोज करने लगा। एक दिन अमजद घर के दरवाज़े के बाहर बैठा था कि अचानक एक सुन्दर युवती उसके पास आयी। वह युवती प्रतिदिन उसी रास्ते से आते-जाते अमजद को देखा करती थी। वह अमजद के रूप पर मोहित हो गयी। उस युवती को अपने पास आते देखकर अमजद वहाँ से जाने के लिए उठ खड़ा हुआ, तो उसे जाते देखकर वह युवती उसके सामने जाकर खड़ी हो गयी और उससे कहने लगी—"ऐसी भी क्या बेरुख़ी? मैं आयी और तुम चल दिये। किसी युवती को इस प्रकार तड़पाना अच्छा नहीं होता।"

यह सुनते ही अमजद घबरा गया और उस युवती के रूप का मूल्यांकन

करते हुए बोला—"मैं काम की तलाश में जा रहा हूँ, लेकिन आप कौन हैं और मुझसे क्या चाहती हैं?"

"धत्! इतना भी नहीं समझते कि एक सुन्दर युवती किसी ख़ूबसूरत मर्द से क्या चाहती है?" इतना कहकर उस युवती ने अपनी दोनों बाँहें अमजद के गले में डाल दीं।

'यह अच्छी ज़बरदस्ती है! मान न मान मैं तेरा मेहमान!' अमजद मन ही मन बुदबुदाया और उससे पीछा छुड़ाने का बहुत प्रयत्न किया, लेकिन वह नाकाम रहा। वह उसके पीछे-पीछे ही चलती रही। उसकी निर्भीकता को देखकर अमजद समझ गया कि वह युवती किसी अग्निपूजक समुदाय से सम्बन्ध रखती है, जिसका विरोध करना आम लोगों के वश की बात नहीं है। इसीलिए कुम्हार भी ख़ामोश बैठा तमाशा देखता रहा। कुछ देर चलने के बाद एक मकान के दरवाज़े पर ताला लगा देखकर उसे चकमा देने के लिए अमजद दरवाज़े के बाहर पड़ी चारपाई पर बैठते हुए क्रोध से बड़बड़ाया—"ये कमबख़्त नौकर भी ताला लगाकर न जाने कहाँ ग़ायब हो जाते हैं? मालिक आ पहुँचा, तो मैं क्या जवाब दूँगा?"

यह सुनते ही उस युवती ने अपना हाथ मारकर दरवाज़े का ताला तोड़ दिया और अमजद का हाथ पकड़कर उसे अन्दर ले गयी। घर के अन्दर एक पलँग पड़ा था, जिस पर मख़मल के गद्दे और रेशमी चादर बिछी थी। पास ही एक मेज़ पर स्वादिष्ट भोजन की थाली और शर्बत की सुराही रखी थी, जिसे शायद उस घर के मालिक ने अपने लिए रखा था।

भोजन को देखकर उस युवती के मुँह में पानी आ गया और उसने तुरन्त भोजन करना आरम्भ कर दिया। वह अपने आप भी खा रही थी और अमजद को भी खिला रही थी। भोजन करने के बाद युवती ने शर्बत पिया। अगले क्षण अमजद की नज़र घर के मालिक पर पड़ी, तो वह दरवाज़ा बन्द करने के बहाने कमरे से बाहर निकल गया और घर के मालिक को सारी बातें सच-सच बता दीं। अमजद की बातें सुनकर मकानमालिक ने कहा—"भाई! यह शहर अग्निपूजकों का है। यहाँ इनसे कोई भी वैर मोल नहीं ले सकता। इसलिए जैसा यह युवती कहे, वैसा ही करते रहो।"

कुछ ही देर में मकानमालिक ने नौकर के वेश में आकर अमजद को सलाम किया, तो अमजद ने नक़ली क्रोध दिखाते हुए उससे कहा—"गुलफ़ाम!

तुम बहुत लापरवाह हो गये हो, घर में अँधेरा हो रहा है और तुमने अभी तक दीया-बाती नहीं की। जाओ और जल्दी से अपना काम पूरा करो।"

"अभी करता हूँ हुज़ूर।" कहकर मकानमालिक चला गया।

नशे से लड़खड़ाती ज़बान में उस युवती ने अमजद से कहा—"तुम मुझे चाहते हो, तो इस मकानमालिक का क़त्ल कर दो।"

अमजद ने जब उसकी बात नहीं मानी, तो वह युवती स्वयं ही छुरी लेकर मकानमालिक का सिर काटने के लिए नशे में लड़खड़ाती हुई चल दी। यह देखकर मकानमालिक के होश उड़ गये। युवती के रूप में उसे अपना काल नज़र आने लगा, लेकिन उससे पहले अमज़द ने युवती से छुरी छीनकर उस युवती का ही सिर काट दिया और फिर जल्दी से उस युवती की लाश को एक गठरी में बाँधा और उसे अपने सिर पर रखकर समुद्र में फेंकने के लिए घर से बाहर चला गया, लेकिन रास्ते में शहर कोतवाल ने उसे पकड़ लिया और राजा के सामने पेश कर दिया। राजा ने उस मकानमालिक को मृत्युदण्ड की सज़ा सुना दी। राजा के निर्णय की बात जब अमजद को पता चली, तो वह राजदरबार में जा पहुँचा और राजा को पूरी घटना सुना दी। सचाई जानने के बाद राजा ने मकानमालिक को मुक्त कर दिया और अमजद को अपना मन्त्री बना लिया। मन्त्री बनते ही अमजद ने घोषणा करा दी कि जो भी असद को ढूँढ़कर लायेगा, उसे मुँहमाँगा इनाम दिया जायेगा।

उधर ईद का त्योहार आने पर अग्निपूजक ने असद की बलि देने के लिए अपने कप्तान असलम को सौंप दिया। असलम ने असद को एक सन्दूक़ में बन्द करके उसमें ऊपर से दूसरा सामान भर दिया, ताकि सन्दूक़ की तलाशी लेने पर असद का पता न चले। शहर से बाहर जाने के बाद उसने असद को सन्दूक़ से बाहर निकाला और उसे बेड़ियाँ पहना दीं। दो दिन की यात्रा के बाद वह जहाज़ से महारानी मरजीना के शहर में जा पहुँचा। मरजीना अग्निपूजकों की घोर शत्रु थी, इसलिए असलम ने असद की बेड़ियाँ खोल दीं और स्वच्छ कपड़े पहनाकर उसे जहाज़ का नक़ली मुनीम बना दिया, ताकि महारानी मरजीना को उसके अग्निपूजक होने का सन्देह न हो।

फिर असलम असद को अपने साथ लेकर महारानी मरजीना के दरबार में पहुँचा और उसे बहुमूल्य उपहार भेंट करते हुए बोला—"महारानी जी! हम दासों के सौदागर हैं। यह दास हमारे जहाज़ का मुनीम है। हम आपके नगर में

कुछ दासों को ख़रीदने आये हैं और कुछ दिनों के लिए यहाँ ठहरने की आज्ञा चाहते हैं। इसका जो भी कर होगा, वह हम चुका देंगे।"

महारानी मरजीना असद को देखकर उस पर मोहित हो गयी और उसने असलम को मुँहमाँगी रक़म देकर असद को ख़रीद लिया। असद ने अपना परिचय देते हुए कहा—"मेरा नाम असद है।" इतना कहकर उसने अपनी पूरी कहानी मरजीना को सुना दी।

पूरी कहानी सुनकर महारानी ने असलम को बहुत बुरा-भला कहा और उसे अपमानित करके वहाँ से भगा दिया। फिर उसने असद को अपना मन्त्री बनाने का वचन देकर उसे अपने महल के पिछवाड़े बने आरामगाह में ले गयी, जहाँ उन दोनों ने भोजन किया और शराब पीने के बाद गहरी नींद में सो गये। नींद से जागने के बाद असद ने एक सरोवर पर जाकर हाथ-मुँह धोया, किन्तु शराब के नशे की ख़ुमारी के कारण वह वहीं बेहोश हो गया।

ठीक उसी समय असलम ने अपने सेवकों को सरोवर से पानी लाने के लिए भेजा, तो सेवकों ने सरोवर के किनारे असद को बेहोश पड़े देखा और वे उसे उठाकर असलम के पास ले गये। असलम उसे लेकर अग्निपर्वत की ओर चला गया।

उधर सवेरे उठने पर मरजीना ने जब असद को नहीं देखा, तो उसने अपने जासूसों से उसकी खोज करायी। जासूसों ने बताया कि असद को असलम उठाकर अग्निपर्वत की ओर ले गया है।

यह सुनते ही मरजीना अपने तेज़ चलने वाले जहाज़ से असलम का पीछा करने लगी। असलम ने मरजीना को अपना पीछा करते देखा, तो उसने असद को समुद्र में फेंक दिया। असद पानी में तैरता हुआ किनारे जा लगा और भटकता हुआ उसी शहर में जा पहुँचा जहाँ अग्निपूजक रहते थे। रात हो जाने के कारण वह एक मस्जिद में जाकर सो गया।

उधर मरजीना ने जब असद की खोज की और असलम के जहाज़ को घेरकर उसकी तलाशी ली, तो असद वहाँ नहीं मिला। मरजीना ने असलम के जहाज़ को लूटकर उसके सेवकों को बन्दी बना लिया, लेकिन असलम नहीं मिला। वह समुद्र में कूदकर बच निकला।

जब असलम अपने शहर में पहुँचा, तो रात होने के कारण शहर का फाटक बन्द हो चुका था। वह भी उसी मस्जिद में जा पहुँचा, जहाँ असद सोया

हुआ था। असद को सोया हुआ देखकर असलम ने उसे बेड़ियाँ पहना दीं और उससे कहा–"इस वर्ष न सही, अगले वर्ष मैं तुझे अग्निदेवता को बलि चढ़ा दूँगा।"

सवेरा होने पर असलम ने असद को उसी कारागार में डाल दिया, जहाँ सबीना और केवना पहरेदार थीं। असद को दोबारा बन्दी बनते देखकर सबीना को उस पर दया आ गयी और उसने असद से कहा–"राजकुमार! आप चिन्ता न करें। मैंने अग्निपूजा छोड़ दी है और इस्लाम धर्म अपना लिया है। आप यहाँ आराम से रहें।"

अगले दिन जब सबीना को राज्य के मन्त्री अमजद की घोषणा का पता चला कि असद को खोजकर लाने वाले को मुँहमाँगा इनाम दिया जायेगा और असद को छिपाकर रखने वाले को मृत्युदण्ड दिया जायेगा, तो वह डर गयी और असद को एक गुप्त मार्ग से निकालकर अमजद के पास ले गयी। असद को देखकर अमजद बहुत प्रसन्न हुआ और उसने अपने भाई को गले से लगा लिया। अमजद ने उसी दिन अग्निपूजकों के सारे घर तुड़वा दिये और उन्हें बन्दी बना लिया। जब उसने उन्हें प्राणदण्ड देने की घोषणा की, तो उन सबने क्षमायाचना की और इस्लाम धर्म स्वीकार कर लिया। तब असलम ने भी अपने प्राणों को संकट में पड़ा देखकर अमजद से दया की भीख माँगते हुए कहा–"राजकुमार! मैंने अबोनी में आपके पिता को आपकी याद में तड़पते हुए देखा था।"

यह सुनकर दोनों भाइयों को अपने पिता की याद आने लगी और उन दोनों ने अबोनी जाने का प्रबन्ध कर लिया। उसी समय उन्हें सामने से एक शाही सवारी आती दिखाई दी। जब वह सवारी पास आयी, तो पता चला कि वह शाही सवारी महारानी मरजीना की थी, जो असद की खोज में वहाँ आयी थी। वह भी दोनों भाइयों से मिलकर बहुत प्रसन्न हुई।

दूसरी ओर से चीन के सम्राट् गौर भी अपनी पुत्री बदौरा की खोज में वहाँ आ पहुँचे। अमजद ने बड़े अदब से अपना सिर झुकाकर उनसे कहा–"महाराज! मैं आपकी पुत्री बदौरा का पुत्र और आपका धेवता अमजद हूँ।"

इतना सुनते ही सम्राट् गौर ने उसे अपने सीने से लगा लिया। कुछ देर बाद अबोनी के महाराज कमरुज़्ज़मां भी अपने दोनों बेटों की खोज में वहाँ आ पहुँचे। उन्होंने अपने दोनों बेटों को अपने सीने से लगाते हुए कहा–"बेटे!

मुझे तुम्हारी माताओं ने धोखे में रखकर मुझसे तुम्हें क़त्ल कर देने का गुनाह कराया था। लेकिन जब जिन्दर से तुम्हारे जीवित होने का समाचार मिला, तो मैं तुम दोनों को खोजता हुआ यहाँ आया हूँ।"

उसी समय एक सेवक दौड़ता हुआ वहाँ आया और बोला—"महाराज! बादशाह शाहजमां भी अपने बेटे कमरुज़्ज़मां की खोज में यहाँ पधारे हैं।"

इस बात को सुनकर कमरुज़्ज़मां को बहुत प्रसन्नता हुई। उसने अपने दोनों बेटों अमजद और असद को अपने पिता से मिलवाया और तब शाहजमां ने अपने दोनों नातियों और अपने बेटे को सीने से लगा लिया। तीनों सम्राट्, महारानी मरजीना और सबीना पाँच दिन तक वहाँ के राजा के मेहमान रहे। अमजद ने सबीना से और असद ने मरजीना से निकाह कर लिया।

असद सबसे विदा लेकर अपनी बेगम मरजीना के साथ उसके देश चला गया और अमजद सबीना को साथ लेकर अपने दादा और पिता के साथ अपने देश वापस लौट गया। उसने अपनी दोनों माताओं के गुनाहों को अपने पिता से मुआफ़ करवा दिया और उन्हें अपने साथ अपने महल में रख लिया। दोनों माताओं ने भी अपने पुत्र से अपने गुनाहों की मुआफ़ी माँगकर उसे अपने गले से लगा लिया। दोनों माताएँ वर्ष में छह माह अमजद के पास और छह माह असद के पास रहती थीं।

यह कहानी सुनाने के बाद शहरज़ाद ने बादशाह शहरयार से आग्रह करते हुए कहा—"मेरे मालिक! यदि आपके रहमोकरम से कल तक मेरा दिल धड़कता रहा और मेरी साँसें चलती रहीं, तो मैं कल आपको इससे भी अधिक रोचक कहानी सुनाऊँगी।"

यह कहने के बाद शहरज़ाद बादशाह का सिर अपनी बाँहों पर रखकर उसकी रात को रंगीन करने के लिए उसके पहलू में सिमट गयी। अगले दिन शहरज़ाद ने बादशाह को बद्र की कहानी सुनाना आरम्भ कर दिया।

बद्र की कहानी

ईरान का बादशाह एक अत्यन्त शक्तिशाली, किन्तु न्यायप्रिय शासक था। उसकी प्रजा बहुत सुखी थी। उसकी अनेक रानियाँ और प्रेमिकाएँ थीं। यदि उसे कोई दुःख था, तो केवल यह कि उसके कोई सन्तान नहीं थी, जिसे वह युवराज बना सकता।

एक दिन उसके एक पहरेदार ने आकर कहा—"आलीजाह! दरवाज़े पर एक सौदागर किसी सुन्दर युवती के साथ आपसे मिलने का आग्रह कर रहा है।"

बादशाह ने कहा—"ठीक है, उसे आदर के साथ भीतर ले आओ।"

बादशाह का आदेश मिलते ही पहरेदार उस सौदागर और युवती को दरबार में ले आया। उस सुन्दरी को देखते ही बादशाह उस पर मोहित हो गया और तब उस सौदागर ने वह युवती बादशाह को भेंट कर दी। बादशाह ने सौदागर को दस हज़ार स्वर्ण-मुद्राएँ देकर विदा कर दिया। उस समय दास-दासियाँ ख़रीदने की प्रथा थी।

उस युवती ने बादशाह को अपने रूप-जाल में फँसा लिया। बादशाह ने भी उसकी सेवा के लिए सैकड़ों दास-दासियाँ नियुक्त कर दिये और उसके लिए अलग से एक महल बनवा दिया और अनेक प्रकार की विलासिता की सामग्री भी जुटा दी। उसके रूप और यौवन पर मुग्ध होकर बादशाह ने अपनी सभी रानियों और प्रेमिकाओं को त्याग दिया। वह उस नवयौवना के साथ दिन-रात उस विलास गृह में ही पड़ा रहता था। इतना सुख पाने के बाद भी वह नवयौवना बादशाह से कभी कुछ न कहती। इसी प्रकार दो वर्ष व्यतीत हो गये, तब एक दिन बादशाह ने उस सुन्दरी से कहा—"प्रिये! मैंने तुम्हारे रूप-यौवन पर मुग्ध होकर अपनी सभी रानियों और प्रेमिकाओं को त्याग दिया, लेकिन तुमने आज तक मुझसे प्रेम के दो बोल नहीं बोले। क्या तुम गूँगी हो अथवा तुमने मौनव्रत धारण किया हुआ है? मैं तुमसे एक पुत्र की इच्छा

रखता हूँ, ताकि मेरे राज्य को एक उत्तराधिकारी मिल सके। यदि अब भी तुमने मुझे मेरे प्रेम का प्रतिदान नहीं दिया, तो मैं आत्महत्या कर लूँगा।"

यह सुनकर उस युवती ने कहा—"बादशाह सलामत! मैं दो वर्ष से आपसे कुछ कहना चाह रही थी, लेकिन कुछ कह नहीं सकी। सोच रही हूँ कि कैसे कहूँ? कहीं आप मुझसे नाराज़ न हो जायें।"

बादशाह ने उत्सुकता दर्शाते हुए कहा—"नहीं-नहीं, तुम जो भी कहना चाहती हो, निस्संकोच होकर कहो। हमारे कान उस ख़ुशख़बरी को सुनने के लिए बेताब हैं।"

"मालिक! आपकी इच्छानुसार मैं गर्भ.....।" इससे आगे वह कुछ भी न कह सकी और मौन हो गयी।

इस ख़ुशख़बरी को सुनते ही बादशाह ने लाखों स्वर्ण-मुद्राएँ उस युवती के ऊपर न्योछावर करके फ़क़ीरों और ग़रीबों को दान कर दीं और युवती को अपने आग़ोश में लेते हुए उससे प्यार से पूछा—"तुम दो वर्षों से मौन क्यों बनी हुई हो? इतनी बड़ी ख़ुशख़बरी को अपने भीतर क्यों दबाये रहीं? क्या इसकी कोई ख़ास वजह थी?"

युवती ने उत्तर दिया—"हाँ मेरे मालिक! अपनी बहिन, भाई और माँ की याद के कारण ही मैं मौन बनी रही।"

यह कहते-कहते वह युवती एकाएक गम्भीर हो गयी और कहने लगी—"मालिक! मैं एक ज़रख़रीद दासी हूँ—मन में यह विचार आते ही मुझे आत्मग्लानि होने लगती है। सोचती थी कि मेरे पुत्र को लोग दासीपुत्र कहेंगे, तो उस मासूम के दिल पर क्या गुज़रेगी?" यह कहते-कहते उसकी आँखों से आँसू बहने लगे। अपने आँसुओं को दुपट्टे से पोंछते हुए उसने कहा—"मालिक! मेरा नाम गुलनार है। मेरे पिता सान्दाल का पूरे पाताल पर राज्य था। अपने निधन से पहले पिताजी ने मेरी माँ के संरक्षण में मेरे भाई सालाह को शहज़ादा बना दिया। उसके कुछ ही दिन बाद वह चल बसे। उसी समय किसी राजा ने हमारे देश पर हमला करके मेरे भाई से राजगद्दी छीन ली। हम छिपकर वहीं एक सेवक के घर में रहने लगे। एक दिन मेरे भाई ने माँ से कहा कि शत्रु से युद्ध करने से पहले गुलनार की शादी कर देनी चाहिए, वरना इसके कारण शत्रु पर विजय प्राप्त करना कठिन होगा। भाई की इस बात से मेरी माँ भी सहमत थीं। मैंने उन दोनों की बातें छिपकर सुन लीं और एक दिन उन दोनों

से छिपती हुई और गुप्त रास्ते से होती हुई मालद्वीप की ओर चल दी। रात को मैं एक निर्जन स्थान पर सो गयी। उसी समय मुमताज़ नाम का एक सौदागर अपने कुछ दासों के साथ वहाँ से मुझे उठवाकर अपनी हवेली में ले गया। उसने मेरे साथ ज़बरदस्ती करना चाही, लेकिन मेरे विरोध के कारण वह अपने मक़सद में सफल न हो सका। तब हारकर उसने मुझे एक अन्य सौदागर के हाथ बेच दिया। वह सौदागर बहुत सदाचारी था। उसने मुझसे मेरा नाम और पता तक नहीं पूछा और उस दिन यहाँ आकर उसने मुझे आपको भेंट कर दिया।"

उस युवती की कहानी सुनकर बादशाह ने उसे अपनी रानी बना लिया और कहा—"तुम एक शहज़ादी हो, अगर हो सके, तो अपने भाई और माँ से मेरी भेंट करा दो। उनसे मिलकर मुझे बहुत ख़ुशी होगी।"

यह सुनकर गुलनार ने चन्दन की लकड़ियों में अग्नि जलाकर एक मन्त्र पढ़ा, तो समुद्र में अचानक ज्वार-सा आया और जल के भीतर ही एक रास्ता दिखाई देने लगा। तब वे दोनों उसमें प्रवेश कर गये। उसी समय एक युवक राजमुकुट पहने वहाँ आया। वह सालाह था। उसके साथ ही एक वृद्धा स्त्री और पाँच सेविकाएँ भी जल से बाहर निकलीं।

इसके बाद सबने एक कक्ष में बैठकर भोजन किया। अपनी माँ और अपने भाई से मिलकर गुलनार बहुत प्रसन्न हुई। वे दोनों भी गुलनार से मिलकर प्रसन्न हुए। इसके पश्चात् राजा ने उन सबको अपने राजमहल में ठहरा दिया और उनकी सेवा के लिए दास-दासियों को नियुक्त कर दिया।

कुछ दिनों बाद गुलनार ने एक पुत्र को जन्म दिया, तो राजा ने उसका नाम बद्र रखा। गुलनार की माँ ने धेवते के जन्म पर बहुमूल्य वस्त्राभूषण उपहार में दिये। सालाह अपने भानजे को गोद में लेते ही समुद्र में कूद गया। यह देखकर राजा चिन्तित हो गया। तब गुलनार मुसकरायी और कहने लगी—"आप तनिक भी चिन्तित न हों, हमारा बेटा जल-थल दोनों में रह सके, उसे यही शिक्षा देने के लिए मेरा भाई समुद्र में कूदा है। वह शीघ्र ही बाहर निकल आयेगा।"

कुछ देर बाद सालाह बच्चे को गोद में लिये हुए वापस लौट आया। तब बद्र को गुलनार को सौंपते हुए उसने कहा—"आलीजाह! हम सुलेमान के आदेश से अपनी सन्तानों को इसी प्रकार पातालवासी बनाते हैं, ताकि वे जल-

थल दोनों में आसानी से विचरण कर सकें और ख़तरे के समय अपनी सुरक्षा भी र सकें।"

इतना कहकर सालाह ने एक सन्दूक़ची खोलकर उसमें से अण्डे के बराबर चार सौ माणिक, पाँच सौ लाल, दो सौ नीलम और दो सौ हीरे तथा बीस-बीस लड़ियों के मुक्ताहार अपने बहनोई को भेंट में देते हुए कहा—"हम गुलनार के इस प्रकार अचानक बुलाने पर आपकी भेंट के लिए कुछ ज़्यादा नहीं ला सके। अभी आप हमारी यह तुच्छ भेंट ही स्वीकार करें।"

राजा ने उनका दिल रखने के लिए वह भेंट स्वीकार कर ली और कहा—"आप सबसे भेंट हो गयी, हमारे लिए इससे बड़ी भेंट और क्या होगी? हम आपके प्रेम के सदा आभारी रहेंगे।"

"यह तो आपकी महत्ता है। अब आप हमें जाने की आज्ञा दें। समय मिलने पर मैं आप लोगों से मिलने आता रहूँगा।" इतना कहकर सालाह अपनी माँ तथा पाँचों सेविकाओं के साथ वापस पाताललोक लौट गया।

सोलह वर्ष की आयु में ही बद्र अनेक विद्याओं में पारंगत हो गया और पिता का निधन होने के बाद राजगद्दी पर बैठकर राज्य का काम-काज देखने लगा। सालाह भी अपने भानजे और अपनी बहिन को देखने आता रहता था।

एक दिन जब वह आया, तो अपनी बहिन गुलनार से बोला—"बहिन! शहज़ादी जवाहिर शादी के योग्य हो चुकी है। वह अपूर्व सुन्दरी और सर्वगुण सम्पन्न है। यदि तुम्हारी इच्छा हो, तो बद्र का निकाह उससे करा दिया जाये।" इतना कहकर उसने जवाहिर का फ़ोटो अपनी बहिन गुलनार को दे दिया।

फ़ोटो देखकर गुलनार फ़ोटो को बद्र के कमरे में छोड़कर बातचीत करने के लिए अपने भाई के साथ दूसरे कमरे में चली गयी। जवाहिर का फ़ोटो देखकर बद्र उसकी सुन्दरता पर मोहित हो गया और उससे मिलने के लिए अपने मामा के साथ पाताललोक चला गया, लेकिन जब सालाह बद्र का रिश्ता लेकर सान्दाल के पास पहुँचा, तो उसने विवाह का प्रस्ताव ठुकरा दिया। इस पर सालाह ने क्रोधित होकर सान्दाल पर आक्रमण करके उसे बन्दी बना लिया, लेकिन जवाहिर भागकर जंगल में जा छिपी। उसे जादुई ज्ञान भी आता था।

बद्र जब उदास होकर अपने महल को वापस आ रहा था, तो मार्ग में एक स्थान पर जवाहिर से उसकी भेंट हो गयी। बद्र ने जैसे ही उसका चुम्बन लेने

के लिए अपना मुँह आगे बढ़ाया, जवाहिर ने उसके मुँह पर थूक दिया और उसे शाप देकर नील पक्षी बनाकर अपनी सेविका के द्वारा किसी दूसरे द्वीप पर छुड़वा दिया।

इधर जब सालाह को जवाहिर कहीं न मिली, तो वह सान्दाल को बन्द करके अपने घर की ओर चल दिया। गुलनार भी अपने बेटे बद्र की खोज करती हुई अपनी माँ के घर पहुँच गयी, लेकिन उसकी माँ ने बद्र को शीघ्र ही खोजने का आश्वासन देकर उसे वापस भेज दिया।

इधर नील पक्षी बना बद्र दूर देश में घूमता हुआ एक शहर में जा पहुँचा। वह एक वृक्ष की डाल पर बैठा था कि एक बहेलिए की नज़र उस पर पड़ गयी और उस सुन्दर पक्षी को देखकर बहेलिए ने उसे पकड़कर राजा को भेंट कर दिया। पक्षी की सुन्दरता को देखकर राजा उसे रानी के पास ले गया, तो रानी उसे देखकर चौंक उठी। वह भी जादुई ज्ञान जानती थी। उसने राजा से कहा—"महाराज! यह पक्षी नहीं है, यह तो पाताललोक की शहज़ादी और ईरान की महारानी गुलनार का पुत्र बद्र है, जिसे जवाहिर ने शाप देकर पक्षी बना दिया है।"

इस पर राजा ने कहा—"तो तुम इस पर एक उपकार करो, इसे फिर से बद्र बना दो।"

राजा के कहने पर रानी ने मन्त्र पढ़कर उस पक्षी को फिर से बद्र बना दिया और राजा ने उसे जहाज़ में बैठाकर वापस ईरान भेज दिया। जहाज़ रास्ते में दुर्घटनाग्रस्त हो गया और बद्र एक तख़्ते पर तैरता हुआ समुद्र के किनारे जा लगा। वह हारा-थका एक नगर के मुख्य द्वार पर पहुँचा, तो अनेक जानवरों को पहरे पर खड़ा देखकर उसे बड़ा आश्चर्य हुआ। जब उसने नगर के अन्दर जाने का प्रयास किया, तो उन जानवरों ने उसे अन्दर जाने से रोकना चाहा, लेकिन वह नहीं माना और नगर में प्रवेश कर गया।

रास्ते में उसे एक वृद्धा मिली, तो बद्र ने उससे पूछा—"माई! यह कैसा नगर है, जहाँ मुख्य द्वार पर जानवर पहरा दे रहे हैं?"

उस वृद्धा ने कहा—"बेटा! इस मायानगरी पर एक कामविह्वल राजकुमारी का राज है। जब भी कोई युवक उसे पसन्द आ जाता है, तो वह उसे अपने जादुई ज्ञान से जानवर बना देती है। नगर के बाहर तुमको जिन जानवरों ने रोका होगा, वे जानवर नहीं हैं, अपितु जानवरों के रूप में युवक हैं। यदि तुम

मेरे पास रहोगे, तो तुम्हें कोई कष्ट नहीं होगा।"

उस वृद्धा की बात मानकर बद्र उसके यहाँ रहने के लिए उसके साथ चल दिया। कुछ दिन बाद वह राजकुमारी उस वृद्धा के घर आ पहुँची और उस वृद्धा को इस बात का आश्वासन देकर कि वह बद्र का अहित नहीं करेगी, बद्र को अपने साथ ले गयी। तीस दिनों तक वह बद्र से कामसुख प्राप्त करती रही। फिर उसने बद्र को भी जानवर बनाने का विचार किया और तन्त्र-मन्त्रों द्वारा तैयार की गयी मिठाई खाने के लिए बद्र को बुलाया, लेकिन बद्र अपनी दादी (वृद्धा) से मिलने का बहाना करके वहाँ से चला गया। उसने वृद्धा को सारी बात बता दी। तब उस वृद्धा ने वैसी ही मिठाई बनाकर बद्र को दे दी और कहा—"मैंने जो मिठाई तुम्हें बनाकर दी है, तुम उसे ही खाना और आँख बचाकर उसकी मिठाई उसे ही खिला देना।"

वृद्धा की मिठाई लेकर बद्र उस राजकुमारी के पास पहुँचा और उससे बोला—"आज मेरी दादी ने भी मिठाई बनायी है। मैं कुछ तुम्हारे लिए भी लाया हूँ।"

फिर उसने धोखे से राजकुमारी की मिठाई उसे ही खिला दी और कहा—"अब तू खच्चरी बन जा।" इतना कहते ही वह राजकुमारी खच्चरी बन गयी। तब बद्र उस खच्चरी पर बैठकर उस वृद्धा के पास पहुँचा और उससे आशीर्वाद लिया। वृद्धा ने कहा—"बेटा! इस खच्चरी को किसी को मत बेचना। अब तुम इस पर सवार होकर अपने देश लौट जाओ।"

उस वृद्धा को धन्यवाद कहकर बद्र उसी खच्चरी पर सवार होकर अपने देश की ओर चल दिया, लेकिन रास्ते में एक वृद्धा ने झाँसा देकर उस खच्चरी को बद्र से ख़रीद लिया। वह वृद्धा उस राजकुमारी की माँ थी। उस वृद्धा के आदेश पर एक राक्षस राजकुमारी और बद्र को लेकर आसमान में उड़ गया और कुछ ही देर में महल में जा पहुँचा। महल में पहुँचते ही राजकुमारी ने बद्र को तोता बनाकर एक पिंजरे में बन्द कर दिया और पिंजरा एक दासी को देते हुए उसे आदेश दिया—"तोते के इस पिंजरे को ले जा और इसे दाना-पानी मत देना। देखती हूँ भूखा-प्यासा कितने दिन ज़िन्दा रहता है? मेरी बिल्ली और मुझसे ही म्याऊँ?"

राजकुमारी का आदेश मिलते ही दासी तोते का पिंजरा लेकर चली गयी। वह दयालु थी, इसलिए उसने तोते का दाना-पानी बन्द नहीं किया और

इस बात की ख़बर अब्दुल्ला फ़क़ीर को दे दी। दासी से ख़बर मिलते ही उस फ़क़ीर ने अपनी शक्ति के प्रयोग से बिन्द्रा नामक एक शक्तिशाली राक्षस को बुलाकर उसे आदेश दिया कि बद्र एक तोते के रूप में बन्दी बना हुआ है, तुम उसकी सब प्रकार से रक्षा करो और उस दासी को गुलनार के पास ईरान पहुँचा दो।

बिन्द्रा ने तुरन्त उस फ़क़ीर के आदेश का पालन किया। ईरान पहुँचकर दासी ने बद्र की सारी कहानी गुलनार को सुना दी। गुलनार ने सालाह को बुलाकर बद्र को छुड़ाने के लिए कहा, तो सालाह ने अपने सैनिकों के साथ मायानगरी पर आक्रमण करके राजकुमारी और उसके समर्थक अग्निपूजकों को मौत के घाट उतार दिया और मन्त्र पढ़कर तोते को फिर से बद्र बना दिया। उसके बाद बद्र के कहने पर उसने दरवाज़े पर खड़े जानवरों को भी मनुष्य बनवा दिया। वे सब युवक सालाह के चरणों में सिर झुकाकर अपने-अपने घर चले गये।

मायानगरी के सब लोग प्रसन्न होकर अब्दुल्ला फ़क़ीर के पास पहुँचे और उससे पूछा कि जो दासी ईरान गयी थी, उसे क्या इनाम दें। अब्दुल्ला ने कहा कि उसका इनाम यही होगा कि बद्र के साथ उसका निकाह कर दिया जाये। यह सुनकर बद्र ने अब्दुल्ला के चरणों में अपना सिर झुकाकर कहा—"आपका आदेश सिर-माथे पर, लेकिन मैं जवाहिर से भी निकाह करना चाहता हूँ, आपका क्या आदेश है?"

अब्दुल्ला ने आशीर्वाद देते हुए कहा—"यह भी ख़ुशी की बात है। ख़ुदा तुम्हारी इच्छा पूरी करेगा। मैं तुम्हें आदेश देता हूँ।"

इस बात से सालाह भी प्रसन्न हो उठा। उसने मन्त्र-बल से सान्दाल को बुलाया और जब बद्र ने उसके सम्मुख जवाहिर से निकाह करने का प्रस्ताव रखा, तो सान्दाल ने उसे सहर्ष स्वीकार कर लिया। उसने अपनी बेटी को बुलाकर कहा—"बेटी! बद्र-जैसा योग्य और गुणी पति तुम्हें चिराग़ लेकर ढूंढ़ने पर भी नहीं मिलेगा। तुम पतिव्रता रहकर आजीवन इसकी सेवा करना।"

जवाहिर ने भी अपने पिता की बात मानकर बद्र से निकाह कर लिया।

नूरुद्दीन की कहानी

हर रात की भाँति उस रात भी जब शहरज़ाद अपने शयनकक्ष में पहुँची, तो दुनियाज़ाद और शहरयार भी वहाँ आकर बैठ गये और शहरज़ाद से आग्रह करने लगे कि वह उन्हें नूरुद्दीन की कहानी सुनाये।

इस पर शहरज़ाद बोली—"ठीक है, आज मैं आपको नूरुद्दीन की कहानी सुनाती हूँ।"

फिर उसने कहानी सुनाना आरम्भ किया।

बहुत दिनों की बात है कि बांसरे नगर में अब्बासी के वंशजों का आधिपत्य था और उन दिनों वहाँ ख़लीफ़ा हारूं रशीद के चचेरे भाई जैवनी शासन करते थे।

जैवनी के राज्य में दो प्रधानमन्त्री थे। पहले मन्त्री का नाम ख़ाकान और दूसरे का नाम सूपी था। ख़ाकान अत्यन्त सज्जन, दयालु एवं न्यायप्रिय था, लेकिन सूपी दुष्ट प्रकृति का था। इसीलिए उन दोनों में परस्पर नहीं बनती थी। एक दिन जैवनी ने ख़ाकान से कहा—"ख़ाकान! तुम एक ऐसी नवयुवती दासी तलाश करो, जो वफ़ादार होने के साथ ही गाने-बजाने और नृत्य में भी पारंत हो।"

यह सुनकर ख़ाकान शहर में गया और उसने दस हज़ार स्वर्ण-मुद्राओं में हुस्नअफ़्रोज़ नामक एक दासी ख़रीद ली। हुस्नअफ़्रोज़ सचमुच ही सर्वगुण सम्पन्न थी और सुन्दरता में भी किसी से कम नहीं थी। वह गुणों की खान थी। ख़ाकान के पुत्र नूरुद्दीन ने जब उस नवयौवना को देखा, तो वे दोनों एक-दूसरे को देखते ही रह गये। जब इस बात की ख़बर नूरुद्दीन की माँ को लगी, तो उसने अपने शौहर से कहा—"मालिक! लगता है कि हुस्नअफ़्रोज़ हमारे बेटे को पसन्द आ गयी है। वे दोनों एक-दूसरे को बहुत चाहते भी हैं। क्यों न हम नूरुद्दीन का निकाह हुस्नअफ़्रोज़ से कर दें? बादशाह सलामत के लिए आप किसी दूसरी दासी का प्रबन्ध कर दें।"

सुनकर एक बार तो ख़ाकान को इस बात पर बहुत क्रोध आया, किन्तु जवान लड़के की खुशियों को ध्यान में रखकर उसने अपने बेटे का निकाह हुस्नअफ़्रोज़ से करा दिया। कुछ समय के पश्चात् ख़ाकान का निधन हो गया और दुष्ट दोस्तों की संगत में पड़कर नूरुद्दीन ने घर का सारा सामान, धन-दौलत तथा अपनी पत्नी के वस्त्राभूषण तक बेच डाले। एक दिन उसकी पत्नी ने उससे कहा—"मालिक! आपकी यह दशा देखकर मुझे बहुत दु:ख हो रहा है। आप मेरी सलाह मानकर मुझे किसी को बेच दीजिये। जब आपकी हालत सुधर जाये, तो मुझे अपनी सेवा के लिए ख़रीद लेना।"

उस समय नूरुद्दीन को पैसों की बहुत आवश्यकता थी। इसलिए उसने अपने दिल पर पत्थर रखकर हुस्नअफ़्रोज़ को बाज़ार में ले जाकर दलालों को दिखाया। उसे देखकर सारे दलाल उसके रूप-यौवन के दीवाने हो गये, लेकिन उसी समय प्रधानमन्त्री सूपी उधर से गुज़रा और उसने हुस्नअफ़्रोज़ को पाँच हज़ार स्वर्ण-मुद्राओं में ख़रीद लिया।

इधर जब नूरुद्दीन को पता चला कि सूपी उसके पिता का शत्रु है, तो वह हुस्नअफ़्रोज़ को अपने साथ ले जाने लगा। फिर तो दोनों में युद्ध छिड़ गया और नूरुद्दीन हुस्नअफ़्रोज़ को अपने साथ घर ले गया। सूपी ने जब बादशाह जैवनी से शिकायत की, तो उसने अपने कुछ सैनिकों को नूरुद्दीन और हुस्नअफ़्रोज़ को गिरफ़्तार करने का आदेश दे दिया।

जब इस बात का पता नूरुद्दीन के सेवक को चला, तो उसने नूरुद्दीन को सावधान कर दिया और नूरुद्दीन हुस्नअफ़्रोज़ को साथ लेकर वहाँ से भाग निकला और बगदाद जाने वाले जहाज़ में बैठकर राजा की पहुँच से बाहर हो गया।

जहाज़ के कप्तान को किराये की पाँच स्वर्ण-मुद्राएँ देकर नूरुद्दीन जहाज़ से उतर पड़ा और बगदाद में घर तलाश करता हुआ एक शाही बाग़ में जा पहुँचा। उस बाग़ के माली इब्राहीम ने उनका परिचय पाने के बाद उन दोनों को अपने घर में ठहरा लिया। उसने उन दोनों के लिए वाटिका के अन्दर ही खाने और सोने की व्यवस्था भी कर दी। तब नूरुद्दीन ने इब्राहीम से कहा—"आप हमारे लिए शहर से शराब ख़रीदकर लायें।"

"तौबा कीजिये साहब, मैं हाजी-नमाज़ी हूँ। शराब लाना तो दूर, मैं उसे

छू भी नहीं सकता। मैं और नापाक शराब! मेरी तौबा।" शराब का नाम सुनते ही इब्राहीम ने अपने दोनों कानों से हाथ लगाते हुए कहा।

इस पर नूरुद्दीन ने कहा—"आप इस गधे पर शराब की बोतलें टांग कर ले आना। मैं खुद उतार लूंगा। आप उसे हाथ भी मत लगाना।"

इब्राहीम गधे पर शराब लादकर लाया, तो नूरुद्दीन और हुस्नअफ़्रोज़ ने छककर शराब पी और मस्ती में गाना गाने लगे।

कुछ देर बाद हुस्नअफ़्रोज़ ने नूरुद्दीन से कहा—"अब आप नशे का बहाना बनाकर लेटे रहिये और देखिये कि मैं इसे कैसे अपने वश में करती हूँ।"

नूरुद्दीन लेट गया। हुस्नअफ़्रोज़ ने मुर्ग़े की टाँग शराब में डुबोकर इब्राहीम को खाने के लिए दे दी। इब्राहीम ने उसे बड़े स्वाद से खा लिया, तो हुस्नअफ़्रोज़ बोली—"शैख़जी! मेरा पति अधिक शराब नहीं झेल सकता। वह थोड़ी-सी ही पीकर नशे में बेहोश हो जाता है। देखो, यह कैसे नशे में पड़ा है? जब तक ये होश में न आये, आप मेरे पास ही बैठकर मेरा साथ देते रहें। आपकी बड़ी मेहरबानी होगी।"

नूरुद्दीन तो बहाना किये हुए लेटा था। हुस्नअफ़्रोज़ के रूप-सौन्दर्य पर मोहित इब्राहीम खुद ही पाँच बार शराब पी गया। तब नूरुद्दीन ने अपनी आँखें मलते हुए इब्राहीम से कहा—"शैख़जी! शराब पीना बड़ा पाप है और उसे छूना उससे भी बड़ा पाप है, लेकिन आपने तो छुई भी है और पी भी है।"

इस पर इब्राहीम नशे में बड़बड़ाया—"मैंने इसकी क़सम खाकर पीना छोड़ दिया था, अब इसी ने मुझे अपनी क़सम देकर पिलायी है।" इतना कहकर शैख़जी बेहोश होकर वहीं लुढ़क गये।

बाहर अँधेरा देखकर नूरुद्दीन ने मिट्टी का दीपक जलाकर प्रकाश कर दिया। उसी समय ख़लीफ़ा हारूं अपने मन्त्री जाफ़र के साथ उधर आ निकले। वाटिका में अचानक रौशनी देखकर उन्होंने जाफ़र से पूछा—"वाटिका में अचानक रौशनी कैसी? चलो, चलकर देखते हैं।"

तब वे दोनों वाटिका में चले गये। ख़लीफ़ा ने देखा एक युवती और एक युवक सो रहे हैं और शैख़ इब्राहीम बैठा शराब पी रहा है। यह देखकर ख़लीफ़ा के आश्चर्य का ठिकाना न रहा। उसी समय इब्राहीम ने हुस्नअफ़्रोज़

को गीत सुनाने को कहा।

हुस्नअफ़्रोज़ अपनी मधुर आवात़ में उसे गीत सुनाने लगी। ख़लीफ़ा भी गीत सुनते रहे। गीत समाप्त होते ही ख़लीफ़ा ने दरवाज़ा खटखटा दिया। दरवाज़े पर किसी की दस्तक सुनकर इब्राहीम ने पूछा—"इतनी रात गये आप कौन हैं?"

"मैं अल्लारक्खा मछुआरा हूँ शैख़जी। मेहमानों के लिए मछलियाँ लाया हूँ।" ख़लीफ़ा ने उत्तर दिया।

मछली का नाम सुनते ही दोनों प्रसन्न हो गये। इब्राहीम ने कहा—"मछली लाये हो, तो इन्हें जल्दी से पका भी लाओ।"

ख़लीफ़ा हारूं ने मछली पकायी और उसे एक तश्तरी में सजाकर उन तीनों के पास जा पहुँचे। तीनों मछली खाने लगे। तब नूरुद्दीन ने कहा—"वाह! क्या स्वादिस्ट मछली बनी है! मज़ा आ गया।" इतना कहकर नूरुद्दीन ने पचीस स्वर्ण-मुद्राएँ ख़लीफ़ा को इनाम में दे दीं। फिर उसने हुस्नअफ़्रोज़ को भी ख़लीफ़ा की भेंट करते हुए अपनी पत्नी से कहा—"प्यारी! तुम अपना यह रूप और जवानी सदा बनाये रखना। तुम हज़ारों साल जीती रहो। हम यही दुआ करते हैं।"

ख़लीफ़ा ने पूछा—"क्या यह तुम्हारी पत्नी नहीं है?"

यह सुनकर नूरुद्दीन ने ख़लीफ़ा को अपनी सारी कहानी सुना दी। उन दोनों का परिचय पाने के बाद ख़लीफ़ा ने एक पत्र जैवनी प्रधान के नाम लिखकर नूरुद्दीन को देते हुए कहा—"मैं कोई मछुआरा नहीं, बल्कि बांसरे के प्रधान जैवनी का दोस्त हूँ। तुम यह पत्र उसके पास ले जाओ और जब तुम्हें वहाँ कोई उच्च पद मिल जाये, तो अपनी हुस्नअफ़्रोज़ को मुझसे ले जाना।"

पत्र लेकर नूरुद्दीन वहाँ से चला गया। उसके जाने के बाद इब्राहीम ने ख़लीफ़ा से कहा—"ये पचीस स्वर्ण-मुद्राएँ सिर्फ़ तुम्हारी ही नहीं हैं। इसमें मेरा भी हिस्सा होना चाहिए।"

ख़लीफ़ा ने कहा—"तुम्हें सिर्फ़ स्वर्ण-मुद्राएँ ही मिलेंगी, हुस्नअफ़्रोज़ नहीं। यह मेरे पास किसी की अमानत है और मैं अमानत में ख़यानत नहीं कर सकता।"

यह सुनकर इब्राहीम क्रोधित हो उठा और उसने चीनी मिट्टी से बना एक

फूलदान उठाकर ख़लीफ़ा पर दे मारा, लेकिन ख़लीफ़ा वहाँ से हट गया और फूलदान ज़मीन पर गिरकर फूट गया। उसी समय ख़लीफ़ा ने अपने सिर पर मुकुट रख लिया, जिसे देखकर इब्राहीम भौचक रह गया और ख़लीफ़ा के पैरों में गिरकर मुआफ़ी माँगने लगा। अब हुस्नअफ़्रोज को भी भरोसा हो गया कि वह बहुत जल्द अपने शौहर नूरुद्दीन से मिल सकेगी।

तब ख़लीफ़ा ने प्रसन्न होकर हुस्नअफ़्रोज़ से कहा—"मैंने नूरुद्दीन-जैसा दयालु और संयमी आदमी दूसरा नहीं देखा, इसीलिए मैं इसे बांसरे का प्रधान बनाकर भेज रहा हूँ। मैं तुम्हें भी आठ-दस दिन में उसके पास भिजवा दूँगा।" इतना कहकर उसने हुस्नअफ़्रोज़ को अपनी बेगम के पास महल में भिजवा दिया।

बांसरे पहुँचकर नूरुद्दीन ने वह पत्र जैवनी को दे दिया। तब तक सूपी भी वहाँ पहुँच गया। वह नूरुद्दीन को देखते ही आगबबूला हो गया और बोला—"महाराज! यह पत्र नक़ली है। मैं इसे बहुत अच्छी तरह जानता हूँ। यह बड़ा मक्कार है।"

सूपी की बात सुनकर जैवनी ने नूरुद्दीन को सूपी के हवाले कर दिया और तब सूपी ने उसे मारपीट कर कारागार में डाल दिया। पाँचवें दिन जैवनी ने उसे मृत्युदण्ड की सज़ा सुना दी। इस पर सूपी ने सारे शहर में घोषणा करा दी कि नूरुद्दीन को अमुक स्थान पर फाँसी दी जायेगी। जब इस बात की ख़बर बगदाद के ख़लीफ़ा हारूं तक पहुँच गयी, तो उसने अपने मन्त्री जाफ़र को सैनिकों के साथ तुरन्त बांसरे भेज दिया। जाफ़र मृत्युदण्ड के समय बांसरे पहुँच गया और मृत्युदण्ड को रोक दिया गया।

सारी बातें जानने के बाद सूपी को बन्दी बना लिया गया। इसके बाद नूरुद्दीन और सूपी को लेकर जैवनी बगदाद पहुँचा, तो ख़लीफ़ा ने सूपी को मृत्युदण्ड की सज़ा सुना दी और नूरुद्दीन को बांसरे का प्रधान बनाना चाहा, लेकिन नूरुद्दीन ने कहा—"जहाँपनाह! मुझे तो आप अपने क़दमों में ही पड़ा रहने दीजिये।"

तब ख़लीफ़ा ने उसे अपने पास ही रख लिया और धन के साथ ही उसे थोड़ा राज्य भी दे दिया। उसके बाद नूरुद्दीन और हुस्नअफ़्रोज़ आनन्द से बगदाद में रहने लगे।

नूरुद्दीन की कहानी सुनाने के बाद शहरज़ाद चुप हो गयी। दिन निकल आया था। पक्षी चहचहा रहे थे। बादशाह शहरयार तैयार होकर अपने दरबार चला गया। रात को जब वह दरबार से वापस आया, तो शहरज़ाद अपने पलँग पर ख़ामोश बैठी थी और दुनियाज़ाद ने फ़र्श पर अपना बिस्तर लगाया हुआ था। बादशाह ने पलँग पर लेटकर शहरज़ाद से कहा—"क्या आज तुमने अपने होठ सी लिये हैं?"

शहरज़ाद ने उत्तर दिया—"मेरे मालिक! ये होठ तो जीवन-भर आपकी प्यास बुझाते रहेंगे। वैसे आज की कहानी बहुत दिलचस्प है। सुनिये।"

जेनुस्सम के इश्क़ की कहानी

बहुत समय पहले बांसरे में एक शक्तिशाली, गुणी एवं प्रजापालक बादशाह राज्य करता था। वह अत्यन्त धनी भी था, किन्तु उस धन को भोगने वाली कोई सन्तान न थी, जिसका अभाव उसे बहुत खटकता रहता था। परमात्मा की कृपा से उसकी बेगम ने एक पुत्र को जन्म दिया। बादशाह को बहुत प्रसन्नता हुई कि उसका भी कोई वारिस हुआ। बेटे की क़िस्मत में लिखा जानने के लिए उसने अनेक ज्योतिषियों को बुलाया। एक ज्योतिषी ने कहा—"बादशाह सलामत! आपका पुत्र वीर, प्रतापी, साहसी और दीर्घायु होगा, किन्तु जन्मकुण्डली में इसके जन्म का स्वामी दुर्बल होने के कारण इसे अनेक कष्टों का सामना करना होगा।"

बेटे का भविष्य जान लेने के पश्चात् बादशाह ने सब को यथायोग्य दक्षिणा देकर विदा किया। पाँच वर्ष का होने पर बादशाह ने शहज़ादे को विद्या ग्रहण करने के लिए मौलवियों के पास मदरसे में भेज दिया। शहज़ादा कुछ ही दिनों में अनेक विषयों में पारंगत हो गया।

जब बादशाह का अन्तिम समय आया, तो उसने अपने बेटे को समझाते हुए कहा—"बेटा! मरने से पहले मैं तुम्हें कुछ नसीहतें देना चाहता हूँ, जिन्हें तुम सदा याद रखना। राज्य करना राजनैतिक खेल है। तुम स्वार्थी लोगों से बचकर रहना। न किसी से अधिक मित्रता करना और न शत्रुता। प्रजा को सदा अपनी सन्तान समझकर उसके दुःख-सुख का सदा ध्यान रखना।"

इतना कहने के साथ ही बादशाह का निधन हो गया।

चालीस दिन के शोक के बाद शहज़ादा गद्दीनशीन हुआ, लेकिन गद्दी पर बैठते ही वह भोग-विलास में डूब गया और उसे राज-काज की कोई सुध न रही। वह दिन-प्रतिदिन अपनी दौलत को अय्याशी में फूँकता रहा। इसका परिणाम यह हुआ कि एक दिन शाही ख़ज़ाना ख़ाली हो गया। तब सरकारी कर्मचारियों और सैनिकों ने अपने काम पर ध्यान देना बन्द कर दिया और

गृहयुद्ध की स्थिति पैदा हो गयी।

जब शहज़ादे को अपनी भूल का ज्ञान हुआ, तो उसने अपने शासन को दुरुस्त करना आरम्भ कर दिया। भोग-विलास वाले कर्मचारियों के स्थान पर नेक चाल-चलन वाले ईमानदार लोगों को नियुक्त किया।

एक रात सपने में किसी बुजुर्ग ने शहज़ादे से कहा—"यदि तुम्हें धन-दौलत की इच्छा हो, तो तुम केरा चले जाओ।"

स्वप्न की बात को सच मानकर शहज़ादे ने अपनी माता से आज्ञा ली और केरा चला गया। वहाँ पहुँचकर वह एक मस्जिद में सोया हुआ था कि अचानक सपने में उसी बुजुर्ग ने आकर कहा—"अब तुम वापस अपने देश चले जाओ, वहाँ तुम्हें अपार दौलत मिल जायेगी।"

सपने से जागकर शहज़ादा बड़बड़ाने लगा—अजीब पहेली है! क्या केवल आने-जाने से दौलत मिल सकती है?

फिर भी उस बुजुर्ग की बात मानकर वह अपने देश लौट गया। वापस आने पर उसे फिर वही बुजुर्ग दिखाई दिये और बोले—"बेटा! कल सवेरे तुम अपने पिता के गुप्त महल को खोदना। तुम्हें अपार धन-दौलत मिल जायेगी।"

शहज़ादे ने अगले दिन सवेरा होते ही गुप्त महल की खुदाई करानी आरम्भ कर दी। खुदाई कराते समय उसे काले पत्थर की एक चट्टान दिखाई दी। चट्टान को जब हटाया गया, तो लोहे का एक दरवाज़ा मिला, जिस पर ताला लगा हुआ था। ताला खोलने पर उसने देखा कि वहाँ साफ़-सुथरे दालान की छत मणियों की और दीवारें सोने की बनी थीं। वहाँ सीपों से बनी पाँच तिपाइयों पर स्वर्ण-मुद्राओं से भरे पन्द्रह कलश रखे थे। एक कलश पर एक चाबी रखी थी, किन्तु उसका ताला कहीं दिखाई नहीं दिया। लेकिन ग़ौर से देखने पर पत्थर पर बने एक छेद में जब उस चाबी को लगाया गया, तो वह पत्थर दो हिस्सों में बँटकर इधर-उधर सरक गया। उस द्वार में प्रवेश करने पर शहज़ादे को सोने के दस खम्भे दिखाई दिये, जिनमें से नौ पर हीरे से बनी मूर्तियाँ थीं, जिनकी रौशनी से पूरा महल जगमगा रहा था।

शहज़ादा जब दसवें खम्भे पर पहुँचा, तो उस पर एक लेख दिखाई दिया, जिस पर खुदा था—'पुत्र! दसवीं मूर्ति को पाने के लिए तुम्हें केरा जाना होगा, जहाँ मेरे ख़ास सेवक अली की मदद से तुम्हें वह मूर्ति मिल सकेगी।'

उस लेख को पढ़कर शहज़ादा उसी दिन केरा के लिए चल दिया। वहाँ

जब वह अली से मिला, तो अली ने उसका बहुत सम्मान किया और कहा—"शहज़ादे! आज मेरे यहाँ प्रीतिभोज पर कुछ मेहमान आने वाले हैं, इसलिए मैं कल आपके साथ चलूँगा। आज आप भी प्रीतिभोज पर निमन्त्रित हैं।"

यह सुनकर शहज़ादा भी उस प्रीतिभोज में सम्मिलित हो गया। अली ने मेहमानों से शहज़ादे का परिचय कराते हुए कहा—"भाइयो! यह मेरे मालिक के पुत्र बांसरे के शहज़ादे हैं।"

'मालिक के पुत्र' शब्द सुनते ही शहज़ादे ने अली को फ़ौरन दासता के बन्धनों से मुक्त करते हुए कहा—"अली! आज से तुम आज़ाद हो। अब तुम किसी के सेवक नहीं रहे।"

अली ने प्रसन्न होकर कहा—"यह तो आपका बड़प्पन है शहज़ादे।"

अगले दिन शहज़ादा अली के साथ चल दिया। एक नाव पर बैठते हुए अली ने कहा—"शहज़ादे! यह नाव मायावी है। इसलिए तुम रास्ते में उसके मल्लाहों से कुछ भी मत कहना, वरना नाव डूब जायेगी।"

नाव से नदी पार करते ही चन्दन से बनी वह नाव और उसके मल्लाह सब एकाएक ग़ायब हो गये। उसके बाद शहज़ादा और अली दोनों चलते-चलते एक राक्षस के द्वार पर जा पहुँचे। वहाँ उन्होंने एक क़िला देखा, जिसमें स्थान-स्थान पर मणियाँ लगी हुई थीं। अली ने कुछ मन्त्र पढ़कर राक्षसराज का आह्वान किया और राक्षस के प्रकट होने पर दोनों ने उसे प्रणाम किया। तब राक्षसराज ने कहा—"प्रिय पुत्र! तुम्हारे पिता जब भी मेरे पास आते थे, तो मैं उन्हें एक रत्नजटित मूर्ति देता था। दसवीं मूर्ति मैंने केवल तुम्हारे लिए ही रखी है, लेकिन तुम्हें यह मूर्ति उसी समय मिलेगी, जब तुम मेरे लिए सोलह वर्षीय एक पवित्र कन्या लाकर दो। यदि तुमने उस पर बुरी नज़र डालने का प्रयास किया, तो तुम्हारे... ।"

राक्षसराज की शर्त सुनकर शहज़ादे ने पूछा—"देव! इस बात का कैसे पता चलेगा कि वह पूर्णत: पवित्र है?"

यह सुनकर राक्षसराज ने शहज़ादे को एक आईना देकर कहा—"यह आईना उसे परखने के लिए है। जो कन्या पवित्र होगी, उसकी सूरत इस आईने में दिखाई दे जायेगी। अपवित्र कन्या का मुख इसमें दिखाई नहीं देगा।"

उस आईने को लेकर शहज़ादे ने कितनी ही कन्याओं की परख की, लेकिन उस आईने पर कोई भी खरी न उतरी। एक दिन शहज़ादे ने बगदाद

पहुँचकर दीन-हीनों को भोजन कराया, तो मुराद नामक सेवक से पता चला कि वहाँ के पूर्व मन्त्री की सोलह वर्षीय पुत्री पूर्णतः पवित्र है। जब उसे आईना दिखाकर परख की गयी, तो वह उस परीक्षा में खरी उतरी।

तब उस शहज़ादे का विवाह मन्त्री की पुत्री से हो गया। शहज़ादा अपनी पत्नी को त्यागने के लिए तैयार नहीं था, लेकिन प्राणों के भय से उसने अपनी पत्नी राक्षसराज को दे दी। उस युवती को पाने के बाद राक्षराराज ने कहा– "जाओ पुत्र! तुम्हें दसवीं मूर्ति उसी खम्भे पर बैठी मिलेगी।"

तब तहख़ाने में पहुँचकर शहज़ादे ने देखा, खम्भे पर मन्त्री की वही पुत्री बैठी थी, जिसे राक्षसराज को दिया गया था। यह देखकर शहज़ादा उस युवती से लिपट गया। उसी समय राक्षसराज ने प्रकट होकर कहा–"यह सुन्दरी तुम्हारे वियोग में अन्न-जल त्यागकर अपने प्राण त्यागना चाहती थी, इसलिए मैंने इसे सम्मानसहित तुम्हें लौटा दिया। अब तुम इसके साथ अपना गृहस्थ जीवन आरम्भ करो। यह युवती पतिव्रता है। इसके मान-सम्मान का पूर्णतः ध्यान रखना। इसे कोई कष्ट न हो। ख़ुदा तुम्हें सदा सुखी रखेगा।"

इतना कहकर राक्षराराज ने दसवीं मूर्ति शहज़ादे का सौंप दी और स्वयं वहाँ से ग़ायब हो गया। उसके बाद शहज़ादे ने अपनी पत्नी को फिर से पाने की ख़ुशी में पूरे नगर को प्रीतिभोज देते हुए घोषणा की कि इस युवती को बांसरे की सम्राज्ञी पुकारा जाये।

पूरी कहानी सुनाकर शहरज़ाद ने सन्तोष की साँस ली। उसे थका हुआ जानकर बादशाह ने प्यार जताते हुए उससे कहा–"बेगम! तुम्हें कितनी ही रातें इस प्रकार जागते हुए हो गयीं। आज तुम सो जाओ। कहानी कल सुनाना।"

इसके बादशाह ख़ुद भी बेगम को अपने पहलू में लेकर सो गया। उस रात पहली बार शहरज़ाद को नींद नसीब हुई थी। इससे दुनियाज़ाद भी ख़ुश थी। उन दोनों को सोये देखकर वह भी सो गयी।

अगली रात शहरज़ाद ने उन दोनों के कुछ कहने से पहले ही अपनी कहानी सुनाना आरम्भ कर दिया। उसने कहा–"मालिक! यह कहानी शहज़ादा ख़ुदादाद और कुमारी दर्यावार की है। ज़रा ध्यान से सुनिये।"

शहज़ादा ख़ुदादाद और कुमारी दर्यावार की कहानी

सैकड़ों वर्ष पहले हैरन राज्य का शासन एक चक्रवर्ती सम्राट् के हाथों में था, जिसकी विजयपताका दूर-दूर तक फहराती थी, लेकिन चालीस रानियाँ होने पर भी निस्सन्तान होने के कारण वह बुहत दुखी था। एक रात स्वप्न में उसे किसी पीर ने दर्शन दिये और उससे कहा—"महाराज! तुम अपने बाग़ में जाकर सवेरे-सवेरे अनार के जितने दाने खाओगे, तुम्हें उतने ही पुत्रों की प्राप्ति होगी।"

अगले दिन सवेरे जागते ही राजा ने बाग़ में जाकर अनार के चालीस दाने खा लिये और प्रतिदिन अपनी रानियों के पास जाने जगा। ख़ुदा के रहमोकरम से उसकी सभी रानियों ने गर्भ धारण कर लिया, लेकिन पीनाज़ नामक रानी के गर्भ की कोई उम्मीद नज़र नहीं आयी। राजा ने उसे बाँझ समझकर मार डालना चाहा, लेकिन कुछ लोगों के समझाने पर उसने उसे अपने भतीजे सुमेर के पास भेज दिया।

कुछ महीनों के बाद पीनाज़ ने भी एक पुत्र को जन्म दिया, तो सुमेर ने इस बात की सूचना राजा के पास भिजवा दी। तब राजा ने उसे सन्देश भिजवा दिया कि बच्चे का नाम ख़ुदादाद रखकर तुम ही उसका पालन-पोषण करो। बड़ा होने पर ख़ुदादाद की शिक्षा-दीक्षा की उचित व्यवस्था कर दी गयी। कुछ ही वर्षों में वह कई भाषाओं का ज्ञाता हो गया और धनुर्विद्या में तो उसका कोई सानी ही नहीं था।

एक दिन ख़ुदादाद ने अपनी माँ से कहा—"मां! मैंने सुना है कि शत्रु मेरे पिता का राज्य हड़प लेना चाहते हैं। इसलिए मैं उनकी सहायता के लिए जाना चाहता हूँ।"

यह सुनकर माँ ने आज्ञा दे दी। माता की आज्ञा लेकर ख़ुदादाद हैरन जा पहुँचा। उसे राजदरबार में देखकर राजा ने उनका परिचय जानना चाहा, तो ख़ुदादाद ने कहा—"महाराज! मैं एक धनवान् का पुत्र हूँ और केरा से यहाँ

आया हूँ। सुना है कि आप किसी पर आक्रमण करना चाहते हैं। यदि आप यह अवसर मुझे प्रदान करें, तो मैं अपनी वीरता का नमूना आपके सम्मुख प्रस्तुत करना चाहता हूँ।"

राजा ने उसे अपना सेनापति बना दिया। उसने अपने रण-कौशल से सभी राजाओं को परास्त कर उन सबको अपने अधीन कर लिया। राजा उसकी वीरता और कुशलता को देखकर उसे अपने सभी पुत्रों से अधिक चाहने लगा। इस बात से सभी राजकुमार उससे जलने लगे। उन्होंने आपस में परामर्श किया कि हम सब शिकार खेलने के बहाने किसी जगह छिप जायेंगे और कई दिनों तक वापस नहीं लौटेंगे। पिताजी समझेंगे कि हमें ख़ुदादाद ने कहीं भेजा होगा। इसलिए वह उस पर क्रुद्ध होकर उसे तुरन्त फाँसी पर चढ़ा देंगे। यह सोचकर वे उन्तालीस राजकुमार शाम तक वापस लौटने का वचन देकर शिकार पर चले गये।

चार दिन तक जब वे नहीं लौटे, तो राजा को चिन्ता होने लगी। उन्होंने ख़ुदादाद से पूछा—"हमारे राजकुमार चार दिन से ग़ायब हैं, कहाँ गये?"

ख़ुदादाद ने भी चिन्ता जताते हुए कहा—"महाराज! वे लोग शाम तक लौट आने की कहकर शिकार खेलने गये थे, पता नहीं कहाँ रह गये?"

यह सुनकर राजा को क्रोध आ गया और उसने कहा—"ख़ुदादाद! यह तुमने अच्छा नहीं किया, जो उन्हें शिकार पर अकेला भेज दिया। जाओ, अब उन्हें ढूँढ़कर लाओ, वरना मैं तुम्हें मृत्युदण्ड दूँगा।"

राजा की आज्ञा से ख़ुदादाद उन सब राजकुमारों को खोजता हुआ काले पत्थरों से बने एक महल में जा पहुँचा। वहाँ उसे एक नवयौवना मिली। उसने कहा—"अरे भलेमानस! यदि तुम्हें अपने प्राण प्यारे हैं, तो यहाँ से अभी भाग जाओ, यहाँ एक नरभक्षी राक्षस रहता है, जो यहाँ आने वाले सब मनुष्यों को खा जाता है।"

ख़ुदादाद ने कहा—"तुम मेरी चिन्ता मत करो, यह बताओ कि तुम यहाँ उस राक्षस का शिकार बनने क्यों आयी हो?"

यह सुनकर उस युवती ने कहा—"मैं केरा की रहने वाली हूँ। जब बगदाद जा रही थी, तो इस राक्षस ने मेरे सैनिकों को मारकर मुझे बन्दी बना लिया। वह मुझे अपनी पत्नी बनाना चाहता है। यदि मैंने उसकी पत्नी बनना स्वीकार नहीं किया, तो वह मुझे मार डालेगा।"

तभी वह नरभक्षी भी वहाँ आ पहुँचा और उसे देखकर ख़ुदादाद ने अपना अभिमन्त्रित ख़ंजर उसके सीने में घोंप दिया और उसका सिर काटकर उस राक्षस का अन्त कर दिया।

फिर ख़ुदादाद ने उस महल में बन्दी बने सभी व्यक्तियों को रिहा कर दिया। उन व्यक्तियों में उसके उन्तालीस भाई भी थे, जिन्हें देखकर ख़ुदादाद प्रसन्न हो उठा। तब सबने उस सुन्दरी का परिचय जानना चाहा, तो वह अपनी कहानी सुनाने लगी। उसने कहा—किसी द्वीप में दर्या नामक एक बड़ा शहर था, जहाँ का राजा बड़ा प्रतापी और न्यायप्रिय था, लेकिन उसके कोई सन्तान न थी। कुछ दिनों बाद मैंने उसके यहाँ जन्म लिया। जब मैं बड़ी हुई, तो मेरी शिक्षा-दीक्षा का प्रबन्ध किया गया और मैं अनेक कलाओं व भाषाओं में निपुण हो गयी।

एक दिन मेरे पिताजी शिकार खेलने गये, तो रास्ता भूल जाने के कारण उनके सभी साथी उनसे बिछुड़ गये। रात होने पर उन्हें कुछ दूरी पर प्रकाश दिखाई दिया। वह उसी दिशा में बढ़ते गये। वहाँ पहुँचकर उन्होंने देखा कि एक घर में एक राक्षस बैठा शराब पी रहा है और भैंसे का मांस खा रहा है। उसके पास ही एक औरत बैठी थी और उसका तीन वर्ष का बच्चा खड़ा रो रहा था।

कुछ देर बाद उस राक्षस ने कहा—"सुन्दरी! तू कब तक मुझे अपने रूप से तड़पाती रहेगी?"

यह सुनकर उस औरत ने राक्षस के मुँह पर थूक दिया और कहा—"अरे दुष्ट! मैं अपने शरीर पर तेरा साया भी नहीं पड़ने दूँगी। मेरी नज़रों से दूर हो जा।"

उसी समय मेरे पिताजी ने अपने बाण से उस राक्षस का वध कर दिया और उस युवती से उसके बारे में पूछा, तो उसने बन्धनमुक्त होते हुए कहा—"मैं दैत्यराज जात्या की पत्नी हूँ और यह राक्षस मेरे पति का मन्त्री था। एक दिन इसने धोखे से मेरे पति का वध कर दिया और मुझे उठाकर यहाँ ले आया।"

मेरे पिता उस सुन्दरी को अपने साथ ले आये और उन्होंने उसके बेटे से मेरा विवाह कर दिया। विवाह से पूर्व मेरे पिता ने उस युवक से वचन ले लिया कि वह दूसरा विवाह नहीं करेगा, लेकिन उसने मेरे पिता से शत्रुता कर उन्हें मार डाला। उसी समय मेरे पिता का एक सेवक मुझे उस राक्षस से बचाकर

एक जहाज़ द्वारा अपने मित्र के यहाँ ले गया। वह जहाज़ तूफ़ान में घिर गया और एक चट्टान से टकराकर टूट गया। मैं किसी तरह एक तख़्ते का सहारा लेकर किनारे आ लगी। उसी समय एक राजकुमार वहाँ आया और मुझे अपने साथ राजमहल में ले गया। फिर उसने मेरे साथ विवाह करना चाहा कि अचानक जंगधर राजा ने उस पर चढ़ाई कर दी। वह जीत गया और मैं उसके साथ एक नाव में बैठकर वहाँ से भाग निकली। चार दिन बाद समुद्री डाकुओं ने मुझे अपने पास रख लिया। फिर एक दिन डाकुओं के सरदार ने मुझसे कहा—सुन्दरी! मैं तुझे केरा ले जाकर अपने मित्र सौदागर को भेंट कर दूँगा।

मैंने समुद्र में छलाँग लगाकर आत्महत्या करनी चाही, लेकिन रास्ते में यह नरभक्षी राक्षस उस डाकू को मारकर मुझे यहाँ ले आया। इतना कहकर उस युवती ने ख़ुदादाद का शुक्रिया अदा किया।

ख़ुदादाद ने उस युवती से विवाह कर लिया और अगले दिन वे सब हैरन चले गये। तब ख़ुदादाद ने उन्तालीस राजकुमारों को बताया कि मैं सेनापति के साथ-साथ रानी पीनाज़ का पुत्र और तुम्हारा भाई भी हूँ। यह सुनते ही उन उन्तालीस राजकुमारों ने सोचा कि जब सेनापति के रूप में ही राजा उसे इतना चाहते हैं, तो बेटे के रूप में तो उसे सारा राज्य ही दे देंगे। इसलिए इसे रास्ते में ही मार देना हम सबके लिए हितकर होगा। वे ख़ुदादाद को मारकर वहाँ से भाग निकले। हैरन पहुँचकर उन्होंने न तो अपने बन्दी बनने की बात राजा को बतायी और न ख़ुदादाद को मार डालने की ही बात कही।

उधर जैसे ही दर्यावार ने ख़ुदादाद को अन्तिम साँसें लेते देखा, तो वह दौड़कर वैद्य को बुला लायी, किन्तु वैद्य के आने पर उसे ख़ुदादाद की लाश नहीं मिली। तब उसने सोचा कि शायद कोई जंगली जानवर उसे खाने के लिए उठाकर ले गया होगा। वह दहाड़ें मारकर रोने लगी।

तब वह दो उँट ख़रीदकर उस वैद्य के साथ हैरन जा पहुँची। रानी पीनाज़ भी हैरन आ पहुँची। तब उस वैद्य ने पीनाज़ को ख़ुदादाद और राजकुमारी दर्यावार की कहानी सुना दी।

जब राजा को पता चला कि ख़ुदादाद उसका अपना ही पुत्र है, तो उसने उन्तालीस राजकुमारों को मृत्युदण्ड की सज़ा सुना दी और शहर के बीच ख़ुदादाद का मक़बरा बनवा दिया।

तभी राजा के एक पुराने शत्रु ने उस पर आक्रमण कर दिया। राजा ने

उस शत्रु से बचने के लिए एक गुप्त राजमार्ग बनवा लिया, लेकिन उसी समय किसी अन्य की सेना ने राजा के शत्रु पर आक्रमण कर दिया। शत्रु की सेना के पाँव उखड़ गये और वह वहाँ से अपनी जान बचाकर भाग निकला। राजा को हैरानी थी कि ऐसी मुसीबत के समय किसने उसकी सहायता की है।

जब उन्होंने देखा कि ख़ुदादाद विजयपताका फहराता हुआ आ रहा है, तो उन्होंने उसे अपने सीने से लगा लिया। तब ख़ुदादाद ने बताया कि जैसे ही राजकुमारी वैद्य को लेने शहर गयी, तभी एक किसान मुझे उठाकर अपने घर ले गया। उसने एक वैद्य को बुलाया और उसके उपचार से मैं शीघ्र ही ठीक हो गया।

अपनी कहानी सुनाने के बाद ख़ुदादाद ने अपने उन उन्तालीस भाइयों को क्षमा कर दिया, जिन्हें राजा ने मृत्युदण्ड की सज़ा सुना दी थी। अन्त में, राजा ने ख़ुदादाद को ही अपना उत्तराधिकारी घोषित कर दिया।

इस कहानी को सुनाने के बाद शहरज़ाद ने बादशाह को चुप देखकर कहा—"मालिक! लगता है कि आप इन कहानियों को सुनकर गम्भीर हो गये हैं। मैं आपसे वादा करती हूँ कि अगर आपके करम से मुझे सुबह का सूरज देखना नसीब हुआ, तो कल मैं आपको सोते-जागते की ऐसी कहानी सुनाऊँगी कि आप हँसते-हँसते लोट-पोट हो जायँगे।"

सोते-जागते की कहानी

बहुत समय पहले बगदाद में एक सौदागर रहता था, जिसने व्यापार में बहुत धन अर्जित किया था। उसका एक बेटा था, जिसका नाम अबुल हसन था। उस सौदागर ने मरते समय बहुत धन छोड़ा था, लेकिन अबुल हसन ने सारा धन अपने यार-दोस्तों में उड़ा दिया। बेटे की परेशानी देखकर उसकी माँ ने उसे कुछ धन देकर छोटा-मोटा व्यापार करा दिया। धीरे-धीरे उसकी दशा सुधरने लगी और उसे अपने दोस्तों से नफरत हो गयी। इतना होने पर भी वह कभी अकेला भोजन नहीं करता था, किसी अजनबी को भी अपने साथ भोजन कराता था और दूसरे दिन प्रातःकाल उसे विदा कर देता था।

एक दिन वह ख़लीफ़ा को ही भोजन पर बुला लाया। वह ख़लीफ़ा को पहचानता नहीं था। उसने ख़लीफ़ा को आदरपूर्वक भोजन कराया। भोजन करने के पश्चात् ख़लीफ़ा ने कहा–"मेरे लायक़ कोई सेवा हो, तो बताइये।"

यह सुनकर अबुल हसन ने कहा–"आपने मेरे यहाँ भोजन करके मुझ पर बहुत बड़ा एहसान किया है। मेरी कोई तमन्ना नहीं है। हां, इस मोहल्ले में एक दुष्ट मुल्ला और उसके साथी बड़ा अत्याचार करते हैं, जिसकी वजह से मोहल्ले के सभी लोगों को कष्ट होता है।"

ख़लीफ़ा ने पूछा–"तो तुम क्या चाहते हो? तुम उसके साथ कैसा सुलूक करना चाहते हो?"

अबुल हसन ने बड़े सरल स्वभाव से कहा–"मैं तो ख़ुदा से रोज़ यही दुआ माँगता हूँ कि अल्लाह मुझे एक दिन के लिए ख़लीफ़ा बना दे, तो मैं इन सब दुष्टों से उचित प्रायश्चित करा दूँ। देखो, मेरी दुआ कब क़ुबूल होती है?"

ख़लीफ़ा ने उसकी बातें सुनकर चुपके से उसकी शराब में नींद की दवा मिला दी। अतः अबुल हसन ने कहा–"अच्छा, अब रात बहुत हो गयी है, मुझे नींद आ रही है, अब तुम भी सो जाओ।" कहकर अबुल हसन वहीं सो गया।

अबुल हसन के गहरी नींद में सोते ही ख़लीफ़ा ने अपने मन्त्री से कहा—"अब इसे महल में ले चलो और बाद में यहीं छोड़ जाना। इस काम में कोई भूल नहीं होनी चाहिए।"

अबुल हसन के महल में पहुँचते ही ख़लीफ़ा ने महल के सभी कर्मचारियों और दास-दासियों को यह आदेश दे दिया कि इसके साथ वैसा ही व्यवहार किया जाना चाहिए, जैसा तुम मेरे साथ करते हो।

सवेरे उठते ही अबुल हसन ने अपने आपको महल के शयनागार में देखा। दास-दासियाँ उसकी सेवा में इधर-उधर दौड़ने लगीं। उसी समय एक दासी स्वर्णपात्र में रस ले आयी और एक सेवक ने कहा—"हुज़ूर! सूरज निकल आया है।"

तभी एक अन्य सेवक ने कहा—"हुज़ूर! आप जल्दी से तैयार हो जाइये। राजदरबार में सारे कर्मचारी आपके दर्शनों के लिए उतावले हो रहे हैं।"

"क्या बकते हो? तुम्हें धोखा हुआ है, जो मुझे ख़लीफ़ा समझ रहे हो।" अबुल हसन ने कहा।

तब एक सेवक ने ताज पहनाकर उसे यक़ीन दिला दिया कि वही ख़लीफ़ा है। जब अबुल हसन को यक़ीन हो गया, तो वह भी तैयार होकर राजदरबार में पहुँच गया और राजसिंहासन पर बैठकर बोला—"कोतवाल! चांदमीर मोहल्ले के मुल्ला और उसके साथियों को पकड़कर पहले उन्हें दो-दो सौ कोड़े लगाये जायें और उसके बाद उन्हें देश से बाहर निकाल दिया जाये।"

कोतवाल के चले जाने के बाद उसने मन्त्री को आदेश दिया--"मन्त्री जाफ़र! उसी मोहल्ले में अबुल हसन की माँ रहती है, उसे एक हज़ार स्वर्ण-मुद्राएँ इनाम में दे दी जायें।"

इसके बाद आज्ञा देकर और राजदरबार का समापन कर वह महल में चला गया। फिर नृत्य और संगीत की महफ़िल जमी। रात को जब वह शयनागार में पहुँचा, तो सुन्दरियों ने उसे शराब पिलाकर सुला दिया। उसके बाद ख़लीफ़ा के आदेश पर उसे उसके घर पहुँचा दिया गया।

सवेरा होते ही उसने अपने आपको चारपाई पर लेटा पाया। वह अनेक सेविकाओं के नाम लेकर उन्हें पुकारने लगा। उसे इस प्रकार बड़बड़ाते देखकर उसकी माँ ने कहा—"क्यों रे! तेरे बाप के ज़माने में भी कभी इतनी नौकरानियाँ थीं, जिनके नाम लेकर तू पुकार रहा है? कहीं तू पागल तो नहीं हो

गया है?"

"अरी बुढ़िया! तू क्या बक रही है? मैं ख़लीफ़ा हूँ। तुझे मेरे क़हर से डर नहीं लगता?" अबुल हसन ने अपनी माँ को डाँटते हुए कहा।

तब माँ ने उसे पागल समझकर पागलख़ाने भिजवा दिया, जहाँ उसे प्रतिदिन कोड़े पड़ते थे। ठीक हो जाने पर वह उसे घर ले आयी और वह फिर से राहगीरों को अपने घर भोजन पर बुलाने लगा। इसी प्रकार उसने एक दिन ख़लीफ़ा को भी भोजन पर बुलाया। तब उन दोनों ने प्रेमपूर्वक भोजन किया।

ख़लीफ़ा ने उससे पूछा–"अबुल हसन! क्या तुम किसी युवती से प्यार करते हो?"

अबुल हसन ने अपने दिमाग़ पर ज़ोर डालते हुए उत्तर दिया–"हाँ दोस्त! ख़लीफ़ा के महल में साक़ी बनी उस सुन्दरी से मुझे अनजाने मोहब्बत हो गयी है। काश! वह मुझे एक बार मिल जाती, तो मेरी ज़िन्दगी बन जाती।"

यह सुनते ही ख़लीफ़ा ने उसे शराब में नींद की दवा मिलाकर पिला दी और बेहोश होने पर उसे अपने महल में भिजवा दिया। सवेरा हाने पर उसके साथ ख़लीफ़ा–जैसा व्यवहार किया जाने लगा। सुन्दरियाँ उसके आगे–पीछे दौड़ने लगीं। वह सबसे अपने बारे में पूछता, तो सब यही उत्तर देते कि आप ख़लीफ़ा हैं। यह देखकर ख़लीफ़ा ख़ूब हँसे। फिर उन्होंने अपने महल के एक कोने में छोटा–सा एक महल बनवाकर उसका विवाह उसकी प्रेमिका से करा दिया।

एक बार वह अपनी फ़िज़ूलख़र्च के कारण पुनः निर्धन हो गया। तब दोनों ने मिलकर ख़लीफ़ा और उसकी बेगम से दौलत ऐंठने के लिए मरने का नाटक किया।

पहली बार अबुल हसन की प्रेमिका कफ़न ओढ़कर लेट गयी और अबुल हसन रोने लगा, तो ख़लीफ़ा ने उसे कुछ धन दे दिया। दूसरी बार अबुल हसन ख़ुद कफ़न ओढ़कर लेट गया, तो उसकी पत्नी ख़लीफ़ा की बेगम के पास धन लेने चली गयी। इस पर ख़लीफ़ा और उसकी बेगम को शक हुआ और वे दोनों असलियत जानने के लिए वहाँ जा पहुँचे। उस समय वे दोनों ही कफ़न ओढ़कर लेटे हुए थे। तब ख़लीफ़ा ने कहा–"जो पहले मरा है, उसे एक हज़ार स्वर्ण–मुद्राएँ इनाम मिलेंगी।"

यह सुनते ही दोनों कफ़न फेंककर उठ खड़े हुए। जब ख़लीफ़ा ने

पूछा—“अबुल हसन! यह अब क्या नाटक है?”

अबुल हसन ने कहा—“अन्नदाता! यह सब पापी पेट का सवाल है। मरता, क्या न करता? कुछ पाने की इच्छा से और आपका मनोरंजन करने के लिए हमने यह नाटक किया था।”

यह सुनकर ख़लीफ़ा हँसते-हँसते लोट-पोट हो गये और उन्होंने उन दोनों को पर्याप्त धन देकर उनके जीवन को सुखी बना दिया।

शहरज़ाद के मुँह से यह कहानी सुनकर बादशाह शहरयार भी ख़ूब हँसे। हँसते-हँसते जब उनके पेट में बल पड़ गये, तो उनकी हँसी को रोकने के लिए शहरज़ाद ने उनके होठों को अपने होठों से अमृतपान कराना आरम्भ कर दिया, जिससे बादशाह की हँसी रुक गयी और वह शहरज़ाद को अपने सीने से लगाकर सो गया।

दूसरे दिन शहरज़ाद ने कहानी सुनाना आरम्भ कर दिया।

गानम की कहानी

प्राचीन समय में दमिश्क में क़य्यूम नाम का एक अमीर सौदागर रहता था। उसके दो सन्तानें थीं। बड़ा बेटा 'गानम' और छोटी बेटी 'अलकलम्ब'। उस समय ख़लीफ़ा हारूं के साम्राज्य में सुलेमान के पुत्र जैवनी का शासन था। उसकी राजधानी दमिश्क थी।

गानम के युवा होते ही उसके पिता का निधन हो गया था। एक दिन गानम अपने पिता का गोदाम देखने गया, तो वहाँ दो सौ गठरियों पर बगदाद लिखा हुआ था। जब गानम ने उन गठरियों के बारे में अपनी माँ से पूछा, तो उसने बताया–"बेटा! तुम्हारे पिता व्यापार पर जाने से पहले सामान की गठरियों पर उस जगह का नाम लिख दिया करते थे, लेकिन बगदाद जाने से पहले ही उनका निधन हो गया, इसलिए ये गठरियाँ ज्यों की त्यों ही रखी हुई हैं।"

यह सुनकर गानम अनेक दास और दो सौ ऊँट ख़रीदकर अन्य सौदागरों के साथ व्यापार करने के लिए बगदाद चल दिया। वहाँ पहुँचकर सभी सौदागर एक सराय में ठहरे, लेकिन गानम किराये की एक शानदार हवेली में ठहरा।

एक दिन गानम चाँदी से मढ़ा अंकुश लेकर बाज़ार में गया, तो वहाँ के व्यापारियों ने उसका बहुत स्वागत किया और उसका सारा सामान ख़रीद लिया। इससे गानम को बहुत लाभ हुआ। कुछ दिनों बाद जब वह दोबारा बाज़ार में गया, तो बाज़ार को बन्द देखकर उसने लोगों से पूछा, तो पता चला कि किसी सौदागर का निधन हो गया है। लोग उसे क़ब्रिस्तान ले गये हैं। यह जानकर वह भी क़ब्रिस्तान की ओर चल दिया। रात होने के कारण सब लोग वहीं रुक गये, लेकिन गानम ने वहाँ रुकना उचित नहीं समझा और वह लोगों की नज़रें बचाकर वहाँ से चल दिया, लेकिन रास्ता भूल जाने के कारण वह एक वृक्ष पर चढ़कर बैठ गया।

उसी समय पाँच सेवक अपने हाथों में जलती हुई मशाल और लकड़ी का एक सन्दूक़ लेकर वहाँ आ पहुँचे और उन्होंने एक गड्ढा खोदकर उस सन्दूक़ को उसमें दबा दिया। उन लोगों के चले जाने के बाद गानम ने उस गड्ढे को खोदकर सन्दूक़ बाहर निकाल लिया। उसने सन्दूक़ खोला, तो उसमें बेहोश लेटी एक युवती को देखकर वह चौंक उठा।

होश आने पर वह युवती न जाने किस-किस का नाम लेकर बड़बड़ायी। जब गानम ने युवती से उसके बारे में जानना चाहा, तो उस युवती ने कहा-"तुम मुझे बक्से में लिटाकर और एक खच्चर पर लादकर अपने घर ले चलो, मैं वहाँ चलकर ही तुम्हें अपनी कहानी सुनाऊँगी।"

हवेली में पहुँचने पर गनम ने उस सुन्दरी को सन्दूक़ से बाहर निकाला, तो सुन्दरी ने स्नान आदि से निवृत्त होकर अपना शृंगार किया। गानम ने उसे भोजन कराया और शयनकक्ष में ले जाकर उसे पलँग पर लिटा दिया, तो गानम ने उस सुन्दरी की पीठ पर ख़लीफ़ा हारूं की प्रेमिका का नाम लिखा देखा। उसने चौंककर उस सुन्दरी से पूछा-"यह सब क्या है?"

तब उस सुन्दरी ने बताया-"मेरा नाम फ़ित्ना है और मैं ख़लीफ़ा हारूं की प्रेमिका हूँ। उन्होंने मेरे ऐशोआराम का पूरा प्रबन्ध कर दिया था, जिससे उनकी बेगमें बहुत जलती थीं। एक दिन जब ख़लीफ़ा हारूं बाहर गये, तो उन बेगमों ने मेरी दासी को धन का लालच देकर मेरे शर्बत में नींद की दवा मिलवा दी और उसके बाद मुझे एक बक्से में लिटाकर अपने सेवकों के द्वारा क़ब्रिस्तान में दफ़्न करवा दिया। इसलिए जब तक ख़लीफ़ा वापस नहीं आते, तुम मुझे अपने पास ही छिपाकर रखो।"

यह सुनकर गानम उस सुन्दरी की सेवा के लिए दो दासियाँ ख़रीदकर ले आया। धीरे-धीरे दोनों एक-दूसरे को चाहने लगे। उधर ख़लीफ़ा की बेगमों ने परामर्श किया कि जब ख़लीफ़ा वापस लौटकर आयेंगे, तो उनसे फ़ित्ना की मौत के बारे में कैसे और क्या कहा जाये? तब सम्राज्ञी की दाई माँ ने उन्हें यह सलाह दी कि फ़ित्ना-जैसी लकड़ी की मूर्ति बनवाकर और उसे वस्त्राभूषणों से सजाकर क़ब्र में दफ़्ना दिया जाये। उसके पास ही उसका मक़बरा बनवाकर उस पर फ़ित्ना का नाम लिखवा दिया जाये। सबने इसे ही उचित समझकर ऐसा ही किया। चार महीने बाद जब ख़लीफ़ा वापस लौटे, तो फ़ित्ना की क़ब्र देखकर फूट-फूटकर रोने लगे।

उधर गानम ने फ़ित्ना की क़ब्र बनाये जाने और ख़लीफ़ा के लौटने की बात फ़ित्ना से कही, तो उसने कहा—"गानम! तुम चिन्ता मत करो। जब मैं ख़लीफ़ा के सामने ज़िन्दा पहुँचूँगी और उन्हें अपनी आपबीती सुनाऊँगी, तो बेगमें और उनकी दाई माँ लज्जित होकर मुआफ़ी माँगेंगी। ख़लीफ़ा भी तुम्हें देखकर बहुत खुश होंगे और तब मुझे तुमसे निकाह करने का हुक्म भी दे देंगे।"

चालीस दिन तक ख़लीफ़ा ने फ़ित्ना का शोक मनाया। वह अपने सेवकों के साथ प्रतिदिन फ़ित्ना की क़ब्र पर फूल चढ़ाने जाया करते थे। उसकी क़ब्र पर कई मौलवियों को नियुक्त कर दिया गया। तभी ख़लीफ़ा की एक ख़ास सेविका ने ख़लीफ़ा को बताया—"हुज़ूर! मैंने सुना है कि फ़ित्ना ज़िन्दा है।" इतना कहकर उस सेविका ने अपनी अंगिया से एक पत्र निकालकर ख़लीफ़ा को दे दिया।

उस पत्र को पढ़कर ख़लीफ़ा क्रोध से आगबबूला हो गया और आप ही आप बड़बड़ाने लगा—उफ! मेरी फ़ित्ना छह महीने तक गानम के पास रही। वह अपने-आपको कैसे बचा सकी होगी? काजल की कोठरी में कालिख तो लगेगी ही।

यह सोचते ही उसने अपने मन्त्री जाफ़र को आदेश दिया कि फ़ित्ना और गानम को फ़ौरन गिरफ़्तार करके उनके सामने पेश किया जाये। जाफ़र सैनिकों को साथ लेकर गानम की हवेली की ओर चल दिया। फ़ित्ना ने फ़ौज के साथ जाफ़र को आते देखा, तो वह सारा मामला समझ गयी और उसने गानम को तुरन्त एक सेवक के रूप में वहाँ से गुप्त रास्ते के द्वारा भगा दिया।

जाफ़र ने पूछा—"गानम कहाँ है?"

फ़ित्ना ने कहा—"गानम तो चार महीने पहले ही व्यापार के सिलसिले में दमिश्क गया है। हाँ, ख़लीफ़ा की सेवा के लिए मैं हाज़िर हूँ।।"

तब मन्त्री जाफ़र ने गानम का सारा सामान ख़ज़ाने में जमा करा दिया और फ़ित्ना को ख़लीफ़ा के सामने पेश कर दिया। ख़लीफ़ा ने दमिश्क के शासक को एक पत्र में लिखा—"अगर तुम्हें वहाँ गानम सौदागर—जो फ़ित्ना को अपने जाल में फँसाना चाहता था—मिले, तो उसे कोड़ों से मारना और जूतों की माला पहनाकर व उसका मुँह काला करके, गधे पर बैठाकर चार दिन तक उसे नगर में घुमाना, उसके बाद उसे मेरे पास भेज देना। इसके साथ

ही उसके परिवार को भी यही सज़ा दी जाये।"

पत्र प्राप्त करने के बाद जैवनी गानम की माँ से मिला, जिसने रोते हुए अपने बेटे की मौत की आशंका व्यक्त की, लेकिन जैवनी ने उसकी किसी भी बात पर यक़ीन नहीं किया और उसकी माँ व बहिन को अपने साथ ले गया। उसने गानम का घर भी खुदवा दिया और अगले दिन ख़लीफ़ा के आदेशानुसार गानम की माँ और बहिन को नग्न करके तथा उन्हें एक कम्बल देकर देश से बाहर कर दिया।

मां-बेटी दोनों रोती-बिलखती एक गाँव में पहुँचीं और वहाँ से कुछ खाना-कपड़ा लेकर बगदाद की ओर चल दीं। वे दिन-भर भीख माँगतीं और रात को किसी मस्जिद में ठहर जातीं।

उधर कारागार में पड़ी फ़ित्ना रात-रात भर आँसू बहाती थी। एक दिन ख़लीफ़ा ने उसे विलाप करते देख लिया। वह कह रही थी—"अभागे गानम! तुम कहाँ हो? मेरी ख़ातिर तुमने कितने कष्ट उठाये। तुम्हारे-जैसा धीरज वाला और संयमी व्यक्ति और कौन होगा, जिसने मेरे कहने पर भी मुझे छूना तो दूर, नज़र उठाकर कभी देखा भी नहीं। इससे तो अच्छा होता कि तुम मेरे साथ मनमानी कर लेते। तुमने क्यों मुझे ज़िन्दगी बख़्शी? इससे तो अच्छा होता कि मैं तुम्हारी बाँहों में ही दम तोड़ देती। खुदा इन ज़ालिमों को कभी मुआफ़ नहीं करेगा।"

फ़ित्ना के दिल की पुकार सुनकर ख़लीफ़ा को अपनी भूल का एहसास हुआ और उसने फौरन फ़ित्ना को मुक्त करके उससे मुआफ़ी माँग ली। फ़ित्ना खुश होकर मस्जिदों में जा पहुँची और वहाँ उसने पीरों-फ़क़ीरों को ख़ैरात बाँटना आरम्भ कर दिया। एक दिन उसे गानम की माँ और बहिन मिल गयीं। फ़ित्ना उन दोनों को अपने महल में ले आयी। उसी समय एक सेवक ने सूचना दी कि दवाख़ाने में एक दुबला-पतला रोगी आया है, जो अपने-आपको गानम बताता है। फ़ित्ना तुरन्त दौड़ी-दौड़ी वहाँ गयी और गानम को अपने महल में ले आयी।

तब ख़लीफ़ा ने अपने गुनाह का प्रायश्चित्त करते हुए फ़ित्ना का निकाह गानम से, गानम की बहिन अलकलम्ब का निकाह खुद से और गानम की माँ का निकाह अपने मन्त्री जाफ़र से करा दिया।

गानम की कहानी सुनकर बादशाह शहरयार ने शहरज़ाद से कहा—

"बेगम! आज तुमने हमारी मनपसन्द कहानी सुना दी। तबीअत ख़ुश हो गयी।"

"मेरे मालिक! अगर आपने कल रात तक मुझे कुछ साँसें और बख़्श दीं, तो मैं आपको इससे भी अधिक दिलचस्प कहानी सुनाऊँगी, जिसे सुनकर आपकी तबीअत बाग़-बाग़ हो जायेगी।"

इतना कहकर शहरज़ाद बादशाह शहरयार के पहलू में सिमट गयी।

ख़्वाज़ा हसन की कहानी

इस कहानी को आरम्भ करने से पहले शहरज़ाद ने बादशाह से कहा—मेरे मालिक! अब मैं आपको वह कहानी सुनाने जा रही हूँ, जिसे सुनकर आपको मानना पड़ेगा कि भाग्य के बिना किसी को कुछ नहीं मिलता।

किसी नगर में दो मित्र रहा करते थे, जिनमें एक का नाम असद और दूसरे का नाम असदी था। असद का विश्वास था कि कर्म से ही सब कुछ मिलता है, जबकि असदी का मानना था कि भाग्य के बिना कर्म भी व्यर्थ हो जाता है। इस बात पर बहस करते हुए वे दोनों ख़्वाज़ा हसन के पास जा पहुँचे, जो उस समय रस्सी बँट रहे थे। हसन की ग़रीबी को देखते हुए असद ने उन्हें पाँच सौ स्वर्ण-मुद्राएँ देते हुए कहा—"ये पाँच सौ स्वर्ण-मुद्राएँ लो और व्यापार करके धनी बन जाओ।"

हसन ने ख़लीफ़ा से कहा—मैंने वे मुद्राएँ लेकर उनमें से सौ मुद्राएँ अपनी जेब में रख लीं और बाक़ी चार सौ मुद्राएँ अपनी पगड़ी में बांध लीं। फिर मैंने रस्सी को अपनी बग़ल में दबाया और हाथ में गोश्त की थैली लेकर चल दिया। तभी एक चील ने मांस पर ऐसा झपट्टा मारा कि वह मांस के साथ-साथ मेरी पगड़ी भी उतारकर ले गयी और मैं हाथ मलता रह गया।

कुछ दिनों बाद जब वे दोनों मित्र मेरे पास आये, तो मैंने उन्हें सारी कहानी सुना दी। उन्होंने मुझे फिर पाँच सौ मुद्राएँ दीं, जिन्हें मैंने भूसे में छिपा दिया। उन्हें मेरी पत्नी ने किसी को भूसे के साथ दे दिया। मैं फिर हाथ मलता रह गया। अगली बार असदी ने मुझे दस मुद्राएँ दीं और कहा—"अब तुम इनसे अपना भाग्य आज़माओ।"

मैंने वे मुद्राएँ एक आले में रख दीं। एक दिन जब एक मछुआरा मछली बेचने आया, तो मैंने उन सभी मुद्राओं की मछलियाँ ख़रीद लीं, जिनके पेट से अनेक बहुमूल्य हीरे निकले। बाज़ार में भाव बढ़ने पर मैंने वे हीरे दस लाख स्वर्ण-मुद्राओं में बेच दिये। उस धन से मैंने लाल पत्थरों का शाही महल

बनवाया और शाही ठाट-बाट से रहने लगा।

तब हसन ने ख़लीफ़ा से कहा—आपने जो महल देखा था, वह मेरा ही था। कुछ दिनों बाद वे दोनों मित्र आये, तो मैंने उन्हें उच्च आसन पर बैठाया और उन्हें अपने धनवान् होने की कहानी भी सुनायी। उसी समय मेरे पुत्र एक वृक्ष पर रखी मेरी पगड़ी ले आये, जिसमें मैंने चार सौ स्वर्ण-मुद्राएँ बाँधीं थीं। कुछ समय बाद एक सेवक भूसे का वह मटका ले आया, जिसमें मैंने पाँच सौ स्वर्ण-मुद्राएँ छिपाकर रखी थीं। मैंने उन दोनों मित्रों को सारी स्वर्ण-मुद्राएँ दिखाकर उन्हें सादर भोजन कराया।

तब उन दोनों मित्रों को मानना पड़ा कि भाग्य ही प्रधान है। हसन की कहानी सुनकर ख़लीफ़ा ने कहा—"तुम्हारे वे सारे हीरे हमारे ख़ज़ाने में हैं।"

यह कहानी सुनाने के बाद शहरज़ाद ने कहा—"मालिक! अगर आपने मुझे कल तक कुछ और मोहलत दी, तो मैं कल आपको दो दिलचस्प कहानियाँ सुनाऊँगी।"

अलीख़्वाजा की कहानी

बगदाद में अलीख़्वाजा नामक एक सौदागर रहता था। उसे दस रातों तक एक ही स्वप्न आता रहा, जिसमें एक पीर ने उससे कहा—"अली! रोज़े के दिन हैं, तू मक्का-मदीना की यात्रा पर चला जा। हज कर आ।"

उस सौदागर ने अपना सारा सामान बेचकर दो हज़ार स्वर्ण-मुद्राएँ एक डब्बे में रखकर ऊपर से जैतून का तेल भर दिया। उस डब्बे को वह अपने किसी मित्र के यहाँ रख आया और बेचने का सामान एक ऊँट पर लादकर मक्का जा पहुँचा।

परिक्रमा पूरी करने के बाद वह अन्य सौदागरों के साथ केरा आया और वहाँ व्यापार करने के बाद दमिश्क होता हुआ हलवत मूसल से शीराज़ जा पहुँचा, जहाँ वह पाँच वर्ष तक रहा।

उधर अली के मित्र को एक दिन जैतून के तेल की आवश्यकता हुई, तो उसने अली के रखे हुए डब्बे से तेल निकाल लिया, उसमें रखी हुई दो हज़ार स्वर्ण-मुद्राएँ भी निकाल लीं और उस ख़ाली डब्बे में ताज़ा तेल भर दिया।

अलीख़्वाज़ा जब लौटकर वापस बगदाद आया, तो अली के माँगने पर उस मित्र ने बिना कुछ कहे, उसके घर की चाबी उसे दे दी। डब्बे को खोलने पर अली को स्वर्ण-मुद्राएँ नहीं मिलीं। बात बढ़ जाने पर दोनों ख़लीफ़ा की अदालत में जा पहुँचे। प्रमाण और गवाह के न होने के कारण मुक़द्दमा लम्बा होता चला गया और ख़लीफ़ा ने अगले दिन फ़ैसला सुनाने को कह दिया।

एक रात सदा की भाँति ख़लीफ़ा वेश बदलकर अपने मन्त्री के साथ नगर का चक्कर लगाने निकल पड़े। कुछ दूर जाने पर उन्होंने देखा कि कुछ बच्चे 'मुक़द्दमे-मुक़द्दमे' का खेल खेल रहे थे और एक बच्चा ख़लीफ़ा बनकर कह रहा था कि यह तेल तो ताज़ा है, जबकि जैतून का तेल एक वर्ष में ख़राब हो जाता है। इसलिए चोर के दोनों हाथ काट दिये जायें।

उस बच्चे की बात सुनकर ख़लीफ़ा ने अपने मन में विचार किया कि

क्यों न कल इन बच्चों से ही मुक़द्दमे का फ़ैसला करा दिया जाये। इसलिए अगले दिन ख़लीफ़ा ने अपनी अदालत में अलीख़्वाजा और उसके मित्र को बुलवा लिया। तब बच्चों के सामने मुक़द्दमे की कार्रवाई आरम्भ हुई और न्यायाधीश बने बालक ने डब्बे में ताज़ा तेल डालने के अपराध में अलीख़्वाजा के मित्र के दोनों हाथ काट देने का दण्ड सुना दिया। तब ख़लीफ़ा ने न्यायाधीश बने बालक को पाँच सौ स्वर्ण-मुद्राएँ इनाम में दीं और अलीख़्वाजा के मित्र के दोनों हाथ कटवा दिये।

उड़ने वाले घोड़े की कहानी

पारसी लोग सदियों से नववर्ष के पहले दिन अपना त्योहार मनाते आ रहे हैं। अग्निपूजकों का उस दिन बड़ा उत्सव होता है। वे उस दिन नृत्य-संगीत का कार्यक्रम भी रखते हैं और उसी दिन अपने राजाओं को भी बहुमूल्य उपहार भी भेंट करते हैं। एक बार इसी दिन एक कलाकार ने पारस देश के राजा को लकड़ी का एक घोड़ा बनाकर प्रस्तुत किया। वह घोड़ा एक मिनट में सौ कोस की दूरी तय कर लेता था। उस घोड़े के परीक्षण हेतु उस राजा ने तिलचट्टी का पत्ता मँगवाकर देखा, जो एक पर्वत पर सौ कोस की दूरी पर था।

वह कलाकार उसी घोड़े पर सवार होकर गया और दो मिनट में ही तिलचट्टी का वह पत्ता पर्वत से लेकर वापस आ गया। परीक्षा में खरा उतरने पर राजा ने कलाकार से घोड़े का मूल्य पूछा—"तुम्हारे इस घोड़े का मूल्य क्या है?"

कलाकार ने बड़े ही शान्त भाव से उत्तर दिया—"महाराज! मैं आपकी बेटी से विवाह करना चाहता हूँ।"

उसी समय राजा के बेटे ने परीक्षण के लिए उस घोड़े को माँगा और उस पर बैठकर उसकी चाबी घुमा दी। घोड़ा हवा में उड़ने लगा और कुछ ही देर में सबकी आँखों से ओझल हो गया। घोड़े की चाल से राजकुमार घबरा गया और उसने घोड़े को रोकने के लिए अपने हाथ को सब ओर घुमाया, लेकिन घोड़ा न रुका। हारकर उसने घोड़े के कान पर अपना हाथ घुमाया, तो घोड़े के कान से एक चाबी बाहर निकल आयी। घोड़ा धीरे-धीरे नीचे उतरने लगा और एक महल की छत पर उतर गया। उस महल के एक कक्ष में बंग देश के राजा की पुत्री आईने के सामने बैठी अपना शृंगार कर रही थी।

राजकुमार उसके पास पहुँचकर उसे अपना परिचय देते हुए बोला—"मैं ईरान का शहज़ादा फ़ीरोज़शाह हूँ।"

राजकुमारी उस पर मोहित हो गयी और राजकुमार ने भी उसे अपने बाहुपाश में बाँध लिया। राजकुमारी ने उसका विरोध नहीं किया। इसके पश्चात् भोजन आदि से निवृत्त होकर राजकुमार ने राजकुमारी को अपने घोड़े पर बैठाकर उसकी चाबी घुमा दी। अगले ही क्षण घोड़ा हवा में उड़ने लगा। कुछ ही देर में घोड़ा ईरान के महल में पहुँच गया और शहज़ादा घोड़े से नीचे उतर गया।

शहज़ादे के घोड़े से नीचे उतरते ही वह कलाकार बंग देश की राजकुमारी को अपने साथ घोड़े पर बैठाकर कश्मीर की वादियों में ले गया। उसने राजकुमारी के सामने विवाह का प्रस्ताव रखा, किन्तु राजकुमारी ने उसके प्रस्ताव को ठुकरा दिया। वह तो फ़ीरोज़शाह पर फ़िदा थी।

एक दिन कश्मीर नरेश की नज़र बंग देश की राजकुमारी पर पड़ी, तो वह उसके रूप पर मोहित हो गया। कलाकार को मारकर वह राजकुमारी और घोड़े को अपने महल में ले आया। वहाँ उसने राजकुमारी से विवाह करने की घोषणा कर दी, जिसे सुनकर राजकुमारी बेहोश हो गयी।

उधर फ़ीरोज़शाह को जब राजकुमारी के कश्मीर में होने की सूचना मिली, तो वह वैद्य का रूप धारण कर कश्मीर नरेश के महल में जा पहुँचा और राजकुमारी से गुप्त वार्ता करके बाहर आ गया और कश्मीर नरेश से बोला—"लकड़ी का जो घोड़ा आपके पास है, वही राजकुमारी के रोग का कारण है। अब यदि राजकुमारी उस पर बैठकर धूप से स्नान करें, तो वह रोगमुक्त हो जायेंगी। तब तक मैं मन्त्रों द्वारा घोड़े की शुद्धि कर दूँगा।"

अगले दिन राजकुमार ने राजकुमारी को घोड़े की पीठ पर बैठा दिया और फिर मन्त्रोच्चारण करने के लिए स्वयं भी घोड़े की पीठ पर बैठकर उसकी चाबी घुमा दी। चाबी के घूमते ही घोड़ा आकाश की ओर जाने लगा। इस पर शहज़ादे फ़ीरोज़शाह ने कहा—"यह फीरोज़शाह की पत्नी है, कश्मीर नरेश! अब आप इसे भूल जाइये।"

ईरान पहुँचने पर उन दोनों का बहुत स्वागत हुआ।

इन कहानियों को सुनने के बाद बादशाह शहरयार के मन में पहली पत्नी के दुराचरण और उसकी बेवफ़ाई के कारण उत्पन्न हुई सारी ग्लानि समाप्त हो गयी और उसके स्थान पर शहरज़ाद के प्रति अगाध प्यार भर गया। उसने शहरज़ाद से कहा—"बेगम! तुमने हमें एक नयी ज़िन्दगी दी है। तुम्हारी

कहानियों से हमारे मन का मैल धुल गया। तुमने हमारी ज़िन्दगी को ख़ुशहाल बनाने के लिए जो कुर्बानी दी है, उसके बदले हम तुम्हें जीवन-भर अपने प्यार से सराबोर रखेंगे।"

यह सुनकर शहरज़ाद की आँखों से आँसू झरने लगे। उसने कहा—"मेरे मालिक! मुझे कुछ भी नहीं चाहिए। यह सब तो मैंने युवतियों को आपके अत्याचारों से बचाने के लिए किया था।"

उस दिन से बादशाह ने नववधुओं की हत्या का विचार अपने दिल से सदा-सदा के लिए निकाल दिया। इस ख़बर को जानकर सारी प्रजा ख़ुशी से झूम उठी। शहरज़ाद के पिता को भी बहुत प्रसन्नता हुई।

बादशाह फिर से ख़ुदा का नेक बन्दा बन गया और उसने दुनियाज़ाद का निकाह अपने छोटे भाई से करा दिया।

पाठको! अलिफ़ लैला सदुपदेशों से भरी ऐसी बहुमूल्य पुस्तक है, जिसे पढ़कर स्त्री-पुरुष सब प्रेरणा प्राप्त करते रहेंगे। आप यह कभी न भूलें कि कोई भी व्यक्ति बुरा नहीं होता, उसकी आदतें बुरी होती हैं। इसलिए व्यक्ति से नहीं, अपितु उसकी बुरी आदतों से घृणा करनी चाहिए।

❑❑